U0097356

古典詩歌研究彙刊

第十一輯

龔鵬程 主編

第 19 冊

清代「論詞絕句」
論北宋詞人及其作品研究（上）

趙 福 勇 著

國家圖書館出版品預行編目資料

清代「論詞絕句」論北宋詞人及其作品研究（上）／趙福勇
著 — 初版 — 新北市：花木蘭文化出版社，2012〔民 101〕
序 2+ 目 4+208 面；17×24 公分
（古典詩歌研究彙刊 第十一輯：第 19 冊）
ISBN 978-986-254-737-3（精裝）
1. 清代詞 2. 宋詞 3. 詞論
820.91 101001399

ISBN-978-986-254-737-3

9 789862 547373

古典詩歌研究彙刊
第十一輯 第十九冊 ISBN：978-986-254-737-3

清代「論詞絕句」論北宋詞人及其作品研究（上）

作 者 趙福勇
主 編 龔鵬程
總 編 輯 杜潔祥
出 版 花木蘭文化出版社
發 行 所 花木蘭文化出版社
發 行 人 高小娟
聯 絡 地 址 新北市永和區中正路五九五號七樓
　　　　　　 電話：02-2923-1455／傳真：02-2923-1452
網 　 址 http://www.huamulan.tw 信箱 sut81518@gmail.com
印 　 刷 普羅文化出版廣告事業
初 　 版 2012 年 3 月
定 　 價 第十一輯 30 冊（精裝）新台幣 42,000 元

清代「論詞絕句」
論北宋詞人及其作品研究（上）

趙福勇　著

作者簡介

趙福勇，臺南市人，國立彰化師範大學國文學系博士，現任東方設計學院通識教育中心助理教授。主要從事詞學研究，著有《北宋夢詞研究》（碩士論文）以及〈盧祖皋詞析論〉、〈清代「論詞絕句」論賀鑄〈橫塘路〉詞探析〉、〈汪筠〈讀詞綜書後〉論北宋詞人探析〉等單篇論文。

提　　要

　　有清一代，論詞絕句蓬勃發展，成為詞論之重要載體。本文係就清代論詞絕句之論北宋詞人及其作品，董理論點，闡發奧賾，證析得失，考辨承啟，以彰顯其價值。全文共分七章，各章要旨如下：

　　第一章「緒論」：闡明研究動機、目的、範圍與方法。

　　第二章「清代論詞絕句概說」：綜評歷來彙編清代論詞絕句之論著，探究清代論詞絕句之濫觴與發展，申說清代論詞絕句論述內容之五大面向——詞體論、詞人論、詞作論、詞籍論、詞派論。

　　第三章「論北宋前期詞人及其作品（上）」：論柳永者，含生平之箋說、詞風之辨析、名篇之評賞三端。論張先者，含「三影」雋句，蜚聲詞壇；風流韻事，哀愁詞情；張、柳齊名，較論爭勝三端。

　　第四章「論北宋前期詞人及其作品（下）」：論晏殊者，含剛方宰輔，多情詞篇；紹述《陽春》，啟導後進；清華逸韻，詞家正宗三端。論歐陽脩者，含風流多情之稱述、詞作真偽之辨析二端。

　　第五章「論北宋後期詞人及其作品（上）」：論蘇軾者，含豪放詞風之論辨、婉約詞作之顯揚、協律與否之探究、〈洞仙歌〉詞之考校四端。論秦觀者，含感傷詞情之論證；詞壇宗師之頌揚；名篇佳製之評賞；秦、柳二家之品騭四端。論黃庭堅者，含多元詞風之論辯；秦、黃二家之評比二端。

　　第六章「論北宋後期詞人及其作品（下）」：論晏幾道者，含憲章大晏、後主、《花間》；韶雅俊逸之詞風；深切斷腸之詞情；〈鷓鴣天〉詞之頌揚四端。論賀鑄者，含借鑒古典之推尊、多樣詞風之稱揚、〈橫塘路〉詞之論繹三端。論周邦彥者，含知音協律之讚譽、借鑒古典之頌美、內容意境之評議、倚聲典範之論辯、本事軼聞之稱引五端。

　　第七章「結論」：總結清代論詞絕句論北宋詞人及其作品之要點，歸納清代論詞絕句精簡、鎔裁、類比之論證特色。

目

次

自　序

　　教學多年之後，深感所學之不足，於王偉勇老師之鼓勵下，決心報考博士班。進入彰師，更於黃文吉老師之課堂獲益匪淺。而二位老師於詞學之鑽研與成就，尤為學生之楷模。

　　回顧本論文之研究歷程，從資料之蒐采、題目之擬定而至章節之結撰，投注不少時間與心力，且須兼顧學校教職，然能持續所喜好之詞學研究，探析詞學之重要議題，實為一大樂事，彌足珍貴。每夜闌人靜，反覆思索，再三研讀，略有所得，則欣然忘倦，不覺光陰之流逝。

　　本論文之完成，端賴黃文吉老師與王偉勇老師之悉心指導，不僅揭示研究方法、論證模式，亦於論文之架構、行文細加審閱。每遇研究瓶頸，一經老師提點，總能豁然開朗。渥蒙論文口試委員徐照華老師、蘇淑芬老師、林逢源老師與周益忠老師不吝賜正，諸多糾謬補闕之真知灼見，惠我良多。而鄭靖時老師於論文初審之指瑕，使後續之撰寫益形周延。至於諸位老師之肯定與鼓勵，更令學生堅定邁向學術研究之路。尚須感謝同學、同門之切磋與協助，而家人之關懷與期許更為溫暖之泉源與前進之動力。

趙福勇　謹識
中華民國 100 年 1 月

第一章　緒　論

第一節　研究動機與目的

　　有清一代，論詞絕句蓬勃發展，蔚爲大觀，成爲可與詞話、詞籍
序跋、詞作評點分庭抗禮之詞論載體。清代論詞絕句散見於作者之詩
集、別集，或見錄於詞集、詞話、詩話、筆記等載籍。而論詞絕句受
限於格律與篇幅，難如散體批評形式暢言無阻，作者又喜摘句隱括、
使事用典，遂令文義隱微難明。職是之故，清代論詞絕句亟待後人蒐
輯甄綜以發其幽光潛德。

　　回顧自清迄今，清代論詞絕句之研究已有相當之成果，可爲當今
研究之基礎與借鏡。首須敘明者，諸多論詞絕句作者爲其論詞絕句作
序、附註，洵有助於解讀與研究。此中，如汪筠〈校《明詞綜》三首〉
與陳文述〈題查伯葵撰〈李易安論〉後〉均有自序說明創作因由與論
述內容。而附加註語者，如楊恩壽〈論詞絕句〉於詩題下附註：「繙
閱近人詞集，仿元遺山論詩體，各題一絕，僅見選本暨生存者，概付
闕如」，〔註1〕自述揀擇詞人之標準。又華長卿〈論詞絕句〉、馮煦〈論
詞絕句〉與高旭《《十大家詞》題詞》均於每首詩末標註所論詞人。

〔註 1〕〔清〕楊恩壽：〈論詞絕句〉，《坦園詩錄》（臺北：國家圖書館藏，
　　　清光緒間長沙楊氏坦園刊本），卷六，頁 9 下。

而潘際雲〈題朱淑眞《斷腸詞》〉詩末更附二○一字之自註，誠有心
爲之也。

　　再者，少數論詞絕句別有他人爲之作序、箋釋，如邱煒萲爲潘飛
聲〈論嶺南詞絕句〉作序，敘及潘氏此組絕句之作年與價值。〔註2〕
而董兆熊箋注屬鶚《樊榭山房集》與《樊榭山房續集》之十六卷詩，
其中包括〈論詞絕句十二首〉。徐穆亦爲王僧保〈論詞絕句〉中之十
三首附加按語，以闡明箇中涵義；或提點詩中所論詞人、詞作、本事，
或引申王氏論點，或溯源王氏詞論所本。此等序跋、箋註實可視爲論
詞絕句之初步研究。

　　更有論者進而品騭某家論詞絕句之優劣得失，如蔣士銓〈松泉先
生傳〉稱江昱（號松泉）〈論詞十八首〉「斷制宋元作者，津逮後學，
錢塘屬鶚、趙虹、江炳炎輩爭相歎服，不易其言」，〔註3〕盛讚江氏所
論深得詞壇時賢首肯，足以啓導後輩。而丁紹儀《聽秋聲館詞話》頗
爲關注清代論詞絕句，卷一二曰：

> 綜古今詩詞而論列之，貴有特識，尤貴持平。若於古人寓
> 微詞，而於近人多溢美，適形其陋而已。樊榭論詞，古多
> 今少，最爲醇正。朱小岑論詞，古今各半，其謂美成鋪張
> 可厭，已屬非是，且取乃父詞論之，尤覺悖理。吾鄉孫文
> 靖論詞，雖古少今多，然皆堪以論定之人。至尤二娛論詞，
> 多同時朋舊，乃懷人詩耳。〔註4〕

〔註2〕 邱煒萲〈論嶺南詞絕句序〉曰：「今年夏寄示大作〈論嶺南詞絕句〉
　　　屬題，……先是蘭史有《粵東詞鈔》之刻，其所詠者多其所刻。閩、
　　　粵同處海濱，士鮮四聲之學，又無人爲之薈萃，中原談詞家遂亦不
　　　及。……光緒二十四年戊戌，首夏實清和，閩海邱煒萲謹序於星洲
　　　之五百石洞天」，見何藻輯：《古今文藝叢書》（揚州：江蘇廣陵古籍
　　　刻印社，1995年），冊上，頁343～344。

〔註3〕 〔清〕蔣士銓：〈松泉先生傳〉，見〔清〕李桓：《國朝耆獻類徵初編》
　　　（臺北：明文書局，1985年，周駿富輯《清代傳記叢刊》冊一八一），
　　　卷四二○，頁174。

〔註4〕 〔清〕丁紹儀：《聽秋聲館詞話》，卷十二「尤維熊小廬詞」條，唐
　　　圭璋編：《詞話叢編》（臺北：新文豐出版公司，1988年），冊三，頁
　　　2730。

丁氏揭櫫綜論古今詩詞之準則，進而評判厲鶚（號樊榭）〈論詞絕句十二首〉、朱依眞（字小岑）〈論詞絕句二十二首〉與〈僕少有〈論詞絕句〉，迄今二十年，燈下讀諸家詞，有老此數家之意，復綴六章，於前論無所長人也〉、孫爾準（謚文靖）〈論詞絕句〉、尤維熊（號二娛）〈評詞八首〉與〈續評詞四首〉等四家論詞絕句取捨、臧否之高下。又卷二〇曰：

> 南海譚玉生廣文（瑩）《樂志堂集》中，論詞絕句至一百七十六首，扢揚間有未當。如瑩少游「爲誰流下瀟湘去」，謂是常語，並謂白石「舊時月色人何處，戞玉敲金擬恐非」。而推崇戴石屛與本朝之毛西河、屈翁山，謂屈詞足以抗手竹垞，此與番禺張南山司馬（維屛）服膺鄭板橋、蔣藏園詞，同似門外人語。內三十六首專論粵人，如陳元孝、黎二樵詞，均覓之未得。余所見粵詞，近推吳石華、儀墨儂爲最。再則東莞林桓次侍讀（蒲封）〈齊天樂〉云：「十年陳跡驚心認，⋯⋯曲闌春正好。」欽州馮魚山戶部（敏昌）「新搆小亭落成」〈天仙子〉云：「結就小亭形似舸。⋯⋯讀畫絃詩無不可。」高要黃琴山太守（德峻）「留別友人」〈金縷曲〉云：「別緒因君起。⋯⋯此中意。」番禺陳蘭甫學博（澧）「朝雲墓」〈八聲甘州〉云：「漸殘陽淡淡下平蕪，⋯⋯謫墮人間。」林有《籜洲集》，附詞，黃有《三十六鴛鴦館詞》。顧詩中均無一言論及，殆以爲近時人耶？二樵亦近時人也，殊不解。〔註5〕

丁氏落筆洋洋灑灑，詆訶譚瑩論詞絕句之缺失——抑揚秦觀、姜夔、戴復古、毛奇齡、屈大均不當；去取嶺南詞人無據。〔註6〕至如徐穆評王僧保〈論詞絕句〉則曰：「此詩淸新俊雄，雖元遺山、王漁洋論

〔註5〕〔清〕丁紹儀：《聽秋聲館詞話》，卷二十「粵人詞」條，唐圭璋編：《詞話叢編》，冊三，頁2830～2831。案：譚瑩所作論詞絕句實爲一百七十七首，而非丁氏所言「一百七十六首」。

〔註6〕丁紹儀《聽秋聲館詞話》尚有二處闌論孫爾準〈論詞絕句〉，詳見卷四「王士禛詞」條、卷十二「王一元詞」條，唐圭璋編：《詞話叢編》，冊三，頁2622～2623、2720～2721。

詩，未或過之」，〔註7〕推尊王氏詩作之風格，譽其堪與元好問〈論詩
三十首〉、王士禛〈戲仿元遺山論詩絕句三十二首〉分鑣並驅。又況
周頤《選巷叢譚》曰：

> 周稚圭中丞撰錄十六家詞，各系一詩。其系孫孟文一首：「一
> 庭疏雨善言愁，傭筆荊臺耐薄游；最苦相思留不得，春衫
> 如雪去揚州。」神韻獨絕，與漁洋紅橋詞「北郭清溪」闋，
> 可稱媲美。〔註8〕

況氏評賞周之琦《心日齋十六家詞錄・附題》之五論孫光憲之作淡遠
蘊藉，當可比肩王士禛〈浣溪紗・紅橋，同籜菴、茶村、伯璣、其年、
和巖賦〉（北郭清溪一帶流）一詞。而楊鍾羲《雪橋詩話》更論及清
代論詞絕句之註語：

> 鄭荔鄉有論詞絕句三十首，其謂「岳武穆〈小重山〉云：『白
> 首為功名。故山松竹夢，阻歸程。欲將心事付瑤琴。知音
> 少，絃斷有誰聽。』傷和議已成，舉朝無與同恢復之志也」，
> 「稼軒長才，遭斯末運，具〈離騷〉之忠憤，有越石之清
> 剛。如金筘成器，自擅商聲；櫪馬悲鳴，不忘千里。而陋
> 者顧于音響聲色閒掎摭利病，無乃斥鷃之視鶬鵬矣乎」，皆
> 有知人論世之識；謂「楊孟載句如：『春色自來皆夢裏，人
> 生何必在尊前』，『立近晚風迷蛺蝶，坐臨秋水亂芙蓉』，試
> 譜入〈浣溪紗〉，皆絕妙好詞」，亦碻。〔註9〕

楊氏所稱揚者係鄭方坤（號荔鄉）〈論詞絕句三十六首〉之一九、二
二、二八論岳飛、辛棄疾、楊基之詩末自註。

　　綜觀蔣士銓等人之評議，或指論詞絕句為文藝創作，賞其風格特
色；或視論詞絕句為詞學批評，論其立說良窳，均足啟迪後學研究清

〔註7〕 王僧保〈論詞絕句〉詩末附徐穆語，見況周頤：《阮盦筆記五種・選
　　　巷叢譚》（臺北：新文豐出版公司，1989 年，《叢書集成續編》冊二
　　　十四），卷二，頁 691。

〔註8〕 況周頤：《阮盦筆記五種・選巷叢譚》，卷二，頁 688。

〔註9〕 楊鍾羲：《雪橋詩話》（瀋陽：遼瀋書社，1991 年），三集，卷五，
　　　頁 956。案：鄭方坤論詞絕句實為三十六首，而非楊氏所言「三十
　　　首」。

代論詞絕句之面向。雖然，諸家所論多屬傳統印象式批評，缺乏系統之歸納、嚴謹之考辨與翔實之論證。

　　盱衡當代有關清代論詞絕句之研究，則有顯著之進展。眾所周知，文本之掌握乃研究之基礎，而饒宗頤〈詞學平論史稿序〉標舉清代十數家以韻語論詞者，〔註10〕吳熊和《〈詞話叢編〉讀後》臚列其瀏覽所及之清代論詞絕句篇目，〔註11〕孫克強《清代詞學》亦列出其檢索所得之清代論詞組詩篇目。〔註12〕逮乎吳熊和主編《唐宋詞匯評（兩宋卷）》附錄吳熊和、陶然輯「清人論詞絕句」，〔註13〕與夫孫克強《清代詞學批評史論》附錄「清代論詞絕句組詩」，〔註14〕更將論詞絕句原文彙錄成編。

　　至於研究清代論詞絕句之單篇論文亦頗可觀，計有楊海明〈從厲鶚〈論詞絕句〉看浙派詞論之一斑〉等三十餘篇（參見本節附表）。而在專著方面，通篇研究清代論詞絕句者，目前僅有王曉雯《清代譚瑩「論詞絕句」研究》，〔註15〕該學位論文總述譚瑩詞學思想，全面詮評譚氏〈論詞絕句一百首〉、〈論詞絕句又三十六首（專論嶺南人）〉與〈論詞絕句又四十首（專論國朝人）〉。而徐照華《厲鶚及其詞學之研究》與孫克強《清代詞學批評史論》二作，雖非通篇研究清代論詞絕句，然均專立章節探討。徐書第三章「厲鶚詞論之研究」之第一節

〔註10〕詳見饒宗頤：〈詞學平論史稿序〉，饒宗頤著，鄭會欣編：《選堂序跋集》（北京：中華書局，2006年），頁127。

〔註11〕詳見吳熊和：《〈詞話叢編〉讀後》，《吳熊和詞學論集》（杭州：杭州大學出版社，1999年），頁133～135。

〔註12〕詳見孫克強：《清代詞學》（北京：中國社會科學出版社，2004年），頁70～71。

〔註13〕詳見吳熊和主編：《唐宋詞匯評（兩宋卷）》（杭州：浙江教育出版社，2004年），冊五，附錄吳熊和、陶然輯「清人論詞絕句」，頁4386～4439。

〔註14〕詳見孫克強：《清代詞學批評史論》（上海：上海古籍出版社，2008年），附錄「清代論詞絕句組詩」，頁365～502。

〔註15〕王曉雯：《清代譚瑩「論詞絕句」研究》（臺北：東吳大學中文系博士論文，2008年7月），共403頁。

「厲鶚論詞絕句之研究」，概述論詞絕句之源流，並以「箋註」、「迻義」、「主旨」、「證析」四端逐首疏證厲鶚〈論詞絕句十二首〉，末再統攝厲鶚之論詞宗旨。〔註16〕孫書第十章「清代論詞詩詞的理論價值」，計分「詞學家批評理論的重要補充」、「組詩、組詞可作爲簡明詞學史」、「詞學史的豐富和補充」、「詞學問題的辨析」、「對歷代詞人的評議」五節闡發論詞詩詞（含論詞絕句）之詞學價值。〔註17〕此外，諸多詞學研究專書亦偶及清代論詞絕句，如嚴迪昌《清詞史》論述厲鶚〈論詞絕句十二首〉，敘及周之琦《心日齋十六家詞錄・附題》；〔註18〕陳水雲《明清詞研究史》述評清代論詞絕句之論明清詞；〔註19〕謝永芳《廣東近世詞壇研究》紹介近世廣東之論詞絕句，闡述陳澧、譚瑩、沈世良三家論詞絕句。〔註20〕

綜觀上舉當代有關清代論詞絕句之研究，多將論詞絕句視爲詞學批評史料，而其研究面向，約有如下三端。一曰概論：論述清代論詞絕句之發展、體式、內容、價值、整理與研究。二曰專家論詞絕句之疏證研究：詮評某一作者之全部或部分論詞絕句，此中又以厲鶚〈論詞絕句十二首〉最受關注。三曰論述對象之會通研究：統整論及某一詞人、詞作之論詞絕句，進而綜論較析。

論詞絕句囿於外在形式，難以面面俱到、暢所欲言，雖有靈心慧識、言簡意賅之妙，然亦常見龐雜枝蔓之失。而第三種研究面向歸納各家論詞絕句之相關論點，以類相從，條分縷析，則能系統呈現清代論詞絕句之論述內容。再者，通觀各類論點，自可統攝清代

〔註16〕詳見徐照華：《厲鶚及其詞學之研究》（高雄：高雄復文圖書出版社，1998 年），頁 127～224。
〔註17〕詳見孫克強：《清代詞學批評史論》，頁 284～335。
〔註18〕詳見嚴迪昌：《清詞史》（南京：江蘇古籍出版社，2001 年），頁 351～353、543。
〔註19〕詳見陳水雲：《明清詞研究史》（武漢：武漢大學出版社，2006 年），頁 74～79、119～124。
〔註20〕詳見謝永芳：《廣東近世詞壇研究》（上海：上海古籍出版社，2008 年），頁 150～151、219～220、220～227、265～266。

論詞絕句有關某一詞人、詞作之論述全貌，而由各類之對比，又能照見不同論者之論述焦點。惟目前會通研究僅涉及李白、溫庭筠、李煜、晏殊、張炎、宋代女性詞人與賀鑄〈橫塘路〉而已，殊值學界深入開發。

　　詞盛於兩宋，名家輩出，互擅勝場，佳製迭現，各領風騷；而統觀清代論詞絕句之論述對象，亦以宋代詞人、詞作居多。是故筆者擬以宋代爲範疇，研究清代論詞絕句之相關評論。復因兩宋詞人及其作品繁多而修業年限、論文篇幅有限，遂先探析北宋部分，日後再及南宋。希冀本文能就清代論詞絕句之論北宋詞人及其作品，董理論點，闡發奧賾，證析得失，考辨承啓，庶幾彰顯清代論詞絕句之價值，進而推展清代詞論之研究。

附表：當代研究清代論詞絕句之單篇論文

作　者	篇　　　名	出　　　　　處
楊海明	〈從厲鶚〈論詞絕句〉看浙派詞論之一斑〉	《明清詩文研究叢刊》二輯（蘇州：江蘇師範學院中文系，1982 年 7 月），頁 52～56；又收入楊海明：《唐宋詞論稿》（杭州：浙江古籍出版社，1988 年），頁 294～303
宋邦珍	〈厲鶚〈論詞絕句〉的傳承與創新〉	《輔英學報》十一期（1991 年 12 月），頁 200～206
范道濟	〈從〈論詞絕句〉看厲鶚論詞「雅正」說〉	《黃岡師專學報》十四卷二期（1994 年 4 月），頁 45～49
范三畏	〈試談厲鶚論詞絕句〉	《社科縱橫》，1995 年一期，頁 48～52
陶　然	〈論清代孫爾準、周之琦兩家論詞絕句〉	《文學遺產》，1996 年一期，頁 74～82
陶　然劉　琦	〈清人七家論詞絕句述評〉	《廈門教育學院學報》七卷一期（2005 年 3 月），頁 15～19
王偉勇	〈馮煦〈論詞絕句〉論南宋詞探析〉	中國宋代文學學會主辦，浙江工業大學承辦「第四屆宋代文學國際研討會」會議論文，杭州，2005 年 9 月；收入沈松勤編：《第四屆宋代文學國際研討會論文集》（杭州：浙江大學出版社，2006 年），頁 486～498

王偉勇 王曉雯	〈馮煦〈論詞絕句〉十六首探析〉	成功大學文學院主辦「中國近世文學學術研討會」會議論文，臺南，2005 年 10 月；收入張高評編：《清代文學與學術——近世文學國際學術研討會論文集之三》（臺北：新文豐出版股份有限公司，2007 年），頁 223～266；又收入王偉勇：《詩詞越界研究》（臺北：里仁書局，2009 年），頁 253～297
王偉勇	〈清代「論詞絕句」論溫庭筠詞探析〉	江西財經大學藝術與傳播學院主辦「詞學國際學術研討會」會議論文，南昌，2006 年 8 月；收入王兆鵬、龍建國編：《2006 詞學國際學術研討會論文集（二）》（南昌：百花洲文藝出版社，2007 年），頁 597～614；又載《文與哲》九期（2006 年 12 月），頁 337～356；又收入王偉勇：《詩詞越界研究》（臺北：里仁書局，2009 年），頁 229～252
趙福勇	〈清代「論詞絕句」論賀鑄〈橫塘路〉詞探析〉	江西財經大學藝術與傳播學院主辦「詞學國際學術研討會」會議論文，南昌，2006 年 8 月；收入王兆鵬、龍建國編：《2006 詞學國際學術研討會論文集（二）》（南昌：百花洲文藝出版社，2007 年），頁 615～639；又載《臺北大學中文學報》四期（2008 年 3 月），頁 193～224；又收入王偉勇：《清代論詞絕句初編》（臺北：里仁書局，2010 年），頁 423～458
王偉勇 鄭琇文	〈清·江昱〈論詞十八首〉探析〉	北京大學中國古文獻研究中心主辦「中國古文獻學與文學國際學術研討會」會議論文，北京，2006 年 11 月；收入北京大學中國古文獻研究中心編：《北京大學中國古文獻研究中心集刊第七輯——中國古文獻學與文學國際學術研討會論文集》（北京：北京大學出版社，2008 年），頁 736～762；又載《國文學報》五期（2006 年 12 月），頁 1～34
王偉勇	〈清代「論詞絕句」論李白詞探析〉	國科會人文及社會科學發展處主辦，彰化師範大學文學院國文系、臺灣文學研究所承辦「國科會中文學門 90～94 研究成果發表會」會議論文，彰化，2006 年 11 月；收入林明德、黃文吉總策劃：《臺灣學術新視野——中國文學之部（二）》（臺北：五南圖書出版股份有限公司，2007 年），頁 632～654；又收入王偉勇：《詩詞越界研究》（臺北：里仁書局，2009 年），頁 197～228

陶子珍	〈清代張祥河〈論詞絕句〉十首探析〉	《成大中文學報》十五期（2006 年 12 月），頁 89～106
曹明升	〈清人論宋詞絕句脞說〉	《貴州社會科學》，2007 年二期，頁 97～101
王偉勇 林淑華	〈陳澧〈論詞絕句〉六首探析〉	《政大中文學報》七期（2007 年 6 月），頁 83～114；又收入王偉勇：《詩詞越界研究》（臺北：里仁書局，2009 年），頁 299～339
陶子珍	〈清詩論宋代女性詞人探析——以汪芑、方熊、潘際雲之作品為例〉	《花大中文學報》二期（2007 年 12 月），頁 169～190
王曉雯	〈宋翔鳳〈論詞絕句二十首〉論宋詞探析〉	中國宋代文學學會主辦，暨南大學承辦「第五屆宋代文學國際研討」會議論文，廣州，2007 年 12 月；收入鄧喬彬編：《第五屆宋代文學國際研討會論文集》（廣州：暨南大學出版社，2009 年），頁 490～511
趙福勇	〈汪筠〈讀詞綜書後〉論北宋詞人探析〉	中國宋代文學學會主辦，暨南大學承辦「第五屆宋代文學國際研討會」會議論文，廣州，2007 年 12 月；收入鄧喬彬編：《第五屆宋代文學國際研討會論文集》（廣州：暨南大學出版社，2009 年），頁 476～489；又收入王偉勇：《清代論詞絕句初編》（臺北：里仁書局，2010 年），頁 459～493
孫克強	〈詞學理論的重要載體——簡論清代論詞詩詞的價值〉	《廣州大學學報（社會科學版）》七卷一期（2008 年 1 月），頁 44～49
王偉勇 鄭琇文	〈高旭論〈十大家詞〉絕句探析〉	中山大學中文系主辦「第四屆國際暨第九屆全國清代學術研討會」會議論文，高雄，2008 年 6 月；又收入王偉勇：《詩詞越界研究》（臺北：里仁書局，2009 年），頁 341～400
邱美瓊 胡建次	〈論詞絕句在清代的運用與發展〉	《重慶社會科學》，2008 年七期，頁 105～110
陳尤欣 朱小桂	〈馮煦〈論詞絕句十六首之三〉略論〉	《作家雜誌》，2008 年八期，頁 120～121
胡建次	〈清代論詞絕句的運用類型〉	《廣西社會科學》，2009 年二期，頁 88～95

謝永芳	〈譚瑩的〈論詞絕句〉及其學術價值〉	《圖書館論壇》二十九卷二期（2009 年 4 月），頁 172～175
陸有富	〈從文廷式一首論詞詩看其對常州詞派的批評〉	《語文學刊》，2009 年四期，頁 69～70
王偉勇	〈清代論詞絕句之整理、研究及價值〉	世新大學中文系主辦「第二屆兩岸韻文學學術研討會」會議論文，臺北，2009 年 5 月；收入郭鶴鳴總編輯：《第二屆兩岸韻文學學術研討會論文集——韻文的欣賞與研究》（臺北：世新大學，2010 年），頁 269～299
王偉勇 林宏達	〈清代「論詞絕句」論李煜及其作品探析〉	中山大學中文系主辦「第五屆國際暨第十屆全國清代學術研討」會議論文，高雄，2009 年 6 月；又收入王偉勇：《清代論詞絕句初編》（臺北：里仁書局，2010 年），頁 339～389
趙福勇	〈清代「論詞絕句」論晏殊詞探析〉	《成大中文學報》二十五期（2009 年 7 月），頁 153～178；又收入王偉勇：《清代論詞絕句初編》（臺北：里仁書局，2010 年），頁 391～421
王偉勇	〈清代論詞絕句之價值——以論唐、五代、兩宋詞為例〉	中國宋代文學學會主辦，四川大學承辦「第六屆宋代文學國際研討會」會議論文，成都，2009 年 10 月
孫克強 楊傳慶	〈清代論詞絕句的詞史觀念及價值〉	《學術研究》，2009 年十一期，頁 136～144
王偉勇	〈搜輯清代論詞絕句應有之認知〉	澳門大學社會科學及人文學院主辦「第二屆中華詞學國際學術研討會」會議論文，澳門，2009 年 12 月
詹杭倫	〈潘飛聲〈論粵東詞絕句〉說略〉	澳門大學社會科學及人文學院主辦「第二屆中華詞學國際學術研討會」會議論文，澳門，2009 年 12 月；又載《西南師範大學學報（哲學社會科學版）》，2010 年一期，頁 1～8
王淑蕙	〈清代「論詞絕句」論張炎詞舉隅探析〉	《雲漢學刊》二十期（2009 年 12 月），頁 1～23
陳水雲	〈論詞絕句的歷史發展〉	《國文天地》二十六卷六期（2010 年 11 月），頁 41～44

第二節　研究範圍與方法

　　本文係以論及北宋詞人及其作品之清代論詞絕句爲研究範圍，大陸學者吳熊和、陶然與孫克強皆曾彙編清代論詞絕句，吳、陶二氏之作見吳熊和主編《唐宋詞匯評（兩宋卷）》（杭州：浙江教育出版社，2004 年）冊五附錄「清人論詞絕句」，孫氏之作見孫克強《清代詞學批評史論》（上海：上海古籍出版社，2008 年）附錄「清代論詞絕句組詩」，惟二書所錄時見舛漏，有待校訂增補。而筆者亦與業師王偉勇教授自 2004 年收錄清代論詞絕句，廣蒐博采，間取吳、陶二氏「清人論詞絕句」、孫氏「清代論詞絕句組詩」與郭紹虞、錢仲聯、王遽常《萬首論詩絕句》〔註 21〕所錄者，編成「清代論詞絕句初編」，收入王師偉勇《清代論詞絕句初編》（臺北：里仁書局，2010 年）一書，所輯詩作數量超越吳、陶二氏與孫氏之作，標點、校勘力求精審。而本文所研究之清代論詞絕句，即以此收錄資料爲文本。

　　至於研究之步驟與方法如下：

　　一、研判所收每首論詞絕句之論述內容，歸納爲詞體論、詞人論、詞作論、詞籍論、詞派論五類。

　　二、揀擇論及北宋詞人及其作品之論詞絕句，包括詞人論、詞作論、詞籍論、詞派論四類資料。揆諸清代論詞絕句所論北宋詞人及其作品，多屬歷來備受論贊之名家，其餘小家僅有寥寥數首論及。細繹箇中原因有二，一爲篇幅限制，除卻譚瑩、梁梅各有一七七、一六〇首論詞絕句，其他各家所作少者一首，多者雖有數十首之組詩，然常綜論唐、五代、北宋、南宋、金、元、明、清詞人，如此有限之篇幅自以名家爲論述首選，難以兼顧小家。二爲名家效應，清代論詞絕句係較爲晚出之詞論資料，而詞之發展自唐迄清，歷經時間之刪汰、論者之批評、選家之甄別，名家、名作早已形成，論詞絕句作者難免囿

────────────

〔註21〕郭紹虞、錢仲聯、王遽常編：《萬首論詩絕句》（北京：人民文學出版社，1991 年）。案：廣義之「詩」涵蓋詩、詞、曲等韻文，諸多題爲「論詩」絕句之作內容皆涉「論詞」，自當納歸論詞絕句。

於名家效應而遞相詠讚。有鑑於此，本文之論述對象亦以北宋詞壇名家為主，標舉柳永、張先、晏殊、歐陽脩、蘇軾、秦觀、黃庭堅、晏幾道、賀鑄與周邦彥等十人，而其餘小家則從略。

　　三、綜觀論及某一詞人及其作品之論詞絕句，爬梳董理，歸納相似論點之論詞絕句。

　　四、探析同一論點之每首論詞絕句，非但解說字詞、典故以詮釋其文義，更引詞作、詞話、序跋、評點、詩話、筆記、詩文、史傳、方志等資料參伍較論，以闡幽抉微、追本溯源、衍繹發明，從而彰顯其優劣、承啟。間考論詞絕句作者之生平行實與其時之詞壇風尚，以解析其審美傾向、詞學主張與創作意圖。

　　五、本文基於時代之演進、詞壇之嬗遞，概將北宋詞史分為前、後二期，以太祖至仁宗（960～1063）為前期，而英宗至欽宗（1064～1127）為後期，並據詞人主要活動年代將其劃歸適當期別。每期各以上、下兩章論述，末章則總結研究成果。至於所論北宋十大詞人之先後排序，概依詞人之生年，惟黃庭堅與秦觀同為蘇門四學士，故將二人置於蘇軾之後，又清代論詞絕句多藉秦觀品第黃庭堅，故先論秦觀再論黃庭堅。

第二章　清代論詞絕句概說

第一節　清代論詞絕句之彙編

　　清代詞學號稱中興，論者、流派踵繼代雄，理論、批評形式多元，前代普遍運用之詞話、序跋、詞選、評點等載體固爲重要形式，而以絕句體式論詞之「論詞絕句」更蓬勃發展，蔚爲風尙，作品數量遠邁前代。

　　清代論詞絕句主要收於作者本人之詩集、別集，然亦散見如下載籍：（一）詞集：如王鵬運輯四印齋《蕭閑老人明秀集注》附黃丕烈〈題影鈔金槧蔡松年詞殘本後〉、周之琦選《心日齋十六家詞錄》末附其論十六家詞之絕句；（二）詞話：如徐釚《詞苑叢談》卷九有葉元禮題朱彝尊詞之絕句、馮金伯《詞苑萃編》卷一八有仇元吉〈題《菊莊詞》〉；（三）詩話：如楊鍾羲《雪橋詩話》三集卷一二錄沈世良〈案頭雜置諸詞集，戲題四絕句〉、王昶《蒲褐山房詩話》錄朱方藹〈論詞絕句〉；（四）筆記：如阮葵生《茶餘客話》卷一一載徐良崎〈題《側帽》、《彈指》二詞〉、況周頤《選巷叢譚》卷二載王僧保〈論詞絕句〉；（五）總集、叢書：如張維屏選《學海堂三集》卷二四收梁梅二十六首論詞絕句，何藻輯《古今文藝叢書》收潘飛聲〈論嶺南詞絕句〉；（六）期刊、報紙：如《南社叢刻》二集（1910 年 7 月 15 日）刊高旭〈論詞絕句三十首〉、1909 年 6 月 17 日《中華新報》刊高旭〈《十大家詞》

題詞〉。〔註1〕

　　如此分散之詞學史料如能彙集成編，將有助於進一步之研究。而自晚清以降，諸學人孜孜矻矻，戮力從事清代論詞絕句之統整，雖未盡善，然已初具規模。以下試就相關彙編論著略作述評，以明其承啟得失。

一、況周頤《餐櫻廡詞話》

　　況周頤（1859～1926）於光緒二十三年（1897）暮春客居揚州時，徐穆錄示王僧保「未經梓行」之〈論詞絕句〉三十六首，況氏遂將王氏〈論詞絕句〉全文迻錄於《餐櫻廡詞話》中。〔註2〕《餐櫻廡詞話》又錄納蘭性德《飲水詩》中之古詩〈填詞〉：「詩亡詞乃盛，比興此焉托。……不見句讀參差三百篇，已自換頭兼轉韻」，並謂：「容若承平少年，烏衣公子，天分絕高。適承元明詞敝，甚欲推尊斯道，一洗雕蟲篆刻之譏」，提點納蘭性德「尊體」之論詞宗旨。〔註3〕同書更錄周之琦《心日齋十六家詞錄》附題之十六首論詞絕句，〔註4〕再錄朱依真《九芝草堂詩存》之二十八首論詞絕句，〔註5〕續錄孫爾準《泰雲

〔註1〕以上所述參見王偉勇：〈清代論詞絕句之整理、研究及其價值〉，《清代論詞絕句初編》（臺北：里仁書局，2010年），頁3～4。

〔註2〕詳見況周頤：《餐櫻廡詞話》，張璋、職承讓、張驊、張伯寧編：《歷代詞話續編》（鄭州：大象出版社，2005年），冊上，頁86～88。而況周頤《選巷叢譚》亦將王僧保三十六首〈論詞絕句〉著錄其中，詳見況周頤：《阮盦筆記五種·選巷叢譚》（臺北：新文豐出版公司，1989年，《叢書集成續編》冊二十四），卷二，頁689～691。

〔註3〕詳見況周頤：《餐櫻廡詞話》，張璋、職承讓、張驊、張伯寧編：《歷代詞話續編》，冊上，頁90。

〔註4〕詳見況周頤：《餐櫻廡詞話》，張璋、職承讓、張驊、張伯寧編：《歷代詞話續編》，冊上，頁91～92。

〔註5〕詳見況周頤：《餐櫻廡詞話》，張璋、職承讓、張驊、張伯寧編：《歷代詞話續編》，冊上，頁92～94。而況周頤所輯《粵西詞見》，亦將朱依真二十八首論詞絕句附錄其中，詳見況周頤：《粵西詞見》（臺北：新文豐出版公司，1989年，《叢書集成續編》冊二〇五），卷一，頁785～787。

堂詩集》專論清代詞人之二十二首〈論詞絕句〉。〔註6〕綜觀況周頤《餐櫻廡詞話》前後著錄王僧保、納蘭性德、周之琦、朱依眞、孫爾準五人之作，可見對以詩論詞之關注。尤其書中著錄王、周、朱、孫四家論詞絕句全文，甚至接連三則著錄周、朱、孫三家之作，更見況氏有意彙集論詞絕句文獻之用心。

二、趙尊嶽輯《論詞絕句》

　　趙尊嶽（1898～1965）少從況周頤學詞，繼承師業，自 1924 年至 1936 年匯輯校刊《明詞彙刊》（又名《惜陰堂彙刻明詞》、《惜陰堂明詞叢書》），於有明詞集之搜存居功厥偉。趙氏更爲彙集論詞絕句之先驅，蓋唐圭璋輯印《詞話叢編》，原分甲、乙兩編，甲編爲刊本，乙編爲輯本，而乙編擬收之四十一種輯本中，有「趙尊嶽輯《論詞絕句》一卷」。〔註7〕然正式付梓之《詞話叢編》未見趙氏此作，以致不明所輯論詞絕句之數量、內容，惟以趙氏批校《明詞彙刊》之嚴謹態度推論，當屬精審之作。

三、饒宗頤〈詞學平論史稿序〉

　　饒宗頤〈詞學平論史稿序〉係其門生江潤勳《詞學平論史稿》之弁言，文中簡述詞論資料之濫觴、流衍云：

> 以韻語論詞者，屬太鴻而外，又有沈（初）、江（昱）、孫（爾準）、張（鴻卓）、周（之琦）、朱（依眞）、陳（澧）、譚（瑩）、王（僧保）、楊（恩壽）、馮（煦）、潘（飛聲）十數家。雖汗漫如黃茅白葦，然絜長量短，亦不庸以廢。〔註8〕

〔註6〕詳見況周頤：《餐櫻廡詞話》，張璋、職承讓、張驊、張伯寧編：《歷代詞話續編》，冊上，頁 94。案：該書原載「金鑨孫平叔（爾準）《秦雲堂詩集》絕句二十二首，專論國朝詞人」之《秦雲堂詩集》，應爲《泰雲堂詩集》之誤。

〔註7〕詳見《詞學季刊》二卷一號（1934 年 10 月），「詞壇消息」之「詞話叢編之校印」，頁 200～202。

〔註8〕饒宗頤：〈詞學平論史稿序〉，饒宗頤著，鄭會欣編：《選堂序跋集》（北京：中華書局，2006 年），頁 127。案：引文之「陳（澧）」原

饒氏歷數清代十數家以韻語論詞者，而所舉諸家多有論詞絕句之作，如江昱〈論詞十八首〉、陳澧〈論詞絕句六首〉、楊恩壽〈論詞絕句〉三十首、潘飛聲〈論嶺南詞絕句〉二十首，皆是其例。盱衡清代論詞絕句之作者實不止「十數家」，然饒氏之羅列足資後人按圖索驥，以窺論詞絕句之堂奧，篳路藍縷，功不可沒。

四、吳熊和〈《詞話叢編》讀後〉

吳熊和〈《詞話叢編》讀後〉〔註9〕述及自宋以來之詞論形式約有詞話、詞集序跋、詞集評點、論詞絕句四類，並謂論詞絕句係由論詩絕句演化而來，至清始盛；「內中自出手眼，並見學識之作，在在可見，與歷代詞話或互資發明，或別開生面」。凡此有關論詞絕句流變及其詞論價值之言，皆屬精闢之見解。吳氏又於文中疾呼：「研究歷代詞論，也需要把這些論詞絕句匯集起來，列為了解詞論、詞史的一個重要方面」；「清人的論詞絕句如果匯為一編，則可與《詞話叢編》補編本相輔以行」，強調彙集清代論詞絕句之急切性。

吳氏更就瀏覽所及，列舉清代三十八家近八百首之論詞絕句，網羅至富，可供讀者循線查閱論詞絕句全文。而其著錄之體例為：姓名、題目、數量、出處，如「厲鶚〈論詞絕句十二首〉，《樊榭山房集》卷七」、「沈道寬〈論詞絕句〉四十二首，《話山草堂詩鈔》卷一」、「汪筠〈讀《詞綜》書後二十首〉，《謙谷集》卷二。〈校《明詞綜》三首〉，《謙谷集》卷三」。然細加按覈，可見如下未臻詳確之處：

（一）姓名、詩題、數量、出處時有訛闕

1. 姓名有誤

如「汪仲初〈題陸南香《白蕉詞》後四首〉」，作者應作「汪仲鈖」。

誤作「陳（澧）」。

〔註9〕 吳熊和：〈《詞話叢編》讀後〉，收於吳熊和：《吳熊和詞學論集》（杭州：杭州大學出版社，1999年），頁 127～135。而該文有關論詞絕句之論述，見頁 132～135。

再者，該文所錄論詞絕句作者均題姓、名，唯「朱小岑〈論詞絕句〉二十二首，又六首」，乃題其姓、字（朱依眞，字小岑），爲求體例統一，宜作「朱依眞」。

2. 詩題失真

吳氏偶有增刪、誤植、簡化詩題之現象，如沈初〈題陳迦陵塡詞圖五首〉，應作〈題陳迦陵前輩塡詞圖五首〉；陳石麟〈書張皋文塡詞後〉，應作〈書皋文塡詞後〉；尤維熊〈讀詞評〉，應作〈續詞評〉；石韞玉〈論詞三首〉，應作〈讀蔣心餘、彭湘涵、郭頻伽詞草，各繫一詩〉；姚燮〈論詞絕句〉九首，應作〈論詞九絕句示杜（煦）汪（全泰）兩丈〉。

3. 數量闕謬

吳氏標示論詞絕句數量之原則，在於：凡詩題已見數量者即不再贅列，如「江昱〈論詞十八首〉」；而詩題未言數量者，則於題後標註數量，如「孫爾準〈論詞絕句〉二十二首」。然有漏列數量者，如「方熊〈題李清照《漱玉集》、朱淑眞《斷腸集》〉」，漏標數量「三首」；亦有誤標數量者，如「程恩澤〈題周稚圭《金梁夢月詞》十六首〉」，實僅八首。此外，譚瑩所作〈論詞絕句一百首〉，實爲一○一首，亦宜標註清楚。

4. 出處訛脫

吳氏大抵列出載錄論詞絕句之書刊名，有卷、期數者並附加於後，如「鄭方坤〈論詞絕句三十六首〉，《蔗尾詩集》卷五」、「高旭〈論詞絕句三十首〉，《南社》第二集」。然有卷數出錯者，如「曹溶〈題周青士詞卷四首〉，《靜惕堂詩集》卷二九」，應作「卷四三」；亦有卷數漏列者，如沈初之〈編舊詞存稿作論詞絕句十八首〉，僅列書名《蘭韻堂詩集》，漏列「卷一」。更有書名訛誤者，如「王僧保〈論詞絕句〉三十六首，況周頤《選庵叢談》卷二」，應作《選巷叢談》，又如「宋翔鳳〈論詞絕句〉二十首，《憶山堂詩錄》」，正確出處應作「《洞簫樓

詩紀》卷三」。

　　吳氏所錄更有一條資料多處訛闕者，如「陳錫熊〈題雲間詞十二首〉，《篁村詩集》卷一○」，姓名、詩題、出處皆誤，當作「陸錫熊〈題《問雲詞》十二首〉，《篁村集》卷二」。他如「張祥河〈論詞絕句十首〉，《小重山房續錄》」，宜作「張祥河〈論詞絕句十首‧專賦閨人〉，《小重山房詩詞全集‧詩舲續槀‧朝天集》」；「汪苬〈題李清照、朱淑貞詞〉，《茶磨山人詩鈔》」，宜作「汪苬〈題《林下詞》四首〉，《茶磨山人詩鈔》卷四」；「沈世良〈論詞絕句〉四首，《小衹陀庵詩集》」，宜作「沈世良〈案頭雜置諸詞集，戲題四絕句〉，《小衹陀盦詩鈔》卷一」。

（二）誤錄不屬清代論詞絕句之作

　　吳氏所錄「謝乃實〈詞名絕句一百三十首〉，《峇爐山人集》附」，題目應作〈用詞名絕句一百三十首〉。〔註10〕而檢視謝氏此作，係將詞牌嵌入詩中，如之三：「隔年春似遠朝歸，一夜廳前柳弄暉；處處踏青遊有日，好時光在不相違」，涵蓋〈遠朝歸〉、〈廳前柳〉、〈踏青遊〉、〈好時光〉四調，更有關涉五調、六調者，〔註11〕甚具巧思，讀之可見詞牌名目之盛，《四庫提要》更言：「其詞名絕句一百三十首別為一冊，為古今所未有」，頗為稱揚。〔註12〕雖然，此組絕句之義涵非關詞牌之源流正變、體式格律，不宜目為論詞絕

〔註10〕　〔清〕謝乃實：〈用詞名絕句一百三十首〉，見《峇爐山人詩集》（濟南：齊魯書社，2001 年，《四庫全書存目叢書補編》冊五十三），頁653～660。

〔註11〕　如之七：「因探芳信到山亭，摘得新花插玉瓶；一點春光無近遠，喜邊鶯可隔簾聽」，嵌入〈探芳信〉、〈摘得新〉、〈一點春〉、〈喜邊鶯〉、〈隔簾聽〉五調；之三一：「醉妝詞就翠樓吟，荷葉杯盛別恨深；繡帶兒拖西地錦，分明五綵結同心」，嵌入〈醉妝詞〉、〈翠樓吟〉、〈荷葉杯〉、〈繡帶兒〉、〈西地錦〉、〈五綵結同心〉六調。

〔註12〕　〔清〕永瑢等：《四庫全書總目提要》（臺北：臺灣商務印書館，1985 年，《合印四庫全書總目提要及四庫未收書目禁燬書目》），卷一八三「《峇爐山人集》提要」，頁4067。

句。〔註13〕

　　吳氏又錄「張錫爵〈秋齋客至，剪燭論詩，偶及近代詞人，漫成絕句三十首〉，《吾友于齋詩鈔》」，經查張氏此作載於十二卷本《吾友于齋詩鈔》卷十，〔註14〕而其內容實爲論詩絕句，品騭明、清數十詩家之遭遇、師承、詩作、詩風、詩論、詩選，如之一五論孫枝蔚（字豹人）曰：「西歸太華更何辰，愛訪焦先舊隱淪；破浪乘風自高詠，孫郎眞不愧秦人。（三原孫豹人游焦山，中流風浪大作，孫長嘯詠詩，有『也知賦命原窮薄，尚欲西歸太華眠』之句）」張錫爵所論諸家不乏兼以詞作、詞論知名者，如王士禛、宋琬、朱彝尊、劉體仁、孫枝蔚、毛奇齡、孫致彌等，惟此等絕句只可供研究該詞人之參佐，究不屬「論詞」範疇。

　　再者，吳氏錄有「潘際雲〈題漱玉詞〉、〈斷腸詞〉，《清芬堂集》」，而據吳氏體例，此條宜作「潘際雲〈題李清照《漱玉詞》〉一首、〈題朱淑眞《斷腸詞》〉一首，《清芬堂集》卷四」。查閱潘氏原文，〈題朱淑眞《斷腸詞》〉爲七言絕句，然〈題李清照《漱玉詞》〉屬五言古詩，不應闌入論詞「絕句」之列。吳氏又錄有「韓崶〈蔣因培燕園爲李易安故宅賦〉，《寶鐵齋詩錄》」，而韓氏此作完整題目應爲〈蔣大令因培燕園爲李易安故宅，賦此束贈一首〉，體裁則爲七言律詩。

　　此外，吳氏之著錄大抵依作者時代先後爲序，起於曹溶，終於姚錫鈞。惟姚錫鈞之〈眎了公論詞絕句十二首〉刊於《南社叢刻》十八集（1916 年 6 月），發表時間已入「民國」，不宜劃歸「清代」論詞絕句。

〔註13〕綜觀謝乃實〈用詞名絕句一百三十首〉詩意，惟之二二：「一個朝雲蘇幕遮，東坡引去向天涯；可憐絕世風流子，萬里春愁滿路花」，涉及蘇軾與朝雲之情事，可資蘇軾研究之用。

〔註14〕〔清〕張錫爵：〈秋齋客至，剪燭論詩，偶及近代詞人，漫成絕句三十首〉，《吾友于齋詩鈔》（北京：中國國家圖書館藏），卷十，頁 7上～10 下。

五、孫克強《清代詞學》

孫克強《清代詞學》〔註 15〕第四章「清代詞學特徵論之三：理論表述方式和文獻資料特色」，指出清代詞論材料數量浩繁、形式多樣，涉及詞話；詞集、詞選；序跋批注；有關詞學之書札、論文；論詞詩、詞；筆記；詞韻、詞譜；詩話、曲話。而其第三節專論「論詞詩詞」，強調論詞詩乃清代詞學理論之重要形式，並爲清代論詞詩追本溯源，謂杜甫之〈戲爲六絕句〉與元好問之〈論詩三十首〉「開後世以組詩進行系列文學批評的先河」、「論詞詩宋代已有，如劉克莊有〈自題長短句後〉」。凡此，皆有助於論詞絕句之研究。

孫氏進而參閱吳熊和《《詞話叢編》讀後》，錄其檢索所見清代四十一家之論詞組詩。有別於吳氏之作，孫氏所錄爲「論詞組詩」而非「論詞絕句」，然其條目大抵同於吳氏，另增余雲煥等三家。比勘、檢核孫氏之作，約有如下疏漏：

（一）姓名、詩題、數量、出處時有訛闕

孫氏著錄體例同於吳氏，亦依姓名、詩題、數量、出處之序。綜觀孫氏之作雖已修訂吳氏若干脫謬，然而多處訛闕則仍其舊。姓名沿誤者，如〈題陸南香《白蕉詞》後四首〉之作者，仍誤作「汪仲初」（應作「汪仲鈖」）；題目沿誤者，如石韞玉之〈讀蔣心餘、彭湘涵、郭頻伽詞草，各繫一詩〉，仍誤作〈論詞三首〉；數量沿誤者，如程恩澤之〈題周稚圭前輩《金梁夢月詞》〉，仍誤作十六首（應爲八首）；出處沿誤者，如曹溶〈題周青士詞卷四首〉，出處《靜惕堂詩集》之卷數仍誤作「卷二九」（應作「卷四三」）。

更有不少孫氏新出之訛闕：姓名有誤者，如「姚錫均〈際了公論詞絕句〉十二首（《南社》第十八集）」，應作姚錫鈞；詩題失真者，如「江昱〈論詞絕句〉十八首（《松泉詩集》卷一）」，題目誤衍「絕

〔註15〕孫克強：《清代詞學》（北京：中國社會科學出版社，2004 年），而該書有關「論詞詩」之論述，見頁 68～71。

句」二字，應作〈論詞十八首〉；數量闕謬者，如「宋翔鳳〈論詞絕句〉十二首（《洞簫樓詩紀》三）」，數量應爲二十首；出處訛脫者，如「汪筠〈讀《詞綜》書後二十首〉、〈校《明詞綜》三首〉（《謙谷集》卷二）」，出處應作「《謙谷集》卷二、三」。

（二）漏列同一詩人之其他詩作

孫氏之作較吳氏增列余雲煥之〈論詞絕句〉、馮煦之〈論詞絕句〉、潘曾瑋之〈與小珊論詞〉，誠有功於清代論詞詩作之搜求。雖然，孫氏漏列若干作者之其他詩作，如沈初之作只錄〈編舊詞存稿作論詞絕句十八首〉，遺漏〈題陳迦陵前輩塡詞圖五首〉；譚瑩之作只錄〈論詞絕句一百首〉，遺漏〈論詞絕句又三十六首（專論嶺南人）〉、〈論詞絕句又四十首（專論國朝人）〉；朱依眞之作只錄〈論詞絕句二十二首〉，遺漏〈僕少有〈論詞絕句〉，迄今二十年，燈下讀諸家詞，有老此數家之意，復綴六章，於前論無所長人也〉。

此外，吳熊和原錄有「潘飛聲〈論嶺南詞絕句〉二十首，《說劍堂集》」，而孫氏增補爲「潘飛聲〈論粵東詞絕句〉（《説劍堂叢書》）、〈論嶺南詞絕句〉（《古今文藝叢書》）」，然〈論粵東詞絕句〉即〈論嶺南詞絕句〉，不宜重出。

（三）誤錄不屬清代論詞組詩之作

孫氏蹈襲吳氏之誤，仍錄姚錫鈞發表於「民國」而非「清代」之〈际了公論詞絕句十二首〉，亦錄謝乃實、張錫爵非「論詞」之〈用詞名絕句一百三十首〉、〔註 16〕〈秋齋客至，剪燭論詩，偶及近代詞人，漫成絕句三十首〉。

再者，孫氏自言所錄乃清代論詞「組詩」，然其中不乏「單篇」之作，即韓崇之〈蔣大令因培燕園爲李易安故宅，賦此柬贈一首〉，〔註 17〕係單篇七律；潘曾瑋之〈與小珊論詞〉，係單篇五古。而潘際

〔註 16〕此詩詩題，孫氏仍吳氏之舊，簡作〈詞名絕句一百三十首〉。
〔註 17〕此首詩題，孫氏仍吳氏之舊，誤作〈蔣因培燕園爲李易安故宅賦〉。

雲之〈題朱淑眞《斷腸詞》〉乃單篇七絕，又其〈題李清照《漱玉詞》〉則爲單篇五古。〔註18〕

六、吳熊和《唐宋詞匯評（兩宋卷）》

　　饒宗頤〈詞學平論史稿序〉、吳熊和《《詞話叢編》讀後》與孫克強《清代詞學》皆只羅列論詞絕句之作者、詩題，至吳熊和主編《唐宋詞匯評（兩宋卷）》附錄吳熊和、陶然輯「清人論詞絕句」，〔註19〕始將論詞絕句原文彙爲一編，前有目錄，後爲原文，計收二十八位清人所作六○一首論詞絕句。〔註20〕有如唐圭璋《詞話叢編》、金啓華等人《唐宋詞集序跋匯編》、施蟄存《詞籍序跋萃編》諸作之統整詞論資料，此作誠爲清代論詞絕句之淵藪，免去讀者逐家翻檢之勞。吳、陶二人用功之勤，自不待言。

　　該書輯錄六百餘首清代論詞絕句，誠屬不易，其中更有吳熊和前作《《詞話叢編》讀後》所未錄者，即曹溶〈武林徐生以《衣錦山樂府》見貺，戲題四首〉、陳晶恒〈讀宋詞偶成絕句十首〉、張崎亭〈論詞絕句〉（三首）、高旭《《十大家詞》題詞〉（十首）、黃承吉〈觀史邦卿詞〉、〔註21〕葉元禮〈評朱彝尊詞〉、仇元吉〈題《菊莊詞》〉、徐良崎〈題彈指側帽詞〉（以上皆爲一首）。惟其所錄絕非清代論詞絕句之全貌，茲以前此吳氏《《詞話叢編》讀後》所錄篇目加以比勘，該書只錄沈初〈編舊詞存稿作論詞絕句十八首〉，漏收〈題陳迦陵前輩

〔註18〕潘際雲此二首之詩題，孫氏簡作〈題漱玉詞〉、〈題斷腸詞〉。
〔註19〕見吳熊和主編：《唐宋詞匯評（兩宋卷）》（杭州：浙江教育出版社，2004年），冊五，附錄吳熊和、陶然輯「清人論詞絕句」，頁4386～4439。
〔註20〕該書於「目錄」末曰：「以上共計五百九十五首」，然此「目錄」之「朱小岑」條只列其〈論詞絕句二十二首〉（共二十二首），漏列「〈僕少有〈論詞絕句〉，迄今二十年，燈下讀諸家詞，有老此數家之意，復綴六章，於前論無所長人也〉（共六首）」，故所收論詞絕句總數應爲六○一首。
〔註21〕此首詩題應作〈春遲暇日，懷涉頗繁，雜成絕句十二首，併書之，無次第〉之九。

填詞圖五首〉，更有馮浩、章愷、汪仲鈖、陸錫熊、陳石麟、石韞玉、潘際雲、郭書俊、宋翔鳳、方熊、張祥河、汪芑等十數家論詞絕句未見收錄，遑論其他清人之作。

　　而就該書內容核之，亦時見誤植、脫略之處，不爲辯明，恐將貽誤讀者，茲列舉如次：

（一）姓名、詩題舛漏

　　該書偶一不愼，以致誤題作者姓名，一爲汪孟鋗，一爲徐良崎。蓋「汪孟鋗」乃汪森曾孫、汪仲鈖胞兄，其《厚石齋詩集》有論詞絕句〈題本朝詞十首〉，而該書誤作「吳孟鋗」。又該書自馮金伯《詞苑萃編》卷一八引錄「徐良畸」所作〈題彈指側帽詞〉，然據《詞話叢編》本《詞苑萃編》、阮葵生《茶餘客話》，作者應爲「徐良崎」。〔註22〕此外，有關朱依眞（字小岑）之題名，該書仍依《詞話叢編》讀後〉之舊，題其姓、字而作「朱小岑」，宜改作「朱依眞」。

　　該書所錄論詞絕句詩題已較〈《詞話叢編》讀後〉精準，然仍有脫略，如沈世良〈戲題四絕句〉當作〈案頭雜置諸詞集，戲題四絕句〉；又如該書錄有黃承吉〈觀史邦卿詞〉，然黃氏該作實爲組詩〈春遲暇日，懷涉頗繁，雜成絕句十二首，併書之，無次第〉之九，而「觀史邦卿詞」係詩後之附註。

（二）字句訛闕

　　該書校對未臻精審，校以論詞絕句原典，可見諸多字句謬誤、遺漏之處。字句訛誤者，如沈道寬〈論詞絕句〉之一二係論范仲淹之作，其三、四句曰：「誰識穹邊窮塞主，心如鐵石賦梅花」，〔註23〕而該書

〔註22〕詳見〔清〕馮金伯輯：《詞苑萃編》，卷十八〈紀事九〉「朝鮮仇徐題詞」條，唐圭璋編：《詞話叢編》（臺北：新文豐出版公司，1988年），冊三，頁2139；〔清〕阮葵生：《茶餘客話》（上海：上海古籍出版社，2002年，《續修四庫全書》冊一一三八），卷十一，頁100。

〔註23〕〔清〕沈道寬：〈論詞絕句〉之一二，《話山草堂詩鈔》（臺北：臺灣大學圖書館藏，清光緒三年潤州權廨刊本），卷一，頁37上。

「穹」誤作「客」、「塞」誤作「寒」。又如譚瑩〈論詞絕句又三十六首（專論嶺南人）〉之七論黎貞曰：「薄情鶯燕偏相惱，詩學西菴竟不差」，〔註24〕其中「詩學西菴」下有譚瑩自注：「見《獻徵錄》」，而該書誤作「見《徵獻錄》」。此外，該書於所錄王僧保〈論詞絕句〉末附「西御王君詞為當時之冠。……穆再頓」一段文句，而曰「附跋」，然此附語實為「徐穆與況周頤書」，〔註25〕並非王僧保〈論詞絕句〉之跋語。

至於字句闕漏者，如譚瑩〈論詞絕句又四十首（專論國朝人）〉之二二論沈皞日曰：「同居咸藉也名齊，飲水能歌獨柘西」，〔註26〕而該書缺「獨」字；又如鄭方坤〈論詞絕句三十六首〉之二二自注曰：「稼軒長才，邁斯末運，具〈離騷〉之忠憤，有越石之清剛。如金筘成器，自擅商聲；櫪馬悲鳴，不忘千里。而陋者顧于音響聲色間掎摭利病，無乃斥鷃之視鵾鵬矣乎」，〔註27〕而該書自「櫪馬」至「聲色」計十七字全數遺漏。

似此字句訛闕之情形，輕者或無傷大雅，重者恐違離作者之本意、有礙讀者之解讀。如沈道寬〈論詞絕句〉之二三曰：

> 紅牙按拍譜新聲，顧曲周郎共此情；東澤還餘綺語債，心
> 香一瓣為先生。〔註28〕

此絕論述張輯，而第三句係將張輯詞集名《東澤綺語債》嵌入詩中，

〔註24〕〔清〕譚瑩：〈論詞絕句又三十六首（專論嶺南人）〉之七，《樂志堂詩集》（上海：上海古籍出版社，2002年，《續修四庫全書》冊一五二八），卷六，頁481～482。

〔註25〕參王僧保〈論詞絕句〉詩末附語，見況周頤：《阮盦筆記五種·選巷叢譚》，卷二，頁691。

〔註26〕〔清〕譚瑩：〈論詞絕句又四十首（專論國朝人）〉之二二，《樂志堂詩集》，卷六，頁484。

〔註27〕〔清〕鄭方坤：〈論詞絕句三十六首〉之二二，《蔗尾詩集》（濟南：齊魯書社，2001年，《四庫全書存目叢書補編》冊八），卷五〈木石居後草〉，頁315。

〔註28〕〔清〕沈道寬：〈論詞絕句〉之二三，《話山草堂詩鈔》，卷一，頁38。

然該書此句誤作「東澤還餘綺語續」，泯沒沈道寬之構句巧思。又如高旭〈論詞絕句三十首〉之五係以「亡國音哀如汝少，子規啼月恨難休」〔註29〕之句，稱許李煜之亡國傷感實屬亙古罕見，而該書作「亡國音哀知汝少」，反成責難李煜之詞。再如該書所錄高旭〈論詞絕句三十首〉之一七作：

> 小坡獨自倚欄時，雨過涼生意欲癡；拗相有幾才亦俊，丁
> 香枝上寄相思。

此絕前聯論蘇過（字叔黨，蘇軾子，善書畫，時稱「小坡」）及其〈點絳脣〉（高柳蟬嘶）詞，〔註30〕而第三句之「拗相有幾」令人費解，經核對《高旭集》、《南社叢刻》二集原文，〔註31〕方知「幾」爲「兒」之誤字，後聯所論實爲王安石（生性執拗，人稱「拗相公」）之子王雱（字元澤）及其〈眼兒媚〉（楊柳絲絲弄輕柔）詞。〔註32〕

〔註29〕〔清〕高旭：〈論詞絕句三十首〉之五，見〔清〕高旭著，郭長海、金菊貞編：《高旭集》（北京：社會科學文獻出版社，2003 年），上編《天梅遺集》，卷三〈未濟廬詩〉，頁 78。

〔註30〕〈點絳脣〉（高柳蟬嘶）一詞，《全宋詞》據汪藻（字彥章，號浮溪）《浮溪文粹》卷一五作汪藻詞，楊愼則謂蘇過所作，其《詞品》曰：「草堂詞所載〈點絳脣〉二首，『高柳蟬嘶』及『新月娟娟』，皆叔黨作也。是時方禁坡文，故隱其名。相傳之久，遂或以爲汪彥章，非也」（〔明〕楊愼：《詞品》，卷三「蘇叔黨詞」條，唐圭璋編：《詞話叢編》，冊一，頁 473）。而〈點絳脣〉全詞如下：「高柳蟬嘶，采菱歌斷秋風起。晚雲如髻。湖上山橫翠。　簾捲西樓，過雨涼生袂。天如水。畫樓十二。有箇人同倚」（唐圭璋編：《全宋詞》，臺北：文光出版社，1983 年，冊二，頁 800）。

〔註31〕〔清〕高旭：〈論詞絕句三十首〉之一七，見〔清〕高旭著，郭長海、金菊貞編：《高旭集》，上編《天梅遺集》，卷三〈未濟廬詩〉，頁 79，又見《南社叢刻》（揚州：江蘇廣陵古籍刻印社，1996 年影印），二集（1910 年 7 月 15 日），頁 221。

〔註32〕王雱〈眼兒媚〉全詞如下：「楊柳絲絲弄輕柔。煙縷織成愁。海棠未雨，梨花先雪，一半春休。　而今往事難重省，歸夢繞秦樓。相思只在，丁香枝上，豆蔻梢頭」，見嘉靖本《精選名賢詞話草堂詩餘》（保定：河北大學出版社，2006 年，劉崇德、徐文武點校《明刊草堂詩餘二種》），卷上，頁 342。然較早之洪武本《增修箋注妙選群英草堂詩餘》（保定：河北大學出版社，2006 年，劉崇德、徐文武點

（三）標點錯植

該書已將所收論詞絕句原文予以斷句、標點，俾利今人研讀。而論詞絕句正文句式齊一，該書標點大抵無誤，至於附註、按語則有少數誤判、錯植之情形。如鄭方坤〈論詞絕句三十六首〉之四：「梧桐深院訴情悰，夜雨羅衾夢尚濃；一種哀音兆亡國，燕山又寄恨重重」，〔註33〕詩末有鄭氏自註，而該書之標點作：「宋徽宗北狩賦〈燕山詞〉云：『憑寄離恨重重，這雙燕何曾會人言語』、『梧桐夜雨』，俱李後主詞句。」讀之殊難通解。實則鄭氏此絕並論李煜、趙佶，前聯隱括李煜之〈烏夜啼〉（無言獨上西樓）與〈浪淘沙〉（簾外雨潺潺）二詞，〔註34〕末句述及趙佶之〈燕山亭〉（裁翦冰綃），是故正確標點應為：

> 宋徽宗北狩賦〈燕山詞〉云：「憑寄離恨重重，這雙燕何曾，會人言語。」「梧桐」、「夜雨」，俱李後主詞句。

又如王僧保〈論詞絕句〉之一○：「深情繾綣怨湘春，芳草天涯妙入神；名士無雙堪伯仲，卻憐空谷有佳人」，〔註35〕詩末附徐穆按語，該書對此按語標點如下：「黃雪舟：『湘春夜月清明，翠禽枝上銷魂。』李琳〈六么令〉：『依約天涯芳草，染得春風碧。』」然細究王僧保首句所論，係黃孝邁（號雪舟）〈湘春夜月〉詞，相關按語標點

校《明刊草堂詩餘二種》）前集卷上，則視此詞為無名氏作，而《全宋詞》亦將此詞歸無名氏作（見唐圭璋編：《全宋詞》，冊五，頁3737）。

〔註33〕〔清〕鄭方坤：〈論詞絕句三十六首〉之四，《蔗尾詩集》，卷五〈木石居後草〉，頁314。

〔註34〕李煜〈烏夜啼〉全詞如下：「無言獨上西樓。月如鉤。寂寞梧桐深院鎖清秋。　剪不斷。理還亂。是離愁。別是一番滋味在心頭」，〈浪淘沙〉全詞如下：「簾外雨潺潺。春意將闌。羅衾不暖五更寒。夢裏不知身是客，一晌貪歡。　獨自莫憑欄，無限關山。別時容易見時難。流水落花歸去也，天上人間」，曾昭岷、曹濟平、王兆鵬、劉尊明編：《全唐五代詞》（北京：中華書局，1999年），冊上，頁767、765。

〔註35〕〔清〕王僧保：〈論詞絕句〉之一○，見況周頤：《阮盦筆記五種·選巷叢譚》，卷二，頁690。

當爲：「黃雪舟〈湘春夜月〉：『近〔註36〕清明。翠禽枝上銷魂。』」他如譚瑩〈論詞絕句又四十首（專論國朝人）〉之六論曹貞吉：「千秋公論試評量，南渡詞人特擅場；十五家同收四庫，定知誰許魯靈光」，〔註37〕詩後有譚瑩自註，而該書錄此註語作：「我朝詞集，四庫所收者唯《珂雪詞》十五家詞，餘俱存目耳。」如此標點，令人以爲《四庫全書》收錄曹貞吉《珂雪詞》等十五家清人詞集。其實「十五家詞」亦爲詞集名稱，乃清初孫默輯刻之清詞總集，內含吳偉業《梅村詞》、梁清標《棠村集》、宋琬《二鄉亭詞》、曹爾堪《南溪詞》、王士祿《炊聞詞》、尤侗《百末詞》、陳世祥《含影詞》、黃永《溪南詞》、陸求可《月湄詞》、鄒祇謨《麗農詞》、彭孫遹《延露詞》、王士禛《衍波詞》、董以寧《蓉渡詞》、陳維崧《烏絲詞》、董俞《玉鳧詞》等十五家詞集。〔註38〕故譚瑩此註之標點應作「我朝詞集，四庫所收者唯《珂雪詞》、《十五家詞》，餘俱存目耳。」

七、孫克強《清代詞學批評史論》

繼吳熊和、陶然輯「清人論詞絕句」之後，孫克強亦將清代論詞絕句原文蒐錄成編，其《清代詞學批評史論》立有專章探討「清代論詞詩詞的理論價值」，書末附錄「清代論詞絕句組詩」，〔註39〕計收四十五家、七七七首論詞絕句。

相較吳、陶二氏之「清人論詞絕句」，孫氏刪汰黃承吉、葉元禮、仇元吉、徐良崎四家單首之作，補錄潘飛聲〈詞家四詠〉、〈題淮海詞〉，新增王時翔、章愷、馮浩、朱方藹、汪仲鈖、陸錫熊、陳石麟、石韞

〔註36〕　《選巷叢譚》此字墨跡污損，而核對黃孝邁〈湘春夜月〉原詞（唐圭璋編：《全宋詞》，冊四，頁2773），當爲「近」字。

〔註37〕　〔清〕譚瑩：〈論詞絕句又四十首（專論國朝人）〉之六，《樂志堂詩集》，卷六，頁483～484。

〔註38〕　參見〔清〕永瑢等：《四庫全書總目提要》，卷一九九「《十五家詞》提要」，頁4419。

〔註39〕　見孫克強：《清代詞學批評史論》（上海：上海古籍出版社，2008年），附錄「清代論詞絕句組詩」，頁365～502。

玉、席佩蘭、趙同鈺、屈秉筠、宋翔鳳、方熊、張祥河、華長卿、汪
芑、余雲煥、馮煦、王鵬運、姚錫鈞、木石居士等二十一家之作。然
所增補之姚錫鈞〈眂了公論詞絕句十二首〉，實爲「民國」論詞絕句，
又潘飛聲〈題淮海詞〉，錄自秦國璋輯《淮海先生詩詞叢話》，而該書
係民國三年無錫秦嘉會堂刊刻，此組題辭或作於民國。又木石居士
〈《名媛詞選》題辭十首〉與〈重印《名媛詞選》題辭〉，錄自民國十
六年石印本《五百家名媛詞選》，或亦爲民國之作。

　　綜觀孫氏所輯論詞絕句「組詩」，仍有待增補，如該書收有王時
翔〈酬姚魯思太史枉題中州所製《青絢樂府》四絕句，次原韻〉、沈
初〈編舊詞存稿作論詞絕句十八首〉，然王、沈二人另有〈次韻題杜
雲川太史花雨塡詞圖三首〉、〈題陳迦陵前輩塡詞圖五首〉。他如黃丕
烈有〈題影鈔金槧蔡松年詞殘本後〉八首，陳文述有〈題朱淑貞《斷
腸集》〉五首、〈題查伯葵撰〈李易安論〉後〉二首、〈又題《漱玉集》〉
四首，楊恩壽有〈論詞絕句〉三十首，皆未見採錄。

　　而孫氏僅收組詩，捨棄單首之作，殊覺可惜。某些論詞絕句作者
涉及詞論之單首絕句，實可與其組詩參照互補。如趙佶爲諸多論詞絕
句評論之對象，〔註40〕而華長卿〈論詞絕句〉三十六首品評唐、五代、
宋、金、元、清五十四位詞人，並未論及趙佶，然其〈讀史雜詩〉之
四：「可憐艮嶽成焦土，馬上追塡絕妙詞；五國城邊沙似雪，夜深猶
夢李師師」，〔註41〕正爲論趙佶之作；結合〈論詞絕句〉組詩，更能

〔註40〕 如沈道寬〈論詞絕句〉之八：「紫陌鶯花夢舊京，無情風雨太縱橫；
　　　　烏衣不會君王意，愁絕寥天五國城」（《話山草堂詩鈔》，卷一，頁36
　　　　下）；譚瑩〈論詞絕句一百首〉之一五：「孟婆風緊太郎當，誰憶君
　　　　王更斷腸；說到故宮無夢去，三生端是李重光」（《樂志堂詩集》，卷
　　　　六，頁 477）；高旭〈論詞絕句三十首〉之九：「慘澹燕山夕照中，杏
　　　　花零落付西風；小朝南矣君王北，夢裡安能覓故宮」（〔清〕高旭著，
　　　　郭長海、金菊貞編：《高旭集》，上編《天梅遺集》，卷三〈未濟廬詩〉，
　　　　頁 79）。

〔註41〕 〔清〕華長卿：〈讀史雜詩〉之四，《梅莊詩鈔》（上海：上海古籍出
　　　　版社，2002 年，《續修四庫全書》冊一五三三），卷一〈先庚集〉，頁
　　　　565。

建構華長卿之詞史譜系。再者，單首絕句可與其他詞論資料相印證發明，如王士禛之詞論，除卻《花草蒙拾》詞話與《倚聲初集》、《麗農詞》、《延露詞》之評點，論及柳永、陳維崧之絕句〈眞州絕句五首〉之五、〈題陳其年塡詞圖〉，吉光片羽，亦不容輕覷。又如朱彝尊之詞學批評除體現於《詞綜》之選輯與〈宋院判詞序〉、〈陳緯雲紅鹽詞序〉、〈黑蝶齋詩餘序〉等序跋，絕句〈題陳（履端）詞槀〉與論及張先、毛滂、鄭文妻孫氏之〈鴛鴦湖櫂歌一百首〉之八、一四、四六，亦可資參酌。

　　孫氏此書後出轉精，量與質皆出吳、陶二氏「清人論詞絕句」之右，然仍未盡周延，其可議者，有如下數端：

（一）姓名、詩題、出處偶誤

　　孫氏該書應據前作《清代詞學》名目輯成，前作「姚錫鈞〈际了公論詞絕句〉十二首」姓名誤作「姚錫均」、「江昱〈論詞十八首〉」詩題衍爲〈論詞絕句〉、「陳石麟〈書皐文塡詞後〉」詩題衍爲〈書張皐文塡詞後〉，凡此，該書皆仍其舊而未予更正。再者，新增之「王鵬運〈校刊《稼軒詞》成，率成三絕于後〉」，正確題目應作〈校刊《稼軒詞》成，率題三絕于後〉。此外，朱依眞除〈論詞絕句二十二首〉，另有〈僕少有〈論詞絕句〉，迄今二十年，燈下讀諸家詞，有老此數家之意，復綴六章，於前論無所長人也〉，〔註 42〕而該書乃將此六首論詞絕句題爲「又六首」，原有詩題移作題後之序，甚可怪也。

　　有關高旭〈論詞絕句三十首〉之出處，該書註明「《南社》第二集《磨劍室詩集》」，然《磨劍室詩集》係柳亞子（原名慰高，字安如，又改名棄疾）所作，而非高旭詩集，正確出處應作「《南社》第二集《未濟廬詩集》」。

〔註 42〕〔清〕朱依眞：〈僕少有〈論詞絕句〉，迄今二十年，燈下讀諸家詞，有老此數家之意，復綴六章，於前論無所長人也〉，見況周頤：《粵西詞見》，卷一，頁 786～787。朱氏此六首論詞絕句亦見錄於《餐櫻廡詞話》，而詩題末句作「於前論無所出入也」。

（二）字句訛闕

該書校對優於吳熊和《唐宋詞匯評（兩宋卷）》附吳熊和、陶然輯「清人論詞絕句」，改正不少訛奪，然仍多處沿誤；如前舉高旭詩句「拗相有兒才亦俊」，「兒」仍誤作「幾」。又如鄭方坤〈論詞絕句三十六首〉之二四曰：

> 天山遯客激清商，故國衣冠感御香；荷蓋蕈絲兩蕭瑟，蟬聲淒咽蟹無腸。（《樂府補題》有賦龍涎香、賦白蓮、賦蕈、賦蟬、賦蟹諸作，凡若干人，人若干首，皆趙宋遺老云。）〔註43〕

此絕詠讚南宋遺民詞選《樂府補題》，而二、三、四句各就所賦主題龍涎香、白蓮、蕈、蟬、蟹立說，結構、句意甚明，然吳、孫二書均將第三句「荷蓋蕈絲兩蕭瑟」之「兩」字誤判作形近之「雨」字。再如譚瑩〈論詞絕句又三十六首（專論嶺南人）〉之一六論盧龍雲（生卒年不詳，字少從，有《四留堂稿》）曰：

> 千秋歲又桂枝香，腦滿腸肥儘吉祥；賦罷郊居（見本集）蠻峒死（見阮《通志》），敢占文福四留堂（《四留堂稿》附詞七闋）。〔註44〕

前聯謂盧龍雲作〈千秋歲・壽人七十〉與〈桂枝香・喜友人報捷〉等祝頌詞篇，字裡行間充塞吉祥語。〔註45〕第三句之「賦罷郊居」指盧

〔註43〕〔清〕鄭方坤：〈論詞絕句三十六首〉之二四，《蔗尾詩集》，卷五〈木石居後草〉，頁315。

〔註44〕〔清〕譚瑩：〈論詞絕句又三十六首（專論嶺南人）〉之一四，《樂志堂詩集》，卷六，頁482。

〔註45〕盧龍雲〈千秋歲・壽人七十〉全詞如下：「萬綠千碧。歲寒自松栢。邁稀齡，貪泉石。勢利總不關，漁樵方傲跡。世莫知，丹丘自有神仙客。　無營甘處廓。聚順天倫樂。童顏駐，老堪卻。遠志等冥鴻，幽姿如海鶴。壽筵開，春酒年年花下酌」，〈桂枝香・喜友人報捷〉全詞如下：「秋高氣肅。喜月桂初攀，天香萬斛。爭看海上風雲，鵬程迅速。賓筵乍聽歌鳴鹿。際會昌、鳴騶出谷。十載山中，幾詠菁莪，同廥械樸。　人道是、昆丘片玉。當爲國呈珍，應時剖璞。禮樂三千，都是明時儲育。五色祥光炫朝旭，重喜慰、天朝夢卜。大展經綸，勉副主知，蒼生望足」，饒宗頤初纂，張璋總纂：《全明

龍雲曾作〈郊居賦〉，而「蠻峒」乃南方少數民族聚居之處，阮元《廣東通志》載盧龍雲「陞貴州參議，時苗眾猖獗，下車即訪苗情，條其款要於中丞，恩威並及，懾服有法，往來嵁峒，力瘁成病，遂不起」，〔註46〕故「蠻峒死」蓋謂盧氏客死於苗峒之事。末句「敢占文福四留堂？」係以反詰語氣表述盧氏儘管詞作吉祥有餘，然命途不濟，正所謂「文齊福不齊」者，難以文、福雙占。而譚瑩此絕原文「蠻峒死」之「死」字字形近於「宛」、「苑」等字，吳、孫二書均將此字判作「宛」，而「蠻峒宛」不僅本身詞意不通，且與譚瑩自註「見阮《通志》」及全詩義涵無法融貫。

　　另有若干該書新出之錯字，如江昱〈論詞十八首〉之一三曰：「三昧此中誰會得，數聲漁簆起蘋洲」，〔註47〕係將周密詞集《蘋洲漁笛譜》嵌入詩中（「簆」同「笛」，「蘋」同「蘋」），而該書「蘋」誤作「濱」。又如譚瑩〈論詞絕句一百首〉之九七論朱淑真曰：「幽棲居士惜芳時，人約黃昏莫更疑」，〔註48〕該書誤將朱淑真號作「幽樓居士」。

　　而孫氏此書增收之詩作，亦時見舛謬，僅以宋翔鳳〈論詞絕句二十首〉為例，校以《洞簫樓詩紀》原典，〔註49〕可見多處訛誤、增衍、脫略，亦即之一註語：「是詞之精者，可以仁者見仁、智者見智也」，

　　　詞》（北京：中華書局，2004 年），冊三，頁 1243。而盧龍雲另五闋
　　　詞作，除〈柳梢青・送行〉與〈好事近・晚夏望新涼〉，其餘三闋亦
　　　為祝頌之作。

〔註46〕〔清〕阮元修，陳昌齊等纂：《〔道光〕廣東通志》（上海：上海古
　　　籍出版社，2002 年，《續修四庫全書》冊六六九），卷二八二之盧龍
　　　雲列傳，頁 761。

〔註47〕〔清〕江昱：〈論詞十八首〉之一三，《松泉詩集》（臺南：莊嚴文化
　　　事業有限公司，1997 年，《四庫全書存目叢書》集部冊二八〇），卷
　　　一，頁 177。

〔註48〕〔清〕譚瑩：〈論詞絕句一百首〉之九七，《樂志堂詩集》，卷六，頁
　　　481。

〔註49〕〔清〕宋翔鳳：〈論詞絕句二十首〉，見《洞簫樓詩紀》（桃園：聖環
　　　圖書股份有限公司，1998 年，宋翔鳳輯著《浮谿精舍叢書》十五），
　　　卷三，頁 255～256。

該書末句誤衍一「者」字而作「智者見智者也」；之五註語：「東坡〈洞仙歌・序〉明言見老尼本蜀宮女，得首二句而續成」，該書遺漏「見」字；之七註語：「『暮』，《說文》作『莫』，日且冥也」，該書誤作「日且莫也」；之一二本文：「四上分明極聲變，粗豪無迹膾纏緜」，該書「膾」誤作「膡」；之一四本文：「詩從杜曲波逾闊，詞到鄱陽音太希」，該書「逾」誤作「愈」；之一七本文：「易安豪宕一時無，劍器公孫勝丈夫」，該書「丈」誤作「大」。

　　此外，王僧保〈論詞絕句〉三十六首，見錄於況周頤《選巷叢譚》與《餐櫻廡詞話》，《選巷叢譚》附有十三則徐穆按語及徐穆與況周頤書，而《餐櫻廡詞話》僅附八則徐穆按語。孫氏所錄王僧保〈論詞絕句〉係依《餐櫻廡詞話》，然就文獻之完整性而言，應據《選巷叢譚》為是。

（三）標點錯植

　　孫氏此書有關論詞絕句正文之斷句大抵無誤，至於附註、按語之標點不乏可議之處，如鄭方坤〈論詞絕句三十六首〉之一二曰：

> 黃花五字播閨吟，和筆眞慚閣薰砧；誰嗣徽音向蘿屋，海棠開後到而今。（李易安〈醉花陰〉詞云：「簾捲西風，人比黃花瘦。」其夫趙明誠謝弗如也。秀州孫氏寄外詞有「海棠開後，望到而今」之句，一時伎館酒樓爭傳誦焉。）〔註50〕

後聯稱賞鄭文妻孫氏才情當可附麗李清照，其寄外之〈憶秦娥〉（花深深）詞廣為傳唱。此絕末句顯然鎔裁〈憶秦娥〉歇拍「海棠開後，望到如今」入詩，而孫氏著錄此詩相關按語闕漏「到」字、標點，作「秀州孫氏寄外詞有『海棠開後望而今』之句」，甚不通也。又如王僧保〈論詞絕句〉之二八曰：

> 身世悲涼閱盛衰，關山夢裏涕淋漓；蒼茫獨立誰今古，屈

〔註50〕〔清〕鄭方坤：〈論詞絕句三十六首〉之一二，《蔗尾詩集》，卷五〈木石居後草〉，頁314。

子離騷變雅遺。〔註51〕

此絕論述張翥（有《蛻巖詞》）親歷元代由盛而衰，其詞率多感時傷亂之音，寄慨萬端，堪爲屈騷、變雅之嗣響，如〈陌上花·使歸闡浙，歲暮有懷〉（關山夢裡）一詞，〔註52〕即以歲暮之相思寄寓國勢既衰、繁華已歇、心志又懶之末世哀感。故徐穆爲此詩附加按語曰：

> 張蛻巖以一身閱元之盛衰，憫亂憂時，故其詞慷慨悲涼，獨有千古。〈陌上花〉云：「關山夢裏，歸來還又、歲華催晚。」

徐穆所言深中肯綮，然孫氏錄此按語後段作：「〈陌上花〉云：『關山夢裏歸來遠，又歲華催晚。』」「還」訛作「遠」，且錯植標點，有損徐穆疏解詩句之美意。〔註53〕

再者，孫氏此書亦有誤標書名者，如潘飛聲〈論嶺南詞絕句〉之一四論清代嶺南詞人黎簡（字簡民，又字未裁，號二樵）曰：

> 何人亭下采芙蓉，烟冷湘娥夢不逢；惆悵海天秋一曲，花枯月黑認樵蹤。〔註54〕

前聯係將黎簡著作鎔鑄句中，傷其失傳，故潘氏於詩後自註：「二樵《芙蓉亭樂府》、《藥烟閣詞鈔》，皆不傳於世，前人刻《粵東詞鈔》，

〔註51〕〔清〕王僧保：〈論詞絕句〉之二八，見況周頤：《阮盦筆記五種·選巷叢譚》，卷二，頁691。

〔註52〕張翥〈陌上花·使歸闡浙，歲暮有懷〉全詞如下：「關山夢裡，歸來還又、歲華催晚。馬影雞聲，語盡倦郵荒館。綠牋密記多情事，一看一回腸斷。待殷勤寄與，舊遊鶯燕，水流雲散。　　滿羅衫是酒，香痕凝處，唾碧啼紅相半。只恐梅花，瘦倚夜寒誰暖。不成便沒相逢日，重整釵鸞箏雁。但何郎，縱有春風詞筆，病懷渾嬾」，唐圭璋編：《全金元詞》（北京：中華書局，1979年），冊下，頁1011。

〔註53〕有關〈陌上花〉此數句之句讀，《詞譜》別作：「關山夢裡歸來，還又歲華催晚。」參見清聖祖編：《詞譜》（臺北：洪氏出版社，1980年），卷二十六，頁1841。

〔註54〕〔清〕潘飛聲：〈論嶺南詞絕句〉之一四，見何藻輯：《古今文藝叢書》（揚州：江蘇廣陵古籍刻印社，1995年），冊上，頁347。案：首句「何人亭下采芙蓉」之「亭」字，原書誤作「享」。

亦無可搜采。」〔註55〕然孫氏錄此註語前段作:「《二樵芙蓉亭樂府》、《藥烟閣詞鈔》皆不傳於世」,誤將黎簡之號併入著作名稱。

(四)附記微瑕

孫氏於論詞絕句作者名下附有生卒年、字號、籍貫、作品集名等簡介資料,又為若干絕句附加題識、按語,然此等附記文字微有紕漏,實有損其苦心孤詣。如該書頁387載汪孟鋗「字康古,號厚實」,「實」當為「石」之誤;又同頁載馮浩「字學浩,號孟亭」,然馮浩之字實為「養吾」。

再者,高旭〈論詞絕句三十首〉原文並無附註,〔註56〕孫氏特為逐首題識所論詞人,有利讀者之解讀與檢索。此中,頗多並評二家之作,如之一三論秦觀與柳永、之一七論蘇過與王雱、之二三論高觀國與史達祖、之二五論吳文英與周密,凡此,孫氏皆為註明無誤。而〈論詞絕句三十首〉之七曰:

> 藕花對泣傷亡國,燕子頻驚夢遠人;牛給事中鹿節度,迴腸蕩氣各酸辛。

此絕合論牛嶠(官拜前蜀給事中)、鹿虔扆(累官後蜀永泰軍節度使),意謂鹿氏藕花泣露之〈臨江仙〉詞傷悼亡國,〔註57〕牛氏語燕驚夢之

〔註55〕 有關黎簡《芙蓉亭樂府》,《順德縣志》作《芙蓉亭院本》、《芙蓉亭曲》,該書〈藝文畧〉著錄黎簡撰「《五百四峰草堂詩鈔》二十五卷、《五百四峰草堂文鈔》、《藥烟閣詞鈔》、《芙蓉亭院本》」,又該書〈黎簡傳〉載其「晚有所感,忽杜門旬月,撰《芙蓉亭院本》,意頗矜重,然南北宮調,猶未窺元賢門逕。……辛越十有四年,國史館徵遺集,下郡縣,取以獻《藥烟閣詞鈔》一卷、《芙蓉亭曲》二冊」(〔清〕郭汝誠修,馮奉初等纂:《〔廣東省〕順德縣志》,臺北:成文出版社,1974年,《中國方志叢書》華南地方第187號,據清咸豐三年刊本影印,卷十八,頁1693、卷二十六,頁2502~2503),則《芙蓉亭樂府》(《芙蓉亭院本》、《芙蓉亭曲》)當為黎簡之曲集而非詞集。

〔註56〕 〔清〕高旭:〈論詞絕句三十首〉,見〔清〕高旭著,郭長海、金菊貞編:《高旭集》,上編《天梅遺集》,卷三〈未濟廬詩〉,頁78~80,又載《南社叢刻》二集,頁220~222。

〔註57〕 〈臨江仙〉全詞如下:「金鎖重門荒苑靜,綺窗愁對秋空。翠華一去

〈菩薩蠻〉詞牽繫遠人，［註58］哀思幽恨俱足感人。然孫氏著錄此詩只題牛嶠，遺漏鹿虔扆。又〈論詞絕句三十首〉之二曰：「柳條怕執他人手，話說君平便斷腸；更唱竹枝劉夢得，夜深瑤瑟怨瀟湘」，並論韓翃（字君平）之〈章臺柳·寄柳氏〉、劉禹錫（字夢得）之〈瀟湘神〉（斑竹枝），［註59］孫氏只題劉禹錫未及韓翃；之一四曰：「游蕩金鞍是淚不，柳花工寫浦城愁；爭傳梅子黃時雨，輸卻吳中賀鬼頭」，較論章楶（建州浦城人）之〈水龍吟〉（燕忙鶯懶花殘）、賀鑄（人稱賀鬼頭）之〈橫塘路〉（凌波不過橫塘路），［註60］孫氏只題賀鑄未及章楶。

　　而孫氏為高旭〈論詞絕句三十首〉所作之題識，紕謬最甚者莫如第三十首，詩曰：

> 碧水無情葬翠娥，徐郎破鑑恨如何；中原典物傷零落，壁
> 上題成正氣歌。

寂無蹤。玉樓歌吹，聲斷已隨風。　　煙月不知人事改，夜闌還照深宮。藕花相向野塘中。暗傷亡國，清露泣香紅」，曾昭岷、曹濟平、王兆鵬、劉尊明編：《全唐五代詞》，冊上，頁569。

［註58］〈菩薩蠻〉全詞如下：「舞裙香暖金泥鳳。畫梁語燕驚殘夢。門外柳花飛。玉郎猶未歸。　　愁勻紅粉淚。眉剪春山翠。何處是遼陽。錦屏春晝長」，曾昭岷、曹濟平、王兆鵬、劉尊明編：《全唐五代詞》，冊上，頁509。

［註59］韓翃〈章臺柳〉：「章臺柳。章臺柳。往日依依今在否。縱使長條似舊垂，亦應攀折他人手。」劉禹錫〈瀟湘神〉：「斑竹枝。斑竹枝。淚痕點點寄相思。楚客欲聽瑤瑟怨，瀟湘深夜月明時。」分見曾昭岷、曹濟平、王兆鵬、劉尊明編：《全唐五代詞》，冊下，頁973；冊上，頁63。

［註60］章楶〈水龍吟〉：「燕忙鶯懶花殘，正堤上、柳花飄墜。輕飛點畫青林，誰道全無才思。閒趁遊絲，靜臨深院，日長門閉。傍珠簾散漫，垂垂欲下，依前被、風扶起。　　蘭帳玉人睡覺，怪春衣、雪霑瓊綴。繡牀旋滿，香毬無數，才圓卻碎。時見蜂兒，仰粘輕粉，魚吹池水。望章臺路杳，金鞍遊蕩，有盈盈淚。」賀鑄〈橫塘路〉：「凌波不過橫塘路。但目送、芳塵去。錦瑟華年誰與度。月橋花院，瑣窗朱戶。只有春知處。　　飛雲冉冉蘅皋暮。彩筆新題斷腸句。若問閒情都幾許。一川煙草，滿城風絮。梅子黃時雨。」分見唐圭璋編：《全宋詞》，冊一，頁213～214、513。

孫氏標明論文天祥。惟此絕所論當爲徐君寶妻及其〈滿庭芳〉，陶宗儀《南村輟耕錄》載：

> 又岳州徐君寶妻某氏，亦同時被虜來杭，居韓蘄王府。自岳至杭，相從數千里，其主者數欲犯之，而終以巧計脫。蓋某氏有令姿，主者弗忍殺之也。一日，主者怒甚，將即強焉。因告曰：「俟妾祭謝先夫，然後乃爲君婦不遲也，君奚用怒哉？」主者喜諾。即嚴妝焚香，再拜默祝，南向飲泣，題〈滿庭芳〉詞一闋於壁上。已，投大池中以死。〔註61〕

高旭詩作首、末二句隱括此事，而中間二句概括〈滿庭芳〉之感喟——夫婦重逢無由、故園繁華消歇。〔註62〕徐君寶妻貞烈殉節，題詞明志，正氣凜然，故高旭以文天祥〈正氣歌〉相許。而孫氏或因只見字面之「正氣歌」，且文天祥名篇〈滿江紅・和王夫人滿江紅韻，以庶幾後山〈妾薄命〉之意〉末結：「笑樂昌、一段好風流，菱花缺」，亦用徐德言、樂昌公主破鏡重圓之典，以致誤將此絕判爲論文天祥之作。

　　此外，譚瑩〈論詞絕句一百首〉（實爲一〇一首）之首、末二作近於此組絕句之序、跋，其餘中間九十九首皆有具體論述對象，譚瑩悉爲註明，獨漏第九四與一〇〇首。第九四首曰：「詞工詠物半遺黎，樂府何勞更補題；易世恐興文字獄，子規誰許盡情啼」，〔註63〕孫氏爲其附註「《樂府補題》」，補闕之功殊值嘉許。然第一〇〇首：

〔註61〕〔元〕陶宗儀：《南村輟耕錄》（北京：中華書局，1959年），卷三〈貞烈〉，頁39～40。

〔註62〕〈滿庭芳〉全詞如下：「漢上繁華，江南人物，尚遺宣政風流。綠窗朱戶，十里爛銀鉤。一旦刀兵齊舉，旌旗擁、百萬貔貅。長驅入，歌臺舞榭，風捲落花愁。　清平三百載，典章人物，掃地俱休。幸此身未北，猶客南州。破鑑徐郎何在，空惆悵、相見無由。從今後，夢魂千里，夜夜岳陽樓」，唐圭璋編：《全宋詞》，冊五，頁3420。

〔註63〕〔清〕譚瑩：〈論詞絕句一百首〉之九四，《樂志堂詩集》，卷六，頁481。

「果屬唐人未可知，禁中傳得擷芳詞；燕來時也無消息，一語令人十日思」，〔註64〕係論無名氏〈擷芳詞〉，〔註65〕亦宜註明，以免遺珠之憾。

八、王偉勇《清代論詞絕句初編》

　　欲由浩若煙海之清人著作甄采論詞絕句，勞心費時當可想見。況周頤等前哲時賢已為清代論詞絕句之彙編，奠定厚實之根基，然仍有待詞學同好繼起校訂、增補，以求周全。於焉自 2004 年起，筆者追隨王師偉勇之指導，廣蒐博采各類載籍中之清代論詞絕句，兼賅單首與組詩作品，且主要由詩作「內容」判定其是否為論詞絕句，是故刪汰題作「論詞」實為「論詩」之絕句，納入題作「論詩」、「論曲」而論及詞之絕句，〔註66〕至於題作題跋、心得、詠史、酬贈、雜感、懷

〔註64〕〔清〕譚瑩：〈論詞絕句一百首〉之一〇〇，《樂志堂詩集》，卷六，頁 481。

〔註65〕此絕首句質疑〈擷芳詞〉乃唐人所作之說，蓋楊湜《古今詞話》曰：「政和間，京都妓之姥曾嫁伶官，常入內教舞，傳禁中〈擷芳詞〉以教其妓。……人皆愛其聲，又愛其詞，類唐人所作也」（〔宋〕楊湜：《古今詞話》，「無名氏」條，唐圭璋編：《詞話叢編》，冊一，頁 45～46）。而第三句裁取〈擷芳詞〉文句，該詞如下：「風搖蕩，雨濛茸。翠條柔弱花頭重。春衫窄。香肌溼。記得年時，共伊曾摘。　都如夢。何曾共。可憐孤似釵頭鳳。關山隔。晚雲碧。燕兒來也，又無消息」（唐圭璋編：《全宋詞》，冊五，頁 3840）。

〔註66〕「詩」、「詞」本有廣、狹二義。廣義之「詞人」泛稱能文詞者，包括作詩之人、填詞之人，故有題作「論詞」實為「論詩」之絕句，如錢謙益〈姚叔祥過明發堂，共論近代詞人，戲作絕句十六首〉、張錫爵〈秋齋客至，剪燭論詩，偶及近代詞人，漫成絕句三十首〉，詩題之「詞人」均指詩人，不屬論詞絕句。再者，廣義之「詩」涵蓋詩、詞、曲等韻文，故有題作「論詩」而論及詞之絕句，如朱庭珍〈論詩〉之一四：「晁氏長歌負異才，宛邱新俊筆花開；填詞可惜秦淮海，未許蘇門把臂來」；楊深秀〈倣元遺山論詩絕句五十首（專論山右詩人）〉之三一論文彥博、司馬光曰：「約指銀鉤彈落雁，搔頭寶髻詠佳人；漫因綺語輕溫潞，著手能成天下春。（首句用潞公詩，次句用溫公詞。）」。至於題作「論曲」而論及詞之絕句，如舒位〈論曲絕句十四首竝示子筠孝廉〉之一、二曰：「千古知音第一難，笛椽琴囊幾吹彈；相公曲子無消息，且向伶官傳裏看」、「苦將詞令當詩

人、行旅等而論及詞之絕句，亦爲輯錄之對象。日前已將揀擇所得輯成「清代論詞絕句初編」，收入王師偉勇《清代論詞絕句初編》一書，由臺北里仁書局於 2010 年 9 月出版，並獲國科會人文學專書出版補助。吾人所收清代論詞絕句雖已超越前此彙編諸作，然自知不免遺漏，故名爲「初編」，以俟續行蒐求。

「清代論詞絕句初編」分「清代論詞絕句初編（正編）」、「清代論詞絕句初編（附錄）」二部分。「清代論詞絕句初編（正編）」著錄作於清代之論詞絕句，並略依作者年代先後排序，共收一三三家一〇六七首。而「清代論詞絕句初編（附錄）」內含：（一）謝乃實以詞牌嵌入詩中之〈用詞名絕句一百三十首〉；（二）錢謙益、張錫爵題作「論詞」實爲「論詩」之〈姚叔祥過明發堂，共論近代詞人，戲作絕句十六首〉、〈秋齋客至，剪燭論詩，偶及近代詞人，漫成絕句三十首〉；（三）作者率爲清末民初人，而其論詞絕句或作於民國，或無法判定作於清代或民國者。

「清代論詞絕句初編」之編纂雖力求精審，然付梓後，陸續發現諸多未盡完備之處。首先，筆者持續查閱論詞絕句作者相關資料，確認原「清代論詞絕句初編（附錄）」中邱晉成、歐陽述與陳芸三家詩篇，作於清代，宜改入「清代論詞絕句初編（正編）」，而所收清代論詞絕句亦應改爲一三六家一一三七首。其次，依據筆者最新檢得論詞絕句作者之生卒、活動年代，原「清代論詞絕句初編（正編）」之排序須作更動，修訂後之順序參見本文第二章第二節之「二、清代論詞絕句之發展」。再者，吾人於論詞絕句原文字句明顯有誤者，每附註語說明，然有不少遺漏，如所錄汪孟鋗〈題本朝詞十首〉之三：「多情結托後生緣，巳巳今生倍惘然；怪道雞林等身價，人間重見柳屯田」，漏註：「『巳巳』當作『已已』」，蓋「已」意謂休止，「已已」係

餘，有句無聲總不如；一部說文都注徧，無人歌曲換中書」。以上所述參見王偉勇：〈清代論詞絕句之整理、研究及其價值〉，《清代論詞絕句初編》，頁 5～9。

疊用以強化語氣；又如陳文述〈題查伯葵撰〈李易安論〉後〉之一：「談孃善訴語何誣，卓女琴心事本無；賴有琵琶查八十，清商一曲慰羅敷」，漏註：「『查八十』當作『查十八』」，蓋排行當不至多達八十，且方熊〈題李清照《漱玉集》、朱淑眞《斷腸集》三首〉之序徵引陳氏此絕，亦作「查十八」。凡此，皆爲「清代論詞絕句初編」所當訂補之處。

第二節　清代論詞絕句之濫觴與發展

一、清代論詞絕句之濫觴

　　論詞絕句係以絕句之形式論詞，考其源起，當受論詩絕句之啓發。論詩絕句由杜甫〈戲爲六絕句〉、〈解悶十二首〉之四至八開其先，嗣後作者不絕，如元好問〈論詩三十首〉、〈論詩三首〉與王士禛〈戲仿元遺山論詩絕句三十二首〉、趙翼〈論詩〉四首等，均爲享譽壇坫之名篇。

　　有關論詞絕句之濫觴，歷來眾說紛紜，清代錢大昕《十駕齋養新錄》曰：「元遺山論詩絕句效少陵『庾信文章老更成』諸篇而作也，王貽上仿其體，一時爭效之。厥後宋牧仲、朱錫鬯之論畫，厲太鴻之論詞、論印，遞相祖述，而七絕中又別啓一戶牖矣」[註67]，殆以清人厲鶚（1692～1752，字太鴻）〈論詞絕句十二首〉開論詞絕句之先河；楊海明〈從厲鶚〈論詞絕句〉看浙派詞論之一斑〉亦曰：「論詞絕句，前代罕見；有之，則似從厲鶚〈論詞絕句〉十二首始」。[註68]而嚴迪昌《清詞史》曰：「以絕句形式論詞，在清代是新創，從此『論詞絕句』與『論詩絕句』等並駕齊驅，成爲古代詩論詞論的一種獨特

〔註67〕〔清〕錢大昕：《十駕齋養新錄》（上海：上海古籍出版社，2002年，《續修四庫全書》冊一一五一），卷十六〈論詩絕句〉，頁306。

〔註68〕楊海明：〈從厲鶚〈論詞絕句〉看浙派詞論之一斑〉，《唐宋詞論稿》（杭州：浙江古籍出版社，1988年），頁294。

形式。清人『論詞絕句』並非自厲鶚始，如常州的陳聶恒就早於厲鶚作有六首，但影響遠不如後者」〔註69〕，謂論詞絕句創於清代，而早於厲鶚之陳聶恒（1673～1723 後）已作有論詞絕句。馬興榮、吳熊和、曹濟平主編之《中國詞學大辭典》則謂論詞絕句起於清初，曰：「論詞絕句出現較晚，約起於清代初年前後。厲鶚〈論詞絕句〉十二首，是今傳作品中較早的一種。……論詞絕句乃是在論詩絕句已經較為發達和成熟的背景下興起的，實際上屬於論詩絕句的一個分支旁屬」。〔註70〕陳水雲〈論詞絕句的歷史發展〉更將論詞絕句之起源上溯元末明初，曰：「據現存文獻可知，論詞絕句最晚在元末明初就出現了，……論詞絕句的出現較論詩絕句晚了整整八百年，……在元末明初，以絕句的形式論詞的有瞿佑的〈易安樂府〉（《香台集》卷下），這是筆者目前所知最早出現的論詞絕句」。〔註71〕此外，孫克強《清代詞學》曰：「論詞詩宋代已有，如劉克莊有〈自題長短句後〉」，〔註72〕謂宋代已有論詞詩，惟所舉劉氏〈自題長短句後〉為律詩而非絕句。

　　實則稍晚於杜甫之中唐時期,白居易已借鑒論詩絕句而以絕句論詞，其〈聽歌六絕句〉抒聽歌之感發，而〈何滿子〉一首曰：

　　世傳滿子是人名，臨就刑時曲始成；一曲四調（一作詞）
　　歌八疊，從頭便是斷腸聲。〔註73〕

所言殆為詞調〈何滿子〉之起源、體製與聲情。又白居易〈楊柳枝詞

〔註69〕嚴迪昌：《清詞史》（南京：江蘇古籍出版社，2001 年），頁 351。

〔註70〕馬興榮、吳熊和、曹濟平主編：《中國詞學大辭典》（杭州：浙江教育出版社，1996 年），頁 33。

〔註71〕陳水雲：〈論詞絕句的歷史發展〉，《國文天地》二十六卷六期（2010 年 11 月），頁 41～42。

〔註72〕孫克強：《清代詞學》（北京：中國社會科學出版社，2004 年），頁 68。

〔註73〕〔唐〕白居易：〈聽歌六絕句〉之〈何滿子〉，〔清〕彭定求等編：《全唐詩》（北京：中華書局，2003 年），卷四五八，頁 5213。案：詩題下有註曰：「開元中，滄洲有歌者何滿子，臨刑，進此曲以贖死，上竟不免。」

八首〉之一曰：

> 六么水調家家唱，白雪梅花處處吹；古歌舊曲君休聽，聽
> 取新翻楊柳枝。〔註74〕

此作論及詞調〈楊柳枝〉係翻新之樂曲，異於〈六么〉、〈水調〉、〈白雪〉、〈梅花〉等廣爲演唱、吹奏之陳舊曲調。而劉禹錫〈楊柳枝詞九首〉之一曰：

> 塞北梅花羌笛吹，淮南桂樹小山詞；請君莫奏前朝曲，聽
> 唱新翻楊柳枝。〔註75〕

此作彰顯〈楊柳枝〉係新製曲詞，曲調既非笛曲〈梅花〉之舊腔，歌詞亦異淮南小山〈招隱士〉「桂樹叢生兮山之幽，偃蹇連蜷兮枝相繚」〔註76〕之陳詞。至於晚唐薛能〈柳枝詞五首〉有序曰：「乾符五年，許州刺史薛能於郡閣與幕中談賓酣飲醋酊，因令部妓少女作〈楊柳枝〉健舞，復歌其詞，無可聽者，自以五絕爲楊柳新聲」，而此五首絕句之末首曰：

> 劉白蘇臺總近時，當初章句是誰推；纖腰舞盡春楊柳，未
> 有儂家一首詩。（自注：劉、白二尚書繼爲蘇州刺史，皆賦
> 〈楊柳枝〉詞，世多傳唱，雖有才語，但文字太僻、宮商
> 不高，如可者，豈斯人徒歟！洋洋乎唐風，其令虛受。）
>
> 〔註77〕

此絕旨在訾議劉禹錫與白居易所作之〈楊柳枝〉，於歌詞、樂律皆未盡善，只因二人名聲甚高，以致世人推賞、傳唱。上述白居易〈楊柳枝詞八首〉之一、劉禹錫〈楊柳枝詞九首〉之一與薛能〈柳枝詞五首〉之五，論其體裁，究爲絕句抑或屬詞，容有爭議；而白居易〈聽歌六

〔註74〕〔唐〕白居易：〈楊柳枝詞八首〉之一，〔清〕彭定求等編：《全唐詩》，卷四五四，頁5148。

〔註75〕〔唐〕劉禹錫：〈楊柳枝詞九首〉之一，〔清〕彭定求等編：《全唐詩》，卷三六五，頁4113。

〔註76〕〔漢〕淮南小山：〈招隱士〉，〔宋〕洪興祖補注，卞岐整理：《楚辭補注》（南京：鳳凰出版社，2007年），卷十二，頁208。

〔註77〕〔唐〕薛能：〈柳枝詞五首〉之五，〔清〕彭定求等編：《全唐詩》，卷五六一，頁6519。

絕句〉之〈何滿子〉則確乎絕句，當可視爲論詞絕句之權輿。

宋代塡詞風氣鼎盛，諸多名家、名作見稱於世，舉凡詩話、詞話、詞選、筆記、傳記均可見相關記載，而宋人所作絕句亦常論及詞人、詞作，茲依作者年代先後舉證數例如下：

胡仔《苕溪漁隱叢話》引嚴有翼《藝苑雌黃》載張先（990～1078）有〈過和靖隱居〉一詩敘及林逋〈春草曲〉（即〈點絳脣〉）（金谷年年）：

> 張子野〈過和靖隱居〉詩一聯云：「湖山隱後家空在，烟雨詞亡草自青。」注云：「先生嘗著〈春草曲〉，有『滿地和烟雨』之句，今亡其全篇。」〔註78〕

張先詩句感歎林逋詠草之〈春草曲〉全文已散佚，而其故居依舊青草漫生。〔註79〕惟張先此詩僅存一聯，未知其爲絕句抑或其他詩體。

而蔡襄（1012～1067）〈呈沈子山〉之一，係以絕句詠讚沈遘（字子山）之詞篇，詩曰：

> 荷葉新詞天下工，玉人垂手倚秋風；一聲清唱穿雲去，斜日烘簾曲未終。〔註80〕

此絕推崇沈遘〈荷葉〉詞之工巧，形容佳人清唱此詞之情態。惟沈遘此「荷葉新詞」已佚，今《全宋詞》僅錄存其二闋〈剔銀燈・途次南京憶營妓張溫卿〉。

至黃庭堅（1045～1105）〈寄賀方回〉曰：

> 少游醉臥古藤下，誰與愁眉唱一盃；解作江南斷腸句，只

〔註78〕 〔宋〕胡仔：《苕溪漁隱叢話》，後集，卷二十一「西湖處士」條引《藝苑雌黃》，收於吳文治主編：《宋詩話全編》（南京：鳳凰出版社，1998年），冊四《胡仔詩話》，頁4095。

〔註79〕 其實林逋〈春草曲〉並未亡佚，《藝苑雌黃》續言：「予按楊元素《本事曲》有〈點絳脣〉一闋，乃和靖〈草詞〉，云：『金谷年年，亂生春色誰爲主。餘花落處。滿地和烟雨。　又是離歌，一闋長亭暮。王孫去。萋萋無數。南北東西路。』此詞甚工，子野乃不見其全篇，何也？」

〔註80〕 〔宋〕蔡襄：〈呈沈子山〉之一，北京大學古文獻研究所編：《全宋詩》（北京：北京大學出版社，1992年），冊七，頁4792。

　　今唯有賀方回。〔註81〕

此絕並論秦觀與賀鑄之詞篇，前聯歎惋秦觀〈好事近・夢中作〉有言：
「醉臥古藤陰下，了不知南北」，後竟歿於藤州（今廣西藤縣），令人
欷歔；後聯稱賞賀鑄能以江南風物譜出〈橫塘路〉斷腸詞句，高才深
情良可抗手秦觀。又黃庭堅〈病起荊江亭即事十首〉之八曰：

　　閉門覓句陳無己，對客揮毫秦少游；正字不知溫飽未，西
　　風吹淚古藤州。〔註82〕

此絕次句頌揚秦觀才思便給，而南宋任淵注末句「西風吹淚古藤州」
曰：「少游自雷州貶所北歸，至藤州，卒於光化亭上。初，少游夢中
得長短句，有『醉臥古藤陰下』之語，殆若讖云」，據此，末句論及
秦觀〈好事近・夢中作〉一詞。

　　而晁說之（1059～1129）〈席上有唱歐公送劉原甫辭者，次日又
有唱東坡三過平山堂詞者，今聯續唱之，感懷作絕句〉曰：

　　龍門不見鬐垂絲，莫唱平山楊柳辭；縱使前聲君忍聽，後
　　聲惱殺木腸兒。〔註83〕

此絕唱歎歐陽脩〈朝中措・送劉仲原甫出守維揚〉（平山闌檻倚晴空）
與蘇軾〈西江月・平山堂〉（三過平山堂下）善言日月逾邁之悲慨。

　　陳克（1081～？）有〈大年流水繞孤村圖〉一詩：

　　少游一覺揚州夢，自作清歌自寫成；流水寒鴉總堪畫，細
　　看疑有斷腸聲。〔註84〕

〔註81〕黃庭堅：〈寄賀方回〉，〔宋〕黃庭堅撰，〔宋〕任淵、史容、史季
　　　　溫注，劉尚榮校點：《黃庭堅詩集注》（北京：中華書局，2003 年）
　　　　之《山谷詩集注》，卷十八，頁 638。

〔註82〕黃庭堅：〈病起荊江亭即事十首〉之八，〔宋〕黃庭堅撰，〔宋〕任
　　　　淵、史容、史季溫注，劉尚榮校點：《黃庭堅詩集注》之《山谷詩集
　　　　注》，卷十四，頁 520。

〔註83〕〔宋〕晁說之：〈席上有唱歐公送劉原甫辭者，次日又有唱東坡三
　　　　過平山堂詞者，今聯續唱之，感懷作絕句〉，《嵩山文集》（臺北：
　　　　臺灣商務印書館，1966 年，《四部叢刊續編》），卷六，頁 34 下～35
　　　　上。

〔註84〕〔宋〕陳克：〈大年流水繞孤村圖〉，〔宋〕陳思編，〔元〕陳世隆
　　　　補：《兩宋名賢小集》（臺北：臺灣商務印書館，1986 年，《景印文淵

此絕雖爲詠畫之作，然此畫係繪秦觀〈滿庭芳〉所言「斜陽外，寒鴉萬點，流水繞孤村」，全詩更論及〈滿庭芳〉之作意與詞情，當可視爲論詞絕句。

而王十朋（1112～1171）〈游東坡十一絕〉之六曰：

> 再閱黃州正坐詩，詩因迂謫更瑰奇；讀公赤壁詞幷賦，如見周郎破賊時。〔註85〕

此絕綜論蘇軾謫居黃州（今湖北黃岡）之文學造詣，後聯盛讚〈念奴嬌・赤壁懷古〉敘周瑜破曹事功之傳神。

再者，樓鑰〈定海縣淮海樓記〉載有芮燁（1115～1173，字國器，曾任國子祭酒）之〈鶯花亭〉絕句：

> 頃游括蒼，公（案：指秦觀）之故迹班班可見，「水邊沙外」之詞，後人作爲「鶯花亭」，登臨賦詠，猶使人想見風度。……鶯花亭詩，祭酒芮公國器一章最佳，「人言多技亦多窮，隨意文章要底工；淮海秦郎天下士，一生懷抱百憂中。」余嘗誦而悲之，因倂記焉。〔註86〕

芮燁此絕詩題一作〈鶯花亭讀秦淮海詞有感〉，〔註87〕內容係評論秦觀之卓絕詞筆、多舛遭遇與憂苦情懷。

而陸游（1125～1209）〈楊庭秀寄南海集〉之二曰：

> 飛卿數闋嶠南曲，不許劉郎誇竹枝；四百年來無復繼，如今始有此翁詩。（溫飛卿〈南鄉子〉九首，其工不減夢得〈竹枝〉。）〔註88〕

閣四庫全書》冊一三六三），卷一三六《陳子高遺稿》，頁246。

〔註85〕〔宋〕王十朋：〈游東坡十一絕〉之六，《梅溪王先生文集》（臺北：臺灣商務印書館，1967年，《四部叢刊初編》），後集卷十五，頁370。案：次句之「迂」同「邊」。

〔註86〕〔宋〕樓鑰：〈定海縣淮海樓記〉，《攻媿集》（臺北：臺灣商務印書館，1967年，《四部叢刊初編》），卷五十五，頁514～515。

〔註87〕見〔元〕陳世隆輯：《宋詩拾遺》（上海：上海古籍出版社，2002年，《續修四庫全書》冊一六二一），卷十六，頁193。

〔註88〕〔宋〕陸游：〈楊庭秀寄南海集〉之二，《陸放翁全集》（北京：中國書店，1986年），冊中，《劍南詩棄》卷十九，頁337。

此絕論定溫庭筠〈南鄉子〉詞當可追配劉禹錫〈竹枝〉詞，〔註89〕而楊萬里（字廷秀）《南海集》之詩作又能接武溫、劉之詞。陸游尚有〈鶯花亭〉詩：

> 沙上春風柳十圍，綠陰依舊語黃鸝；故應留與行人恨，不
> 見秦郎半醉時。〔註90〕

此絕賦詠鶯花亭並憑弔秦觀，首句鎔鑄秦觀〈千秋歲〉之「柳（水）邊沙外」，第二、四句運化秦觀〈好事近・夢中作〉之「行到小溪深處，有黃鸝千百」、「醉臥古藤陰下，了不知南北」。

　　其後江濤（生卒年不詳，乾道二年〔1166〕進士）曾步陸游〈鶯花亭〉詩韻，作〈和放翁題鶯花亭〉，詩曰：

> 春雨溪頭長柳圍，游仙枕上賦黃鸝；誰知醉臥古藤下，卻
> 是浮生夢裏詩。〔註91〕

此絕首句摹寫春景，而二、三、四句謂秦觀夢中作〈好事近〉，其煞拍曰：「醉臥古藤陰下，了不知南北」，後乃卒於藤州，詞語成讖。

　　而范成大（1126～1193）知處州（今浙江麗水），曾因秦觀〈千

〔註89〕　陸游自註「溫飛卿〈南鄉子〉九首」之「九首」應為「八首」之誤，
蓋陸游〈跋金奩集〉曰：「飛卿〈南鄉子〉八闋，語意工妙，殆可追
配劉夢得〈竹枝〉，信一時傑作也」（《陸放翁全集》，冊上，《渭南文
集》卷二十七，頁 166）。又此八闋〈南鄉子〉（嫩草如烟）（畫舸停
橈）（岸遠沙平）（洞口誰家）（二八花鈿）（路入南中）（袖斂鮫綃）
（翡翠鵁鶄），實為歐陽炯作，曾昭岷曰：「此八首《花間集》作歐
陽炯詞，今傳本《金奩集》於此八首亦作歐詞。陸放翁兩次題跋《花
間集》，當知其為歐陽炯作，然跋《金奩集》時，為何又定為飛卿詞？
放翁或沿襲舊說，以《金奩集》為溫飛卿詞集，遂有此誤耶？當從
《花間集》作歐陽炯詞」（〔唐〕溫庭筠、〔唐〕韋莊、〔南唐〕馮
延巳著，曾昭岷校訂：《溫韋馮詞新校》，上海：上海古籍出版社，
1988 年，頁 92）。

〔註90〕　〔宋〕陸游：〈鶯花亭〉，見載於〔明〕楊慎：《詞品》，卷三「鶯花
亭」條，唐圭璋編：《詞話叢編》（臺北：新文豐出版公司，1988 年），
冊一，頁 476。

〔註91〕　〔宋〕江濤：〈和放翁題鶯花亭〉，見載於〔清〕沈翼機等編纂：《浙
江通志》（臺北：臺灣商務印書館，1984 年，《景印文淵閣四庫全書》
冊五二○），卷五十一，頁 369。

秋歲〉（水邊沙外）詞中警策「花影亂，鶯聲碎」而建「鶯花亭」，並作〈次韻徐子禮提舉鶯花亭〉絕句六首如下：

> 灘長石出水鳴隈，城郭西頭舊小溪；游子斷魂招不得，秋來春草更萋萋。

> 愁邊逢酒卻成憎，衣帶寬來不自勝；煙水蒼茫外沙路，東風何處挂枯藤。

> 爐下三年世路窮，蟻封盤馬竟難工；千山雖隔日邊夢，猶到平陽池館中。

> 文章光燄照金閨，豈是遭逢乏聖時；縱有百身那可贖，琳瑯空有萬篇垂。

> 山碧叢叢四打圍，煩將舊恨訪黃鸝；纈林霜後黃鸝少，須是愁紅萬點時。

> 古藤陰下醉中休，誰與低眉唱此愁；團扇他年書好句，平生知己識儋州。〔註92〕

此組絕句吟詠鶯花亭周遭風光，憑弔秦觀處州舊事，傷其懷才不遇、抑鬱愁苦而抱憾以終，徒留精妙詞篇。全詩非但鎔鑄〈千秋歲〉（水邊沙外）、〈好事近・夢中作〉之詞句，尚且運化蘇軾、黃庭堅有關〈踏莎行〉（霧失樓臺）、〈好事近・夢中作〉之評賞。〔註93〕殊值留意者，以組詩形式論詞乃清代論詞絕句一大特色，而范氏此組絕句堪稱論詞絕句組詩之鼻祖。

又楊萬里（1127～1206）〈湖天暮景〉之五曰：

> 斷腸浪説賀方回，未抵秦郎蒻水才；欲向湖邊問遺唱，鴛

〔註92〕〔宋〕范成大：〈次韻徐子禮提舉鶯花亭〉，《石湖居士詩集》（臺北：臺灣商務印書館，1967年，《四部叢刊初編》），卷十，頁56。

〔註93〕蘇軾推賞〈踏莎行〉（霧失樓臺）之「郴江幸自繞郴山，爲誰流下瀟湘去」，書於扇面，且曰：「少游已矣，雖萬人何贖」，詳見〔宋〕胡仔：《苕溪漁隱叢話》，前集，卷五十「秦少游」條引惠洪《冷齋夜話》。而黃庭堅〈寄賀方回〉論及〈好事近・夢中作〉而曰：「少游醉臥古藤下，誰與愁眉唱一盃」。

鶩鸚鶒兩相推。〔註94〕

此絕前聯評判賀鑄〈橫塘路〉浪得虛名，不及秦觀〈南鄉子〉題崔徽半身像之「妙手寫徽眞，水翦雙眸點絳脣」，然則楊萬里殆欲推翻黃庭堅〈寄賀方回〉以賀鑄繼軌秦觀之說。

至於南宋詞壇大家姜夔（1155？～1209）所作〈過垂虹〉一絕曰：

自作新詞韻最嬌，小紅低唱我吹簫；曲終過盡松陵路，回首烟波十四橋。〔註95〕

全詩自許度曲佳妙，且與小紅歌吹相和而經垂虹橋，一派清逸瀟灑，〔註96〕良可視爲姜夔自評詞才之作。

而史彌寧（生卒年不詳，嘉定六年〔1213〕知邵州）〈評詩〉曰：

籌量節物細評詩，詩要天然莫強爲；蛩韻酸寒東野句，鸎吟富貴小山詞。〔註97〕

此絕強調詩詞風格當自然適性，後聯更以晏幾道富貴閒雅有如鸎啼之詞風，對比孟郊酸楚寒苦有如蛩鳴之詩風，所言頗中肯綮。

羅大經（生卒年不詳，寶慶二年〔1226〕進士）《鶴林玉露》載有謝處厚與羅氏本人評說柳永〈望海潮〉之絕句，該書「十里荷花」條曰：

孫何帥錢塘，柳耆卿作〈望海潮〉詞贈之云：「東南形勝，……歸去鳳池誇。」此詞流播，金主亮聞歌，欣然有慕於

〔註94〕〔宋〕楊萬里：〈湖天暮景〉之五，《誠齋集》（臺北：臺灣商務印書館，1967年，《四部叢刊初編》），卷二十七，頁256。

〔註95〕〔宋〕姜夔：〈過垂虹〉，《白石道人詩集》（臺北：臺灣商務印書館，1967年，《四部叢刊初編》），卷下，頁29。

〔註96〕《研北雜志》載姜夔此詩本事曰：「小紅，順陽公（即范石湖）青衣也，有色藝。順陽公之請老，姜堯章詣之。一日，授簡徵新聲，堯章製〈暗香〉、〈疎影〉兩曲，公使二妓肄習之，音節清婉。堯章歸吳興，公尋以小紅贈之。其夕大雪，過垂虹，賦詩曰：『自琢新詞韻最嬌，……回首烟波十里橋。』堯章每喜自度曲、吟洞簫，小紅輒歌而和之」，〔元〕陸友仁：《研北雜志》（北京：中華書局，1991年，《叢書集成初編》），頁183。

〔註97〕〔宋〕史彌寧：〈評詩〉，《友林乙稿》（北京：線裝書局，2004年，《宋集珍本叢刊》冊七十），頁742。

「三秋桂子、十里荷花」，遂起投鞭渡江之志。近時謝處厚詩云：「誰把杭州曲子謳？荷花十里桂三秋；那知草木無情物，牽動長江萬里愁。」余謂此詞雖牽動長江之愁，然卒爲金主送死之媒，未足恨也。至於荷豔桂香，粧點湖山之清麗，使士夫流連於歌舞嬉遊之樂，遂忘中原，是則深可恨耳。因和其詩云：「殺胡快劍是清謳，牛渚依然一片秋；卻恨荷花留玉輦，竟忘煙柳汴宮愁。」蓋靖康之亂，有題詩于舊京宮牆云：「依依煙柳拂宮牆，宮殿無人春晝長。」〔註98〕

謝詩掎摭〈望海潮〉引發海陵王完顏亮興兵南犯；羅詩詆訶〈望海潮〉導致宋室士夫不思北伐。

此外，黃昇《中興詞話》載有王潛齋評賞戴復古（號石屏）〈滿江紅・赤壁懷古〉之絕句，該書「戴石屏」條曰：

戴石屏「赤壁懷古」詞云：「赤壁磯頭，……搖金縷。」滄洲陳公嘗大書於盧山寺，王潛齋復爲賦詩云：「千古登臨赤壁磯，百年膾炙雪堂詞；滄洲醉墨石屏句，又作江山一段奇。」坡仙一詞古今絕唱，今二公爲石屏拈出，其當與之並行于世耶？〔註99〕

王氏絕句謂蘇軾〈念奴嬌・赤壁懷古〉固盛稱人口，而戴復古之詞作與陳公之墨蹟亦令人稱奇。

至於陳合（生卒年不詳，淳祐四年〔1244〕進士，字惟善）則以絕句跋陳人傑（號龜峰）之《龜峰詞》：

《龜峰詞》，有所齋諸兄爲之跋，安用復著贅語，謾書癸卯冬所作懷舊一絕繫於後，陳合惟善。「西晉風流自一家，憶君魂夢到梅花；梅花深處無人蹟，明月一枝霜外斜。」〔註100〕

〔註98〕〔宋〕羅大經撰，王瑞來點校：《鶴林玉露》（北京：中華書局，1983年），丙編，卷一「十里荷花」條，頁241～242。

〔註99〕〔宋〕魏慶之：《詩人玉屑》（臺北：臺灣商務印書館，1983年），附錄《中興詞話》「戴石屏」條，頁392。

〔註100〕四印齋《龜峰詞》跋，王鵬運輯：《四印齋所刻詞》（上海：上海古

是知因《龜峰詞》已有陳容（號所翁）作跋，陳合乃以淳祐三年（癸卯，1243）所作懷舊絕句代爲跋語。而《宋詩紀事》、《全宋詩》自《龜峰詞》引錄此絕，詩題逕作〈題陳經國《龜峰詞》後〉、〈題《龜峰詞》後〉。〔註101〕陳合此作憶念陳人傑，翻用盧仝〈有所思〉：「相思一夜梅花發，忽到窗前疑是君」，〔註102〕然陳人傑嘗以梅花自況，所謂「似桂花開日，秋高露冷，梅花開日，歲老霜濃。如此清標，依然香性，長在淒涼索寞中。何爲者，秖紛紛桃李，占斷春風」、「春風漸到梅枝。算我輩榮枯應似之」，〔註103〕俱以拒霜耐寒之梅花，喻示懷瑾握瑜而困躓不遇之牢愁，故陳合詩句顯有讚揚陳人傑高潔才德、鬱勃詞情之用意。尤值稱述者，以絕句題跋詞集乃清代論詞絕句之一大宗，而陳合此絕堪稱此類論詞絕句之先聲。

　　凡此，可見宋代論詞絕句之一斑。若詳閱《全宋詩》，當可檢得更多宋代論詞絕句。

　　至於金、元之絕句仍可見論及詞人、詞作者，如金代元好問〈題山谷小艷詩〉曰：

　　　　法秀無端會熱謾，笑談眞作勸淫看；只消一句脩脩利，李
　　　　下何妨也整冠。〔註104〕

此絕雖爲題詩之作，實論黃庭堅詞。一、二句謂黃庭堅視豔詞爲「空

　　　　籍出版社，1989 年），頁 810。案：「有所齋諸兄爲之跋」之「齋」，
　　　　原作「齊」，此據《百家詞》（〔明〕吳訥原編，林大椿重編，天津：
　　　　天津市古籍書店，1992 年，冊下，頁 1391）校改。
〔註101〕　見〔清〕厲鶚輯撰：《宋詩紀事》（上海：上海古籍出版社，2008
　　　　年），卷六十六，頁 1653；北京大學古文獻研究所編：《全宋詩》，
　　　　冊六十四，頁 40354。
〔註102〕　〔唐〕盧仝：〈有所思〉，〔清〕彭定求等編：《全唐詩》，卷三八八，
　　　　頁 4378。
〔註103〕　〔宋〕陳人傑：〈沁園春・天問〉、〈沁園春・送鄭通父之吳門謁宋
　　　　使君〉，唐圭璋編：《全宋詞》（臺北：文光出版社，1983 年），冊四，
　　　　頁 3077、3081。
〔註104〕　〔金〕元好問：〈題山谷小艷詩〉，《遺山先生文集》（臺北：臺灣商
　　　　務印書館，1967 年，《四部叢刊初編》），卷十一，頁 129。

中語」，藉以使酒玩世，而法雲秀竟責其勸淫。〔註105〕第三句之「脩脩利」係佛家之消災咒語，末句則襲用黃庭堅〈鷓鴣天・明日獨酌自嘲呈史應之〉之成句。

而元代元淮〈讀李易安文〉曰：

> 綠肥紅瘦有新詞，畫扇文窗遣興時；象管鼠鬚書草帖，就
> 中幾字勝義之。〔註106〕

首句稱賞李清照〈如夢令〉歇拍「應是綠肥紅瘦」造語新巧，次句揣想李清照手執畫扇於文窗下填詞抒懷。三、四句轉誚儘管後人學王羲之用「象管鼠鬚」筆寫〈蘭亭集序〉，然就中能有幾字勝過王羲之？蓋用以稱後人每好學李清照填〈如夢令〉詞，但能有幾字勝之？終不過邯鄲學步而已！

再者，虞集〈紹興間，臨安士人有賦曲：「一春長費買花錢。日日醉湖邊。玉驄慣識西湖路，驕嘶過、沽酒樓前。紅杏香中簫鼓，綠楊影裡鞦韆。　晚風十里麗人天。花壓鬢雲偏。畫船載得春歸去，餘情付、湖水湖烟。明日重扶殘醉，來尋陌上花鈿。」思陵見而喜之，恨其後疊第五句「重携殘酒」酸寒，改曰「重扶殘醉」。因歐陽原功言及此，與陳眾仲尋腔度之，歌之一再，董此宇求書其事，因書之，并系以此詩〉曰：

> 重扶殘醉西湖上，不見春風見畫船；頭白故人無在者，斷
> 堤楊柳舞青煙。〔註107〕

詩題所言紹興臨安士人即俞國寶，所賦曲為〈風入松〉。虞集此絕衍申俞氏詞意，以寄撫今追昔之慨，而詩題不僅語及宋高宗點化俞氏詞句之本事，〔註108〕更自敘偕友人將俞氏詞作譜曲而歌之。

〔註105〕詳參〔宋〕黃庭堅：〈小山集序〉；〔宋〕惠洪：《冷齋夜話》，卷
　　　　十。
〔註106〕〔元〕元淮：〈讀李易安文〉，《金囦集》（臺北：臺灣商務印書館，
　　　　1967年，《景印涵芬樓秘笈》），頁9上。
〔註107〕〔元〕虞集：〈紹興間，……并系以此詩〉，《道園學古錄》（臺北：
　　　　臺灣商務印書館，1967年，《四部叢刊初編》），卷四，頁50。
〔註108〕詳見〔宋〕周密：《武林舊事》，卷三「西湖遊幸」條。

　　詞雖衰於明，然諸多詞家、詞作仍見稱於明人所作絕句，如郎瑛
《七修類稿》載有劉泰（字士亨，號菊莊）題秦觀〈好事近〉之絕句，
該書「秦黃詩讖」條曰：

　　秦觀字少游，號太虛，淮之高郵人，與蘇、黃齊名，嘗於
　　夢中作〈好事近〉一詞云：「山露雨添花，……醉臥古藤陰
　　下，杳不知南北。」其後以事謫藤州，竟死於藤，此詞其
　　讖乎？……秦詞世人少知，予嘗親見其墨跡，後有近代劉
　　菊莊題云：「名並蘇黃學更優，一詞遺墨至今留；無人喚醒
　　藤州夢，淮水淮山總是愁。」亦不勝其感慨。〔註109〕

劉泰之題詩盛讚秦觀之才名、學養，喟歎〈好事近〉詞語成讖，其人
已矣，徒留詞作墨蹟。

　　再者，瞿佑〈易安樂府〉曰：

　　清獻名家厄運乖，羞將晚景對非才；西風簾捲黃花瘦，誰
　　與賡歌共一杯。〔註110〕

前聯謂李清照乃名宦趙挺之（諡清憲）之媳，〔註111〕然命途多舛，
渡江南下，流離遷徙，後更改嫁下才之張汝舟。後聯歎賞李清照〈醉
花陰〉末結「簾捲西風，人似黃花瘦」佳妙絕倫，後人難以為繼。又
張嫻婧〈讀李易安《漱玉集》〉：

　　從來才女果誰儔，錯玉編珠萬斛舟；自言人比黃花瘦，可
　　似黃花奈晚秋。〔註112〕

〔註109〕〔明〕郎瑛：《七修類稿》（上海：上海書店，2001 年），卷三十「秦
　　　　黃詩讖」條，頁 327～328。

〔註110〕瞿佑：〈易安樂府〉，《香臺集》，卷下，〔明〕瞿佑著，喬光輝校註：
　　　　《瞿佑全集校註》（杭州：浙江古籍出版社，2010 年），冊上，頁
　　　　105。

〔註111〕瞿佑此絕首句之「清獻」應為「清憲」之誤，蓋趙挺之諡「清憲」，
　　　　而「清獻」為趙抃（字閱道）之諡。王士禎曾糾其謬曰：「以挺之
　　　　為抃，謬矣。蓋以閱道諡清獻，而挺之諡清憲，故致此舛訛耳」，
　　　　〔清〕王士禎：《香祖筆記》（臺北：臺灣商務印書館，1985 年，《景
　　　　印文淵閣四庫全書》冊八七〇），卷九，頁 496。

〔註112〕〔明〕張嫻婧：〈讀李易安《漱玉集》〉，〔清〕劉云份編：《翠樓集》
　　　　（臺南：莊嚴文化事業有限公司，1997 年，《四庫全書存目叢書》

首句推尊李清照爲古今才女弁冕，次句讚歎《漱玉詞》多精妙之作，三、四句翻用〈醉花陰〉之「人似黃花瘦」，致慨於李氏晚年之遭遇。他如吳寬〈易安居士畫像題辭〉：「金石姻緣翰墨芬，文蕭夫婦盡能文；西風庭院秋如水，人比黃花瘦幾分」，〔註113〕王象春〈題《漱玉集》〉：「京朝名跡此中稀，剗水黝山感異時；惟有女郎風雅在，又隨兵舫泣江蘺」，〔註114〕亦爲論李清照其人其詞之論詞絕句。

要之，論詞絕句可謂起源於唐，由宋迄明遞相祖述，推波助瀾，遂成日後之洋洋大觀矣。正如杜甫論詩絕句之未題爲「論詩」，此等絕句雖未題爲「論詞」，考其內容實爲論詞絕句無疑，啓導之功，實不可沒也。

二、清代論詞絕句之發展

洎乎清代，論詞絕句作者輩出，作品滋繁，無論質與量均遠邁前代，成爲有清詞論之重要形式。茲將筆者與業師王偉勇先生所甄采之清代論詞絕句，臚列於後，以見其發展之盛觀。著錄之資料包括作者、詩作總數、詩題三項，且依作者年代先後排序。作者姓名後所附之生卒、活動年代，主要參考馬興榮、吳熊和、曹濟平編《中國詞學大辭典》（杭州：浙江教育出版社，1996 年）、錢仲聯編《中國文學家大辭典·清代卷》（北京：中華書局，1996 年）、梁淑安編《中國文學家大辭典·近代卷》（北京：中華書局，1997 年）、李靈年、楊忠編《清人別集總目》（合肥：安徽教育出版社，2000 年）、朱德慈《近代詞人考錄》（北京：中國社會科學出版社，2004 年）等書，或據作者別集刊印時間略作推測。凡詩題未能顯示數目者，則於其後註

集部冊三九五），初集，頁 191～192。

〔註113〕 〔明〕吳寬：〈易安居士畫像題辭〉，四印齋《漱玉詞》附錄，王鵬運輯：《四印齋所刻詞》，頁 271。

〔註114〕 〔明〕王象春：〈題《漱玉集》〉，崇禎《歷城縣志·述聞》，引自褚斌傑、孫崇恩、榮憲賓編：《李清照資料彙編》（北京：中華書局，1984 年），頁 53。

明。〔註115〕

1. 曹溶（1613～1685），八首，〈題周青士詞卷四首〉；〈武林徐
　生以《衣錦山樂府》見質，戲題四首〉。

2. 陳維崧（1625～1682），一首，〈鈔唐人七言律竟，輒題數斷
　句楮尾〉之八。

3. 朱彝尊（1629～1709），四首，〈鴛鴦湖櫂歌一百首〉之八、
　一四、四六；〈題陳（履端）詞槀〉一首。

4. 葉元禮（約與朱彝尊〔1629～1709〕、徐釚〔1636～1708〕同
　時），一首，〈題朱彝尊詞〉一首。

5. 李澄中（1630～1700），一首，〈易安居士畫像題辭〉一首。

6. 仇元吉（約與吳兆騫〔1631～1684〕、徐釚〔1636～1708〕同
　時），一首，〈題《菊莊詞》〉一首。

7. 徐良崎（約與吳兆騫〔1631～1684〕、徐釚〔1636～1708〕同
　時），一首，〈題《側帽》、《彈指》二詞〉一首。

8. 王士禛（1634～1711），二首，〈眞州絕句五首〉之五；〈題陳
　其年塡詞圖〉一首。

9. 田雯（1635～1704），一首，〈讀東坡集偶題〉之四。

10. 龐塏（1639～1707），一首，〈偶成四首〉之三。

11. 吳雯（1644～1704），一首，〈焚詩〉之二。

12. 焦袁熹（1660～1735），一首，〈讀唐詩二首〉之二。

13. 李必恆（1661～？），一首，〈呈朱竹垞先生八絕句〉之五。

14. 趙執信（1662～1744），一首，〈登州雜詩十首〉之五。

15. 陸奎勳（1666～1735後），一首，〈論詩口號八首〉之七。

16. 馬長海（1667～1744），一首，〈效元遺山論詩絕句〉之一九。

〔註115〕至於各家論詞絕句之全文與出處，則請參閱王偉勇、趙福勇編「清
　　　　代論詞絕句初編（正編）」、「清代論詞絕句初編（附錄）」，收於王
　　　　偉勇：《清代論詞絕句初編》（臺北：里仁書局，2010年），頁81～
　　　　337。

17. 陳聶恒（1673～1723 後），十首，〈讀宋詞偶成絕句十首〉。

18. 王時翔（1675～1744），九首，〈題《畫空詞》〉一首；〈題陳北溪詞稿後〉一首；〈次韻題杜雲川太史花雨塡詞圖三首〉；〈酬姚魯思太史枉題中州所製《青絹樂府》四絕句，次原韻〉。

19. 李國柱，二首，〈讀《五代詩話》題南唐後主二絕句〉。

20. 尹嘉年，一首，〈論國朝人詩仿遺山體〉之八。

21. 沈嘉轍（康熙〔1662～1722〕、雍正〔1723～1735〕間諸生），七首，〈南宋雜事詩〉之四、一一、一三、二五、二六、八一、九三。

22. 吳焯（1676～1733），八首，〈南宋雜事詩〉之一、一四、二三、三四、五四、六五、七八、八七。

23. 陳芝光（約與吳焯〔1676～1733〕同時），八首，〈南宋雜事詩〉之二、二二、四七、五〇、五五、六四、八三、八八。

24. 錢陳群（1686～1774），二首，〈宋百家詩存題詞〉之一、五一。

25. 符曾（1688～？），七首，〈南宋雜事詩〉之一一、一四、三〇、四五、八〇、九三、九五。

26. 趙昱（1689～1747），十六首，〈南宋雜事詩〉之二四、三四、三六、四八、五七、六四、七三、七四、七八、八九、九〇、九四、九五、九八、九九、一〇〇。

27. 厲鶚（1692～1752），三十三首，〈論詞絕句十二首〉；〈南宋雜事詩〉之一四、二五、二六、二八、三七、三八、四〇、四七、四八、五六、六一、六五、六七、六八、八〇、八三、八四、八五、八九、九六、一〇〇。

28. 鄭方坤（雍正元年〔1723〕進士），三十六首，〈論詞絕句三十六首〉。

29. 趙信（1701～？），十五首，〈南宋雜事詩〉之三、六、一一、一二、二四、三〇、三八、四二、五一、六二、七四、九四、

九五、九八、一〇〇。

30. 李其永（約雍正〔1723～1735〕、乾隆〔1736～1795〕間人），
三十首，〈讀歷朝詞雜興〉三十首。

31. 江昱（1706～1775），十八首，〈論詞十八首〉。

32. 鮑倚雲（1707～1777），二首，〈題聽弈軒詩詞卷八絕句〉之
八；〈題《曝書亭集》後〉之四。

33. 汪筠（1715～？），二十三首，〈讀《詞綜》書後二十首〉；〈校
《明詞綜》三首〉。

34. 章愷（1719～1770），八首，〈論詞絕句八首〉。

35. 馮浩（1719～1801），四首，〈題汪孟鋗《理冰詞》四首〉。

36. 汪孟鋗（1721～1770），十首，〈題本朝詞十首〉。

37. 朱方藹（1721～1786），二首，〈論詞絕句〉二首。

38. 王昶（1724〔或作 1725〕～1806〔或作 1807〕），二首，〈題
汪孝廉劍鐔（端光）《禪雨山房詩詞》後〉之三；〈舟中無事
偶作論詩絕句四十六首〉之三五。

39. 汪仲鈖（1725～1753），四首，〈題陸南香《白蕉詞》後四首〉。

40. 張塤（1733～1789），一首，〈論詩答慈伯四首〉之四。

41. 陸錫熊（1734～1792），十二首，〈題《問雲詞》十二首〉。

42. 沈初（1735～1799），二十三首，〈編舊詞存稿作論詞絕句十
八首〉；〈題陳迦陵前輩塡詞圖五首〉。

43. 茹綸常（1735～？），二首，〈國朝諸名家逸事雜詩〉之四、
九。

44. 錢世錫（1736～1795），一首，〈論宋人絕句十二首和陳檢齋
司馬〉之一一。

45. 朱依眞（朱若炳〔1716～1755〕子），二十八首，〈論詞絕句
二十二首〉；〈僕少有〈論詞絕句〉，迄今二十年，燈下讀諸家
詞，有老此數家之意，復綴六章，於前論無所長人也〉。

46. 趙同鈺（乾隆〔1736～1795〕間人），三首，〈《小湖田樂府》

題辭三首〉。

47. 沈彩（約乾隆〔1736～1795〕間人），一首，〈論婦人詩絕句
四十九首〉之二一。

48. 謝啓昆（1737～1802），十九首，〈讀《全唐詩》仿元遺山論
詩絕句一百首〉之一六、二九、四一、八五；〈讀全宋詩仿元
遺山論詩絕句二百首〉之一九、五七、六二、六三、一〇七、
一一〇、一三九、一八〇、一八三；〈讀《中州集》倣元遺山
論詩絕句六十首〉之二；〈書《五代詩話》後三十首〉之一、
五、一〇、一八；〈論明詩絕句九十六首〉之一九。

49. 朱炎，一首，〈讀明人詩絕句三十首〉之三。

50. 趙鈞彤（1742～？），一首，〈濟南秋夜與楊果亭小飲感賦九
絕句〉之三。

51. 熊寶泰（1742～？），一首，〈李白〉一首。

52. 柯振嶽（約乾隆〔1736～1795〕、嘉慶〔1796～1820〕間人），
二首，〈論詩（三十九首）〉之二二、三二。

53. 吳蔚光（1743～1803），九首，〈詞人絕句〉九首。

54. 洪亮吉（1746～1809），一首，〈道中無事偶作論詩截句二十
首〉之九。

55. 程尚濂（乾隆三十九年〔1774〕舉人），一首，〈與馮生論樂
府體口占四絕〉之三。

56. 陳石麟（1754～？），二首，〈書皋文塡詞後〉二首。

57. 蔡環黼（約乾隆〔1736～1795〕、嘉慶〔1796～1820〕間人），
一首，〈偶成〉之七。

58. 石韞玉（1756～1837），三首，〈讀蔣心餘、彭湘涵、郭頻伽
詞草，各繫一詩〉三首。

59. 席佩蘭（1760～？），六首，〈《小湖田樂府》題辭六首〉。

60. 成書（？～1821），一首，〈論詩絕句〉之七。

61. 尤維熊（1762～1809），十二首，〈評詞八首〉；〈續評詞四首〉。

62. 黃丕烈（1763～1825），八首，〈題影鈔金槧蔡松年詞殘本後〉八首。

63. 潘際雲（1763～？），一首，〈題朱淑眞《斷腸詞》〉一首。

64. 舒位（1765～1815），十首，〈書劍南詩集後〉之四；〈五代十國讀史絕句三十首〉之三、一四、一八；〈論曲絕句十四首竝示子筠孝廉〉之一、二；〈瓶水齋論詩絕句二十八首〉之一四、一八、一九、二五。

65. 屈秉筠（1767～1810），三首，〈《小湖田樂府》題辭三首〉。

66. 郭䴨（1767～1831），三首，〈童佛庵偕同人以屬樊榭徵君及其姬人月上木主祔黃文節公祠設祭焉，同人有詩，亦得三絕句〉（錄一）；〈病起懷人詩三十首〉（錄一）；〈南唐雜詠〉一首。

67. 胡敬（1769～1845），一首，〈仿漁洋山人題唐宋金元詩絕句〉之六。

68. 孫爾準（1770～1832），二十二首，〈論詞絕句〉二十二首。

69. 黃承吉（1771～1842），二首，〈春日雜興十二首〉之九；〈春遲暇日，懷涉頗繁，雜成絕句十二首，併書之，無次第〉之九。

70. 陳文述（1771～1843），十一首，〈題朱淑貞《斷腸集》〉五首；〈題查伯葵撰〈李易安論〉後〉二首；〈又題《漱玉集》〉四首。

71. 沈道寬（1772～1853），四十二首，〈論詞絕句〉四十二首。

72. 宋翔鳳（1776〔或作 1779〕～1860），二十首，〈論詞絕句二十首〉。

73. 王敬之（1778～1856），一首，〈讀秦太虛《淮海集》〉之一。

74. 李兆元，一首，〈論詩絕句〉之八。

75. 方熊（1779～1860），三首，〈題李清照《漱玉集》、朱淑眞《斷腸集》三首〉。

76. 周之琦（1782～1862），十六首，《心日齋十六家詞錄・附題》十六首。

77. 程恩澤（1785～1837），八首，〈題周稺圭前輩《金梁夢月詞》〉八首。

78. 潘德輿（1785～1839），三首，〈懷里人作〉之六、七、八。

79. 姚瑩（1785～1853），二首，〈論詩絕句六十首〉之二〇；〈偶成〉之二。

80. 張祥河（1785～1862），十首，〈論詞絕句十首專賦閨人〉。

81. 王文瑋（約嘉慶至咸豐〔1796～1861〕間人），七首，〈西江作論古五首〉之二；〈題家春泉通守詞集四首〉；〈汪彥章、姜堯章皆德興人，口占懷古三首〉之二、三。

82. 邵堂（1787～1824），一首，〈論詩六十首〉之五三。

83. 楊棨（1787～1862），一首，〈書時賢詩集後八首〉之七。

84. 馮繼聰（約道光〔1821～1850〕、咸豐〔1851～1861〕間人），七首，〈論唐詩絕句・唐太宗〉之二；〈論唐詩絕句・李景伯〉一首；〈論唐詩絕句・張志和〉一首；〈論唐詩絕句・李白〉之六；〈論唐詩絕句・劉禹錫〉之五、一五；〈論唐詩絕句・牛嶠〉一首。

85. 袁翼（1789～1863），一首，〈論金詩〉之七。

86. 高篔（朱綬〔1789～1840〕妻），一首，〈論宮閨詩十三首〉之二。

87. 王僧保（1792～1853），三十六首，〈論詞絕句〉三十六首。

88. 梁梅（約與徐榮〔1792～1855〕、譚瑩〔1800～1871〕同時），二十六首，〈論詞絕句一百六十首〉（錄二十六首）。

89. 況澄（道光二年〔1822〕進士），一首，〈傚元遺山論詩三十首〉之二〇。

90. 林楓（1798～1864），一首，〈論詩傚元遺山體〉之九。

91. 貴成（約道光至同治〔1821～1874〕間人），一首，〈論唐詩

偶成〉之一。

92. 楊季鸞（1799～1856？），二首，〈論詩絕句（翻閱近時諸家
詩集，戲效元遺山體）〉之五、六。

93. 何紹基（1799～1873），一首，〈登舟〉之一三。

94. 譚瑩（1800～1871），一七七首，〈論詞絕句一百首〉（實爲一
○一首）；〈論詞絕句又三十六首（專論嶺南人）〉；〈論詞絕句
又四十首（專論國朝人）〉。

95. 汪士鐸（1802〔或作 1804〕～1889），二首，〈讀金元人詩倣
元遺山論詩絕句〉之二、三。

96. 侯楨（？～1862），一首，〈讀江左三大家詩二絕句〉之二。

97. 林昌彝（1803～1876），一首，〈論詩一百又五首〉之四五。

98. 華長卿（1804～1881），三十七首，〈讀史雜詩〉之四；〈論詞
絕句〉三十六首。

99. 姚燮（1805～1864），九首，〈論詞九絕句示杜（煦）汪（全
泰）兩丈〉。

100. 殷兆鏞（1806～1883），一首，〈讀《曝書亭集》〉之四。

101. 俞國琛，一首，〈論詩〉之二。

102. 陳澧（1810～1882），六首，〈論詞絕句六首〉。

103. 徐穆（1818～1901），一首，〈贈況周頤〉一首。

104. 蔡琳（1819～1868），二首，〈讀金源諸家詩〉之一；〈讀金人
詩〉之三。

105. 謝章鋌（1820～1903），一首，〈讀《全閩詩話》雜感〉之三。

106. 李聯琇（1820〔或作 1821〕～1878），一首，〈自刪少作，雜
引前言，見文人綺語之當懺也〉之八。

107. 吳仰賢（1821～1887），三首，〈偶論滇南詩〉之一；〈論詩〉
之四、七。

108. 沈世良（1823～1860〔或作？～1880〕），四首，〈案頭雜置諸
詞集，戲題四絕句〉。

109. 邱晉成（約道光至光緒〔1821～1908〕間人），二首，〈論蜀詩絕句〉之三、三二。

110. 沈兆澐（？～1886），一首，〈濟南旅舍讀山左諸家詩各題一絕凡十四首〉之三。

111. 徐兆英（咸豐二年〔1852〕舉人），一首，〈讀東坡詩集〉之一。

112. 楊浚（1830～1890），一首，〈論次閩詩〉之三六。

113. 汪芑（1830～？），五首，〈題《林下詞》四首〉；〈讀明詩〉之二。

114. 徐嘉（1834～1909？），一首，〈論詩絕句五十七首〉之二四。

115. 楊恩壽（1835～1891），三十首，〈論詞絕句〉三十首。

116. 沈景修（1835～1899），一首，〈讀國朝詩集一百首〉之一〇。

117. 余雲煥（約 1835～？），三首，〈論詞絕句三首〉。

118. 朱庭珍（1841～1903），一首，〈論詩〉之一四。

119. 黃維申（1841～？），一首，〈論詩絕句〉之三四。

120. 馮煦（1843〔或作 1844〕～1927），十六首，〈論詞絕句〉十六首。

121. 張雲驤（1845？～1891 後），一首，〈論國朝詩人・朱竹垞彝尊〉一首。

122. 王鵬運（1848〔或作 1849、1850〕～1904），三首，〈校栞《稼軒詞》成，率題三絕于後〉。

123. 楊深秀（1849～1898），三首，〈倣元遺山論詩絕句五十首（專論山右詩人）〉之二七、三一、三三。

124. 方廷楷，三首，〈習靜齋論詩百絕句〉之六、二四、三〇。

125. 高彤，一首，〈讀詩雜感〉之二九。

126. 文廷式（1856～1904），三首，〈癸巳元夜〉之一；〈繆小山前輩、張季直修撰、鄭蘇龕同年招飲吳園，別後卻寄〉之三；〈題姜白石集〉一首。

127. 陳衍（1856～1937），一首，〈樊山新刻《蘇門口記》成，屬題〉之一。

128. 潘飛聲（1858～1934），二十首，〈論嶺南詞絕句〉二十首。

129. 李葆恂（1859～1915），四首，〈題《漱玉詞》〉四首。

130. 李綺青（光緒十六年〔1890〕進士），二首，〈讀劍南集書後〉之五；〈論國朝詩人〉之一三。

131. 李希聖（1864～1905），四首，〈冒鶴亭屬題填詞圖〉一首；〈論詩絕句四十首〉之二一、二二、二四。

132. 歐陽述（光緒二十年〔1894〕舉人），一首，〈雜題國朝人詩集各一首〉之六。

133. 高旭（1877～1925），四十首，〈論詞絕句三十首〉；〈《十大家詞》題詞〉十首。

134. 王志修，三首，〈題《漱玉詞》〉三首。

135. 張崟亭，三首，〈論詞絕句〉三首。

136. 陳芸（1885～1911），六十七首，《小黛軒論詩詩》之七、一八、二四、二七、三二、四四、四六、四九、五〇、五四、五七、六一、六八、七〇、七三、七八、八二、八四、八七、八八、八九、九二、一〇四、一〇七、一一七、一二〇、一二四、一二五、一二七、一二九、一三六、一三九、一四六、一四七、一五二、一五三、一六〇、一六二、一六三、一六四、一六五、一六六、一六九、一七〇、一七一、一七六、一七七、一七八、一七九、一八一、一八二、一八五、一八八、一九二、一九三、一九四、一九六、一九七、一九九、二〇〇、二〇二、二〇九、二一一、二一三、二一四、二一五、二一九。

（合計一三六家，一一三七首）

　　以下著眼於清代論詞絕句之發展，揀擇較具特色、創發、影響者略加紹介與評騭。

　　曹溶〈題周青士詞卷四首〉與〈武林徐生以《衣錦山樂府》見質，戲題四首〉，爲筆者所見最早之清代論詞絕句，係以絕句題詠詞集。有清一代，此類「題跋」型之論詞絕句爲數頗眾，所論及者或爲先代詞人，如李澄中〈易安居士畫像題辭〉一首、汪筠〈讀《詞綜》書後二十首〉、謝啓昆〈書《五代詩話》後三十首〉之一、五、一〇、一八、黃丕烈〈題影鈔金槧蔡松年詞殘本後〉八首、陳文述〈題查伯葵撰〈李易安論〉後〉二首、高旭〈《十大家詞》題詞〉十首。或爲當代詞人，除卻曹溶之作，另如馮浩〈題汪孟鋗《理冰詞》四首〉、汪仲鈖〈題陸南香《白蕉詞》後四首〉、沈初〈題陳迦陵前輩塡詞圖五首〉、席佩蘭〈《小湖田樂府》題辭六首〉、王文瑋〈題家春泉通守詞集四首〉。此等有關當代詞人之題跋，或多過譽溢美之成分，然所提挈之行實、淵源、家數、詞情、詞風、風評，誠有助於該詞人之認知，亦能進窺其時之詞學風尙。

　　厲鶚〈論詞絕句十二首〉最早於詩題標明「論詞絕句」，內容闡揚尊體、清空、醇雅等詞學主張，係浙西詞派中期之重要詞論文獻。箇中論點常爲後人徵引、辨析，引發廣泛迴響，無疑爲影響後世最爲深遠之論詞絕句。僅以後出之論詞絕句而言，如朱依眞〈論詞絕句二十二首〉論陳維崧曰：「陳髯裒裒亦堪悲，寫入青衫悵悵詞；記得中州樂府體，豈知肖子屬吳兒」，〔註116〕後聯引證厲鶚所論「中州樂府鑒裁別，晷仿蘇黃硬語爲；若向詞家論風雅，錦袍翻是讓吳兒」。〔註117〕又如譚瑩〈論詞絕句又四十首（專論國朝人）〉論嚴繩孫（號藕漁）之第三句曰：「小令見推樊榭老」，〔註118〕首肯厲鶚所稱「獨

〔註116〕〔清〕朱依眞：〈論詞絕句二十二首〉之一六，見況周頤：《粵西詞見》（臺北：新文豐出版公司，1989年，《叢書集成續編》冊二〇五），卷一，頁786。

〔註117〕〔清〕厲鶚：〈論詞絕句十二首〉之八，《樊榭山房集》（臺北：臺灣商務印書館，1967年，《四部叢刊初編》），卷七，頁73。

〔註118〕〔清〕譚瑩：〈論詞絕句又四十首（專論國朝人）〉之一五，《樂志堂詩集》（上海：上海古籍出版社，2002年，《續修四庫全書》冊一五二八），卷六，頁484。

有藕漁工小令，不教賀老占江南」。〔註119〕他如馮煦〈論詞絕句〉之四曰：「卻怪西湖老居士，強將子野右耆卿」，〔註120〕非議厲鶚品第張先優於柳永之說：「張（子野）柳（耆卿）詞名枉並驅，格高韻勝屬西吳；可人風絮墮無影，低唱淺斟能道無」。〔註121〕至如宋翔鳳〈論詞絕句二十首〉之二〇首句曰：「識曲曾傳綠斐軒」，〔註122〕指摘厲鶚所言「欲呼南渡諸公起，韻本重雕菉斐軒」，〔註123〕以其誤以《菉斐軒詞林要韻》爲南宋詞韻書。

　　鄭方坤之〈論詞絕句三十六首〉就形式而言，爲架構嚴整之論詞絕句組詩，用心經營不言可喻。其第一首曰：「長詞短調製紛淆，檢點眞煩十手鈔；細取色絲別朱紫，蚍蜉撼樹任相嘲」，〔註124〕自言甄別品騭劬勞謹愼，任人譏嘲自不量力，是猶此組絕句之序。而第二至三十五首爲實際評論內容，涉及唐、五代、宋、元、明、清之詞人、詞作、詞籍、詞體與詞派，詩末皆附註語。至第三十六首曰：「束髮諧聲辨齒牙，度腔未熟笑蒸沙；他年願作伶官老，豪氣應無屈宋衙」，

〔註119〕　〔清〕厲鶚：〈論詞絕句十二首〉之一一，《樊榭山房集》，卷七，頁73。

〔註120〕　〔清〕馮煦：〈論詞絕句〉之四，《蒿盦類稿》（臺北：文海出版社，1969年，沈雲龍主編《近代中國史料叢刊》第三十三輯），卷七，頁456。

〔註121〕　〔清〕厲鶚：〈論詞絕句十二首〉之二，《樊榭山房集》，卷七，頁73。

〔註122〕　〔清〕宋翔鳳：〈論詞絕句二十首〉之二〇，《洞簫樓詩紀》（桃園：聖環圖書股份有限公司，1998年，宋翔鳳輯著《浮谿精舍叢書》十五），卷三，頁256。案：詩末附宋氏自註：「今傳元人《綠斐軒詞韻》，乃專明以入聲配入三聲之法，爲論北曲者所必需，是曲韻非詞韻也」。

〔註123〕　〔清〕厲鶚：〈論詞絕句十二首〉之一二，《樊榭山房集》，卷七，頁73。案：詩末附厲鶚自註：「予曾見紹興二年刊《菉斐軒詞林要韻》一冊，分東紅、邦陽等十九韻，亦有上、去、入三聲作平聲者」。

〔註124〕　〔清〕鄭方坤：〈論詞絕句三十六首〉之一，《蔗尾詩集》（濟南：齊魯書社，2001年，《四庫全書存目叢書補編》冊八），卷五〈木石居後草〉，頁313。

〔註125〕自謙尙未熟諳倚聲之道而妄肆論斷，願再精進以去矜誕，是
猶此組絕句之跋。

其後江昱之〈論詞十八首〉亦具嚴整之架構。其始、末二首曰：
「巴歈里社各紛然，法曲飄零五百年；只恨無人追正始，廣陵何必遽
無傳」，「暗香疎影靜生春，綠意紅情迥出塵；寂寂自開還自落，人間
誰是別花人」，〔註126〕前者表明其欲正本清源以崇雅正而斥鄙俗，後
者慨歎賞鑒知音難尋，殆爲組詩之序、跋。而中間十六首，實際評論
兩宋之詞人、詞作與詞籍。

汪孟鋗開以絕句組詩綜論當代詞人之先河，其〈題本朝詞十首〉
論朱彝尊、陳維崧、顧貞觀、納蘭性德（以上二家合論）、曹溶、王
士禛、李良年、李符（以上二家合論）、嚴繩孫、吳綺、樓儼、汪森
等十二位清詞名家。

此後吳蔚光〈詞人絕句〉九首亦以絕句組詩評論朱方藹、王昶、
吳錫麒、趙文哲、黃景仁、汪端光、楊芳燦、楊揆（以上二家合論）、
鮑受和、許寶善等當代詞人，詩末皆附註語，所論固以詞壇名家爲主，
然亦兼及詞名不顯之汪端光、鮑受和。頗值留意者，吳氏常於詩中敍
及與詞人之淵源、互動，兼有記事懷人之性質，如論趙文哲（號璞函）
曰：「蘊藉風流妍雅才，郎君邀我共登臺；月斜烟瘦留家法，壓倒高
三十五來」，註曰：「《妍雅堂詞》，趙璞函丈作也。令子少鈍亦善倚聲，
辛卯九日，偕余及高東井登黑窰廠，塡〈摸魚兒〉一調，高甚傾折。
今高已下世，其詞稿雖多，全散失矣」，〔註127〕言及偕趙文哲子同遊
之行事，又如論汪端光曰：「滴粉搓酥句最工，瓣香絕妙弁陽翁；紅

〔註125〕〔清〕鄭方坤：〈論詞絕句三十六首〉之三六，《蔗尾詩集》，卷五
〈木石居後草〉，頁316。

〔註126〕〔清〕江昱：〈論詞十八首〉之一、一八，《松泉詩集》（臺南：莊
嚴文化事業有限公司，1997年，《四庫全書存目叢書》集部冊二八
○），卷一，頁176、177。

〔註127〕〔清〕吳蔚光：〈詞人絕句〉之四，《素修堂詩集》，卷十二，見吳
熊和主編：《唐宋詞匯評（兩宋卷）》（杭州：浙江教育出版社，2004
年），冊五，附錄吳熊和、陶然輯「清人論詞絕句」，頁4402。

袞如水蓮花寺，傳唱新聲一萼紅」，註曰：「汪劍潭平時喜諷《絕妙好詞》，所著新豔淒惋。庚子正月寓京師蓮花寺，塡〈一萼紅〉調索和」，〔註128〕述及與汪端光之唱和。

　　而尤維熊之〈評詞八首〉與〈續評詞四首〉亦為論當代詞人之絕句組詩，所論固有詞壇名家彭兆蓀、郭麐、孫爾準、許寶善，而更多為詞名不顯者，包括汪炘、汪端光、邵葆祺、孫宗樸、陳本直、吳友松、汪梅鼎、張滌卿等人。究其評論內容，頗多過譽溢美之辭，如論陳本直曰：「古愚拔幟伽陵後，心識伽陵氣格鼉；幼眇心聲誰可繼，金風亭長小長廬」，〔註129〕乃將陳氏追配陳維崧與朱彝尊。尤維熊亦如吳蔚光般偶於詩中敘及其與詞人之交誼，如論汪梅鼎曰：「桃花庵壁句如仙，記讀新詞又一年；殘月曉風何處也，風流憶殺柳屯田」。〔註130〕職是之故，丁紹儀《聽秋聲館詞話》曰：「至尤二娛（案：尤維熊號）論詞，多同時朋舊，乃懷人詩耳」。〔註131〕雖吳蔚光與尤維熊之論詞絕句論及詞名不顯之詞人，間於詩中敘事抒懷，然不失為重要之詞學史料，可藉以考訂詞人之行實，略見其時詞壇之發展全貌。他如譚瑩之〈論詞絕句又四十首（專論國朝人）〉、楊恩壽之〈論詞絕句〉三十首，亦屬綜論當代詞人之絕句組詩。

　　朱依真〈論詞絕句二十二首〉第一至十七首，論五代至清之詞人、詞作，而第十八至二十二首較為特殊，論其鄉邑廣西（朱依真為廣西臨桂人）之詞人，包括順康朝之謝良琦、其父朱若炳、其友冷昭、其

〔註128〕　〔清〕吳蔚光：〈詞人絕句〉之六，《素修堂詩集》，卷十二，見吳熊和主編：《唐宋詞匯評（兩宋卷）》，冊五，附錄吳熊和、陶然輯「清人論詞絕句」，頁4402。

〔註129〕　〔清〕尤維熊：〈評詞八首〉之八，《二娛小廬詩鈔》，卷三，見吳熊和主編：《唐宋詞匯評（兩宋卷）》，冊五，附錄吳熊和、陶然輯「清人論詞絕句」，頁4404。

〔註130〕　〔清〕尤維熊：〈續評詞四首〉之三，《二娛小廬詩鈔》，卷三，見吳熊和主編：《唐宋詞匯評（兩宋卷）》，冊五，附錄吳熊和、陶然輯「清人論詞絕句」，頁4404。

〔註131〕　〔清〕丁紹儀：《聽秋聲館詞話》，卷十二「尤維熊小廬詞」條，唐圭璋編：《詞話叢編》，冊三，頁2730。

友黃東昀妻唐氏、女詞人梁月波。朱依眞多將論述對象附麗前代大家、名作，顯有揚舉鄉邑詞壇成就之用意，如評朱若炳曰：「詞人競美遺山好，蘊藉風流那不如」。〔註132〕實則朱若炳詞平庸細碎，遠非元好問風流蘊藉之匹，朱依眞所論未爲允當。雖然，此五首絕句可略見廣西詞壇發展之一斑，同爲廣西臨桂籍之況周頤亦曰：「其論同時人詞，意在以詩傳人，不得以論古之作例之」，〔註133〕「綜論國朝吾粵詞人，朱小岑（案：朱依眞字）先生倡之于前」，〔註134〕肯定朱依眞之作有功於廣西詞史之建構。朱依眞於論詞絕句組詩中特意論列鄉邑詞人，後更出現專論鄉邑詞人之論詞絕句組詩。

梁梅〈論詞絕句一百六十首（有序）〉爲篇幅最長之論詞絕句組詩，惟筆者尙未訪得梁梅別集《寒木齋集》，以致未能一睹此一六〇首絕句之全璧，僅於張維屛編選《學海堂三集》卷二四，檢得序文與其中二十六首。此二十六首分論李白、李煜、晏幾道、秦觀、賀鑄、周邦彥、徐俯、陳與義、查荎、曾覿、辛棄疾、崔與之、聶冠卿、趙彥端、高觀國、蔣捷、張炎、李南金、汪元量、李清照、吳激、趙秉文、劉基、吳偉業、吳綺、顧貞觀，是知梁梅此組絕句綜論唐至清之詞人，且不廢詞壇上之小家。而殊值稱述者爲此組絕句前之序文，長達一二二七字，鎔鑄諸多詞人之詞句、故實，爲一整飭雅麗之駢體文。至其論述內容，計有如下數端：其一，概述詞之起源、流變；其二，將詞分爲張柳（周秦）、蘇辛、姜史三派，舉其代表作家，析其主要詞風；其三，揭示塡詞之要旨，在於「因時制宜，立言貴當」，「斥絕淫哇，剗除硬語。屬詞婉約，行氣清空。蕭寂以致其幽，雋永以深其味。毋過鍊以入晦澀，毋太纖而乖雅醇」，且須審音應律；其四，自述創作因由，係「每泛覽乎諸家，輒妄加乎評語。由唐宋元明而遞及，

〔註132〕〔清〕朱依眞：〈論詞絕句二十二首〉之一九，見況周頤：《粵西詞見》，卷一，頁786。
〔註133〕況周頤：《粵西詞見》，卷一，頁785。
〔註134〕況周頤：《粵西詞見・跋》，頁815。

合慢曲近引以咸蒐。竊比荔鄉居士，各綴吟章；庶幾樊榭山人，直抒
臆見」。〔註135〕綜觀全文，鞭辟入裡，極具理論價值。由其所言填詞
宗旨，可見深受浙西詞派之影響。而由「竊比荔鄉居士，各綴吟章；
庶幾樊榭山人，直抒臆見」數句，可見梁梅已自覺「論詞絕句」為一
重要之詞論形式，並視鄭方坤（號荔鄉）之〈論詞絕句三十六首〉與
厲鶚（號樊榭）之〈論詞絕句十二首〉為箇中之典範。

　　譚瑩作有三組論詞絕句組詩——〈論詞絕句一百首〉（實為一〇
一首）、〈論詞絕句又三十六首（專論嶺南人）〉、〈論詞絕句又四十首
（專論國朝人）〉，合計一七七首，係留存最多論詞絕句之作者。此中
〈論詞絕句一百首〉為具嚴整架構之皇皇巨作。第一首曰：「對酒歌
難興轉豪，由來樂府本風騷；承詩啟曲端倪在，苦為分明卻不勞」，
〔註136〕論詞之起源，且自許不辭辛勞以論列品第，斯猶組詩之序。
第二至一〇〇首實際評論李白（有二首）、白居易、張志和、韓翃、
溫庭筠、韓偓、孟昶、李璟、李煜（有二首）、和凝、韋莊、趙佶、
趙構、寇準、晏殊、林逋、韓琦、范仲淹、司馬光、宋祁、歐陽脩、
柳永（有二首）、張先、晏幾道、蘇軾（有二首）、黃庭堅、秦觀（有
二首）、晁補之、張耒、賀鑄、毛滂、王詵、舒亶、王安石、王觀、
聶冠卿、蔡挺、蘇過、謝逸、周邦彥（有二首）、徐伸、万俟詠、呂
濱老、王安中、曾覿、詹玉、趙鼎、向子諲、葉夢得、陳與義、朱敦
儒、張孝祥、辛棄疾（有二首）、趙彥端、劉過、陳亮、張鎡、陸游、
廖瑩中、俞國寶、黃機、劉克莊、盧祖皋、姜夔（有二首）、戴復古、
高觀國、史達祖、張輯、吳潛、吳文英、黃孝邁、黃昇、蔣捷、張炎
（有二首）、陳允平、徐照、周密（有二首）、孫惟信、王沂孫、李南
金、文天祥、陳參政、《樂府補題》、李清照（有二首）、朱淑真、鄭

〔註135〕以上所引梁梅〈論詞絕句一百六十首·序〉，見〔清〕張維屏選：《學
　　　　海堂三集》（南京：江蘇教育出版社，1995 年，趙所生、薛正興編
　　　　《中國歷代書院志》冊十四），卷二十四，頁 319～321。
〔註136〕〔清〕譚瑩：〈論詞絕句一百首〉之一，《樂志堂詩集》，卷六，頁
　　　　476。

文妻孫氏、嚴蕊、無名氏，兼及名家與小家，而唐、五代、兩宋之詞壇遞嬗可得其髣髴。而第一○一首曰：「倚聲誰敢陋金元，由宋追唐體較尊；且待稍償文字債，紫藤花底試重論」，〔註137〕謂由唐至宋乃詞史之主流，故先論之，曰後將再論及金、元，斯猶組詩之跋。

　　而譚瑩之〈論詞絕句又三十六首（專論嶺南人）〉尤值留意，係以絕句組詩專論鄉邑詞人之先驅。譚瑩為廣東南海人，此組絕句評論五代、宋、明、清之嶺南詞人，包括黃損、崔與之、李昴英、劉鎮、陳紀、趙必瑑、黎貞、陳獻章、戴璉、祁順、黃瑜、邱濬、霍韜、霍與瑕、張萱、盧龍雲、區元晉、何絳、韓上桂、陳子升、屈大均、梁佩蘭、陳恭尹、梁無技、陶鎔、許遂、王隼、易宏、何夢瑤、張錦芳、黎簡、譚敬昭、倪濟遠、黃球、黃藹觀、歐嘉逢（以上三人合論）、金堡（今釋）、張喬，鉤勒五代至清嶺南詞壇之發展概貌。譚瑩所論固有過譽之辭，如將梁無技、王隼比附張炎、秦觀，所謂「嶺南竟有玉田生，酏覺稱詩浪得名」、「解賦無題詩百首（見《番禺志》），固當秦七是前生」，〔註138〕然亦不乏指瑕之論，而非一味阿私溢美鄉賢，如論黎貞（號秫坡）曰：「老樹嫣然也著花，秫坡仍未算詞家」，〔註139〕謂其難稱詞家，論陳恭尹（晚號獨漉子）曰：「祝壽餞離兼咏物（《獨漉堂集》附詩餘一卷，類多此等題），倚聲何敢過推崇」，〔註140〕議其詞作內容狹隘單調，不宜過度揚舉。此外，譚瑩評論本籍詞人，掌握資料自較外人周備，故其所論尚具保存嶺南鄉邑詞學文獻之價值。如論區元晉曰：

　　海目詩存十手鈔（前明吾粵區氏稱詩者數家，而海目先生

〔註137〕〔清〕譚瑩：〈論詞絕句一百首〉之一○一，《樂志堂詩集》，卷六，頁481。

〔註138〕〔清〕譚瑩：〈論詞絕句又三十六首（專論嶺南人）〉之二四、二七，《樂志堂詩集》，卷六，頁482、483。

〔註139〕〔清〕譚瑩：〈論詞絕句又三十六首（專論嶺南人）〉之七，《樂志堂詩集》，卷六，頁481。

〔註140〕〔清〕譚瑩：〈論詞絕句又三十六首（專論嶺南人）〉之二三，《樂志堂詩集》，卷六，頁482。

稱最，無詞），見泉詞律畧推敲；滿江紅外無多調（《見泉
集》附詞十闋，俱填此調），范履霜能與解嘲。〔註141〕
此絕意謂明代廣東區氏多以詩名，區大相（號海目）最著，然無詞作，
而區元晉略知倚聲，其《見泉集》存十闋〈滿江紅〉。而檢視饒宗頤
初纂、張璋總纂《全明詞》（北京：中華書局，2004 年）與周明初、
葉曄編《全明詞補編》（杭州：浙江大學出版社，2007 年），俱未錄
區元晉詞，譚瑩此絕不啻為續補《全明詞》之重要線索。又論明人韓
上桂曰：「長相思與浪淘沙（見《歷代詩餘》），不為忠魂許作家；第
一才人（見阮《通志》）餘技稱，死生消息有蓮花（見《番禺志》）」，
〔註142〕論及韓上桂之〈長相思〉與〈浪淘沙〉，而《全明詞》與《全
明詞補編》皆未錄韓氏詞，譚瑩此絕亦可供《全明詞》續補之資。他
如論清代順、康朝之陶鎔曰：「芙蓉月下麗人來，窈窈西風對菊開（見
《四桐園存稿》〈眼兒媚〉、〈一斛珠〉兩詞）；有四桐園工小令，不教
苦子（名璜，鎔之兄）擅詩才」，〔註143〕論及陶鎔《四桐園存稿》有
〈眼兒媚〉、〈一斛珠〉等詞作，而南京大學中國語言文學系全清詞編
纂研究室編《全清詞·順康卷》（北京：中華書局，2002 年）與張宏
生主編《全清詞·順康卷補編》（南京：南京大學出版社，2008 年）
均未錄陶鎔詞，譚瑩此絕足資續補之參考。

之後潘飛聲（廣東番禺人）亦繼響譚瑩，作〈論嶺南詞絕句〉（又
名〈論粵東詞絕句〉）二十首，論五代迄清鄉邑詞人黃損、崔與之、
劉鎮、李昴英、趙必瑑、陳紀、葛長庚、陳獻章、屈大均、張喬、梁
佩蘭、梁無技、張錦芳、黎簡、吳蘭修、譚敬昭、陳澧、陳良玉、李
龍孫、吳尚熹等人，以明嶺南詞壇之流衍。

〔註141〕〔清〕譚瑩：〈論詞絕句又三十六首（專論嶺南人）〉之一七，《樂
　　　　志堂詩集》，卷六，頁 482。
〔註142〕〔清〕譚瑩：〈論詞絕句又三十六首（專論嶺南人）〉之一九，《樂
　　　　志堂詩集》，卷六，頁 482。
〔註143〕〔清〕譚瑩：〈論詞絕句又三十六首（專論嶺南人）〉之二五，《樂
　　　　志堂詩集》，卷六，頁 483。

　　清代論詞絕句頗爲關注女詞人，論述焦點首推李清照，次爲朱淑眞，諸多論列歷代詞人之組詩每論及二人。尚有專論李清照、朱淑眞之論詞絕句，如陳文述〈題查伯葵撰〈李易安論〉後〉二首（詩題雖僅敘及李清照，實則一首論李清照，一首論朱淑眞）、方熊〈題李清照《漱玉集》、朱淑眞《斷腸集》三首〉。更有專論李清照之論詞絕句，如李澄中〈易安居士畫像題辭〉一首、陳文述〈又題《漱玉集》〉四首、李葆恂〈題《漱玉詞》〉四首、王志修〈題《漱玉詞》〉三首。亦有專論朱淑眞之論詞絕句，如潘際雲〈題朱淑眞《斷腸詞》〉一首、陳文述〈題朱淑貞《斷腸集》〉五首。

　　張祥河之〈論詞絕句十首專賦閨人〉則爲專論女詞人之組詩，除一、二首鎔裁李煜詞句以寫宮中女子之境遇、情態，〔註144〕並非論女詞人之作，其餘八首論及侯夫人、陳金鳳、吳城小龍女、楊玉環、范仲胤妻、鄭文妻孫氏、魏夫人、李清照。他如汪芑〈題《林下詞》四首〉亦爲專論女詞人之組詩，共論李清照、朱淑眞、吳淑姬、唐婉四人。

　　至於陳芸所作《小黛軒論詩詩》，專論清代女性詩人兼及詞人，分上、下二卷，卷上一○○首，卷下一二一首，都二二一首，其中六十七首論及詞人。陳芸自敘曰：「因念宮閨之詩，自《三百篇》、〈十九首〉而後，代有作者，惟我朝爲尤盛，擬盡羅諸家遺集比附之。家大人以愛故，不加斥責，且代尋覓。或以高價徵求，或囑抄胥傳寫，數年以來，計得六百餘種。然考之類鈔、詩話所載，有集可名者，實不止此數，是其餘者強半付諸荒烟蔓草湮沒而已。……不揣固陋，爰取諸集，又參以各家徵載可名者，雜比成章，謂爲《論詩詩》」，〔註145〕故此作每於一首絕句嵌入多家詩人、詞人之名號、集

〔註144〕 參陶子珍之解說，詳見陶子珍：〈清代張祥河〈論詞絕句〉十首探析〉，《成大中文學報》十五期（2006年12月），頁93～95。

〔註145〕 〔清〕陳芸：《小黛軒論詩詩・敘》，王英志編：《清代閨秀詩話叢刊》（南京：鳳凰出版社，2010年），冊二，頁1519～1520。

名，間及遺事、佳篇、妙句、評論，詩末並附詳細註語，所論雖無甚多詞學理論價值，然可一覘清代女性詞人、詞集之盛，良爲珍貴之清代女性詞學史料。如第一六〇首曰：

> 綠月陰中聽玉簫，梅花園靜妙香飄；澹音懊惱瘦吟苦，繡墨霞珍總寂寥。（江瑛，字蒔珊，甘泉人。歸汪階符。著《綠月樓詞》。殷秉璣，字莖仙，常熟人。歸陳錫祺。著《隱梅廬遺稿》、《玉簫詞》。鍾韞，字眉令，仁和人。歸查義。著《梅花園詩詞集》。陸珊，字佩珊，號珊珊。錢塘張中書應昌側室。著《聞妙香室詞》。趙友蘭，字佩芸，號書卿。歸王某。著《澹音閣詞》。許淑慧，字定生，青浦人。早寡。工畫。著《琴外詩鈔》、《瘦吟詞》。董國容，字綺琴，號靈瓊，吳縣人。早卒。著《繡墨軒遺稿》。俞慶曾，字吉初，德清人。曲園先生孫女。著《繡墨軒詞》。繆珠蓀，字霞珍，號稱青，江陰人。編修荃孫堂妹，歸金匱鄧乃溥。著《霞珍詞》。）〔註146〕

全詩敘及江瑛《綠月樓詞》、殷秉璣《玉簫詞》、鍾韞《梅花園詩詞集》、陸珊《聞妙香室詞》、趙友蘭《澹音閣詞》、許淑慧《瘦吟詞》、俞慶曾《繡墨軒詞》與繆珠蓀《霞珍詞》，註語更有詞人字號、籍貫、戚屬、著作、行實等簡介。

　　絕句本爲傳統文人通習之文體，清人廣泛運用於論詞，流風所及，朝鮮人亦有論詞絕句之作。蓋康熙十七年（1678），吳漢槎因丁酉科場事，久戍寧古塔，將徐釚《菊莊詞》、納蘭性德《側帽詞》與顧貞觀《彈指詞》與驍騎校帶至會寧，而朝鮮會寧都護府記官仇元吉、前觀察判官徐良崎見之，以一金餅購去，仇氏且作〈題《菊莊詞》〉

〔註146〕〔清〕陳芸：《小黛軒論詩詩》，卷下，第一六〇首，見郭紹虞、錢仲聯、王遽常編：《萬首論詩絕句》（北京：人民文學出版社，1991年），冊四，頁1739～1740，又見王英志編：《清代閨秀詩話叢刊》，冊二，頁1601。案：《萬首論詩絕句》所載《小黛軒論詩詩》時見訛奪，而《清代閨秀詩話叢刊》所載《小黛軒論詩詩》偶有錯字，此段引文係參酌兩書而取其周全、正確者。

曰：「中朝寄得菊莊詞，讀罷煙霞照海湄；北宋風流何處是，一聲鐵笛起相思」，而徐氏作〈題《側帽》、《彈指》二詞〉曰：「使車昨渡海東邊，攜得新詞二妙傳；誰料曉風殘月後，而今重見柳屯田」，以高麗紙書之，仍令驍騎校帶回中國，遂盛傳之。〔註147〕嗣後汪孟鋗〈題本朝詞十首〉之三論顧貞觀與納蘭性德曰：「多情結托後生緣，已巳今生倍惘然；怪道雞林等身價，人間重見柳屯田」，〔註148〕後聯即隱括徐氏論詞絕句。而徐嘉〈論詩絕句五十七首〉之二四論徐釚曰：「吳門亭館築垂虹，自詡新詩學放翁；更有菊莊好詞筆，烟霞長照海天東」，〔註149〕楊恩壽〈論詞絕句〉之六論徐釚曰：「一編珍重壓歸裝，海客低頭拜菊莊；料得重洋荒島外，風濤相應識宮商」，〔註150〕方廷楷〈習靜齋論詩百絕句〉之六論徐釚曰：「宮體編成本事詩，菊花樂府更新奇；餅金購到雞林去，從此才名遍海湄」，〔註151〕俱見隱括、衍申仇氏論詞絕句之意。此外，日本明治詞壇三大家之高野竹隱，亦於明治二十年（1887）作論詞絕句〈小病讀詞，得十六首〉，其中五首刊於明治二十年四月所發行之《新新文詩》第二十三集，後附同為明治詞壇三大家之森槐南評語：「樊榭〈論詞絕句〉，罕靚嗣響。誰思

〔註147〕 以上所述參見〔清〕徐釚編著，王百里校箋：《詞苑叢談校箋》（臺北：文史哲出版社，1989 年），卷五〈品藻三〉，頁 292；〔清〕阮葵生：《茶餘客話》（上海：上海古籍出版社，2002 年，《續修四庫全書》冊一一三八），卷十一，頁 100；〔清〕馮金伯輯：《詞苑萃編》，卷十八〈紀事九〉「朝鮮仇徐題詞」條，唐圭璋編：《詞話叢編》，冊三，頁 2139。

〔註148〕 〔清〕汪孟鋗：〈題本朝詞十首〉之三，《厚石齋詩集》，卷一，見吳熊和主編：《唐宋詞匯評（兩宋卷）》，冊五，附錄吳熊和、陶然輯「清人論詞絕句」，頁 4399。案：次句之「已巳」原作「巳巳」，當為「已巳」之誤。

〔註149〕 〔清〕徐嘉：〈論詩絕句五十七首〉之二四，見郭紹虞、錢仲聯、王遽常編：《萬首論詩絕句》，冊四，頁 1589。

〔註150〕 〔清〕楊恩壽：〈論詞絕句〉之六，《坦園詩錄》（臺北：國家圖書館藏，清光緒間長沙楊氏坦園刊本），卷六，頁 10 上。

〔註151〕 〔清〕方廷楷：〈習靜齋論詩百絕句〉之六，見郭紹虞、錢仲聯、王遽常編：《萬首論詩絕句》，冊三，頁 1266。

二百餘年後，日東復出斯人，僕已擊節嗟賞，只憾索解人不得耳」，
盛推高野竹隱之作足以嗣響厲鶚〈論詞絕句十二首〉。〔註152〕斯可見
以絕句論詞之方式，亦爲日、韓墨客所仿效，殊值進一步探究。

第三節　清代論詞絕句之內容

　　清代論詞絕句作者眾多，數目繁夥，論其體製，除少數作五言（如
姚燮〈論詞九絕句示杜（煦）汪（全泰）兩丈〉）、六言（如高旭《十
大家詞》題詞〉），率以七言爲主。至於各家各首所論述之內容可謂繁
複多元，然可歸納爲詞體論、詞人論、詞作論、詞籍論、詞派論五類。
以下爰就各類申說其要、闡釋其例，以見梗概。

一、詞體論

　　此類絕句論述詞之體製，包括起源、音樂、調譜、押韻乃至風格
體性、特殊體式等議題。

　　有關詞之起源，譚瑩、孫爾準、王僧保與沈道寬看法各殊，譚瑩
〈論詞絕句一百首〉之一曰：「對酒歌難興轉豪，由來樂府本風騷；
承詩啓曲端倪在，苦爲分明卻不勞」，〔註153〕謂詞源自〈國風〉與〈離
騷〉，上承詩下啓曲。孫爾準〈論詞絕句〉之一曰：「風會何須判古
今，含商嚼徵有知音；美人香草源流在，猶是當時屈宋心」，〔註154〕

〔註152〕有關高野竹隱五首論詞絕句之解箋與評論，詳見〔日〕神田喜一郎
　　　　著，程郁綴、高野雪譯：《日本塡詞史話》（北京：北京大學出版社，
　　　　2000年），〈竹隱的論詞絕句〉，頁319～331，又見〔日〕神田喜一
　　　　郎著，彭黎明譯，洪明校：〈槐南詞話與竹隱論詞絕句〉，《河北大
　　　　學學報》，1986年一期，頁85～90。

〔註153〕〔清〕譚瑩：〈論詞絕句一百首〉之一，《樂志堂詩集》（上海：上
　　　　海古籍出版社，2002年，《續修四庫全書》冊一五二八），卷六，頁
　　　　476。

〔註154〕〔清〕孫爾準：〈論詞絕句〉之一，《泰雲堂集》（上海：上海古籍
　　　　出版社，2002年，《續修四庫全書》冊一四九五），〈詩集〉卷四〈假
　　　　歸集〉，頁556。

視詞爲屈原、宋玉騷賦之流亞，多以美人香草之辭抒懷言志，而能細繹其中比興寄託之旨方爲知音。王僧保〈論詞絕句〉之一曰：「消息直從樂府傳，六朝風氣已開先；審聲定律心能會，字字宮商總自然」，〔註155〕謂詞濫觴於六朝樂府詩，合樂可歌，故填詞須注重律呂。而沈道寬〈論詞絕句〉之一曰：「探原樂府溯虞廷，要把詩餘比再虞；太晟伶官工製譜，王孫已道永依聲」，詩末自注：「有聲病對偶之詩，乃有詞，近人苦爲『詩餘』二字辨，欲比之唐虞賡歌、商周雅頌，誤矣」，〔註156〕此絕係由「詩餘」之名稱論詞之起源，謂詞須依調譜填製，嚴於格律，故求詞之起源，只能上溯講求聲病對偶之格律詩，不可推本唐虞賡歌、商周雅頌。

論述詞之音樂、調譜、押韻之清代論詞絕句，如陳聶恒〈讀宋詞偶成絕句十首〉之三曰：「宮調當年已不傳，只今音節見天然；夢窗度曲玉田和，舊譜零落絕可憐」，〔註157〕謂詞之音樂失傳、音譜散佚。而吳仰賢〈論詩〉之七曰：「樂府本無流派判，童謠頗覺古音留；近來按譜填聲調，誤把詩當曲子謳」，〔註158〕強調詞爲曲子，自與音樂密不可分，非議近人依文字譜所填之詞實爲詩而非詞矣。又宋翔鳳〈論詞絕句二十首〉之二〇曰：「識曲曾傳綠斐軒，古今聲律本同原；近來苦苦分詞韻，何不精求陸法言」，詩末自註：「今傳元人《綠斐軒詞韻》，乃專明以入聲配入三聲之法，爲論北曲者所必需，是曲韻非詞

〔註155〕〔清〕王僧保：〈論詞絕句〉之一，見況周頤：《阮盦筆記五種・選巷叢譚》（臺北：新文豐出版公司，1989 年，《叢書集成續編》冊二十四），卷二，頁 689。

〔註156〕〔清〕沈道寬：〈論詞絕句〉之一，《話山草堂詩鈔》（臺北：臺灣大學圖書館藏，清光緒三年潤州権廨刊本），卷一，頁 35 下～36上。

〔註157〕〔清〕陳聶恒：〈讀宋詞偶成絕句十首〉之三，《栩園詞彙稿》，卷四，見吳熊和主編：《唐宋詞匯評（兩宋卷）》（杭州：浙江教育出版社，2004 年），冊五，附錄吳熊和、陶然輯「清人論詞絕句」，頁4388。

〔註158〕〔清〕吳仰賢：〈論詩〉之七，《小匏庵詩存》（上海：上海古籍出版社，2002 年，《續修四庫全書》冊一五四八），卷三，頁 35。

韻也。詞不當別有韻，特其部分宜密，如元、魂、庚、耕之類不可兼用，方能合律，故但用唐韻已得」，〔註159〕主張聲韻由古遞變，探求詞韻當溯源韻書始祖——陸法言《切韻》，而詞之押韻但依唐代詩韻即可。

　　詞之為體，有何獨特之風格體性？陳聶恒〈讀宋詞偶成絕句十首〉之六曰：「敢言豪氣全無與，詩論天然非所宜；千古風流歸蘊藉，此中安用莽男兒」，〔註160〕力主詞應婉約蘊藉，擯除豪放粗莽，若蘇軾之「詞詩」、辛棄疾之「詞論」皆非所宜。而姚燮所作〈論詞九絕句示杜（煦）汪（全泰）兩丈〉，率以具象之譬喻、細膩之形容，表述詞體深細輕柔、清空要眇、哀感頑豔、自然天成、盛麗雅潔之多元風格，如第二首曰：「至潔不受滓，春泓淨可拭；流螢無晝光，銀河無夜色」，〔註161〕彰顯詞宜淡淨清空。王僧保則於其〈論詞絕句〉反覆強調詞非泛詠風花雪月、愛戀別恨，須如〈離騷〉般藉美人香草寄託情志，深思遠慮蘊蓄其中，盡去浮薄淫靡，力求詞境之厚實，如第三二、三三首曰：「人人弄筆彊知音，孤負霜豪莫浪吟；千載春花與秋月，一經寄託便遙深」、「兒女恩情感易深，更兼怨別思沉沉；美人芳草多香澤，不是離騷意亦淫」。〔註162〕

　　鄭方坤〈論詞絕句三十六首〉之二一則論詞之特殊體式，詩曰：「迴文獨木總珠璣，三八清齋託意微；草木更堪聽驅使，苦參商後盼

〔註159〕〔清〕宋翔鳳：〈論詞絕句二十首〉之二○，《洞簫樓詩紀》（桃園：聖環圖書股份有限公司，1998年，宋翔鳳輯著《浮谿精舍叢書》十五），卷三，頁256。

〔註160〕〔清〕陳聶恒：〈讀宋詞偶成絕句十首〉之六，《栩園詞棄稿》，卷四，見吳熊和主編：《唐宋詞匯評（兩宋卷）》，冊五，附錄吳熊和、陶然輯「清人論詞絕句」，頁4388。

〔註161〕〔清〕姚燮：〈論詞九絕句示杜（煦）汪（全泰）兩丈〉之二，《復莊詩問》（上海：上海古籍出版社，2002年，《續修四庫全書》冊一五三二），卷八，頁664。

〔註162〕〔清〕王僧保：〈論詞絕句〉之三二、三三，見況周頤：《阮盦筆記五種・選巷叢譚》，卷二，頁691。案：第三二首「千載春花與秋月」之「載」，原文誤作「戴」。

當歸」，詩末自注：「詞家有迴文、獨木諸體。無名子贈妓崔念四，取行第作隱語，『拚三八清齋，望永同鴛被』，其警句也。又陳亞集藥名詞有『分明記得約當歸』及『字字苦參商』之句」，〔註163〕此絕首句稱「回文體」、「獨木橋體」（又稱「福唐體」、「福唐獨木橋體」）精巧工麗有如珠玉；次句論無名氏「嵌字體」詞作〈踏青遊〉，該詞詞句嵌入「四」、「二十四」之字詞，以寓愛戀歌妓崔念四之意，如「拚三八清齋，望永同鴛被」；〔註164〕三、四句謂「藥名詞」係輯草木藥名入詞，陳亞〈生查子・藥名閨情〉之「字字苦參商」、「分明記得約當歸」內含藥名「苦參」、「當歸」。

二、詞人論

此為清代論詞絕句之大宗，主要論述詞人行實，涵蓋稟性、形貌、交遊、作為等面向，以及詞人創作之淵源、題材、情感、技巧、風格、詞集、名作、雋句、成就、局限、地位、影響等。茲就清代論詞絕句論唐、五代、北宋、南宋、金、元、明、清詞人，各舉一例如下：

華長卿〈論詞絕句〉之三論唐代詞人溫庭筠曰：「獺祭曾嗤李義山，何如詞藻冠花間；雕瓊鏤玉金荃集，小令爭歌菩薩蠻」，〔註165〕

〔註163〕〔清〕鄭方坤：〈論詞絕句三十六首〉之二一，《蔗尾詩集》（濟南：齊魯書社，2001年，《四庫全書存目叢書補編》冊八），卷五〈木石居後草〉，頁315。

〔註164〕吳曾《能改齋漫錄》載：「政和間，一貴人未達時，嘗遊妓崔念四之館，因其行第，作〈踏青遊〉詞云：『識箇情人，恰正二年歡會。似賭賽、六隻渾四。向巫山、重重去，如魚水。兩情美。同倚畫樓十二。倚了又還倚。　兩日不來，時時在人心裡。擬問卜、常占歸計。拚三八清齋，望永同鴛被。到夢裡。驀然被人驚覺，夢也有頭無尾。』都下盛傳」，〔宋〕吳曾：《能改齋漫錄》（臺北：木鐸出版社，1982年），卷十七「詠崔念四詞」條，頁490。

〔註165〕〔清〕華長卿：〈論詞絕句〉之三，《梅莊詩鈔》（上海：上海古籍出版社，2002年，《續修四庫全書》冊一五三三），卷五〈嗜痂集下〉，頁606。

謂溫、李齊名，然李商隱爲文多檢閱書冊、鋪陳故實，而有「獺祭」之譏；溫庭筠則弁冕花間詞人，其《金荃集》富豔精工，小令〈菩薩蠻〉諸作尤傳誦千古。

譚瑩〈論詞絕句一百首〉之一二論五代詞人李煜曰：「念家山破了南唐，亡國音哀事可傷；叔寶後身身世似，端如詩裏說陳王」，〔註166〕謂李煜自度〈念家山破〉樂曲，名稱不祥，音聲焦殺，實爲亡國之徵，令人不勝欷歔，論其身世遭遇，一如曾譜亡國哀音〈玉樹後庭化〉之陳後主（名叔寶），至其詞壇地位，則如詩壇之曹植（封陳王）。

鄭方坤〈論詞絕句三十六首〉之一五論北宋詞人舒亶曰：「烏臺詩案艾如張，箕舌誰歟巧簸揚；偏下鬱金裙子淚，固應孔雀有文章」，詩末自注：「舒亶，字信道，以詩案羅織坡公者。王阮亭先生極賞其『空得鬱金裙，酒痕和淚痕』之句，謂此等語乃出渠輩手，豈不可惜。王弇州〈樂府變〉云：『孔雀雖有毒，不能掩文章。』」〔註167〕意謂舒亶爲人詐妄陰險，論奏蘇軾作詩謗訕時政，釀成「烏臺詩案」，乃有〈菩薩蠻・別意〉「空得鬱金裙，酒痕和淚痕」此等癡心深情之好語。

厲鶚〈論詞絕句十二首〉之七論南宋詞人張炎曰：「玉田秀筆遡清空，淨洗花香意匠中；羨殺時人喚春水，源流故自寄閑翁」，詩末自注：「鄧牧心云：『張叔夏詞本其父寄閑翁。』翁名樞，字斗南，有作在周草窗《絕妙好詞》中」，〔註168〕意謂張炎遠祖姜夔清空詞風，以〈南浦・春水〉而得「張春水」之令名，又得其父張樞之眞傳。

〔註166〕〔清〕譚瑩：〈論詞絕句一百首〉之一二，《樂志堂詩集》，卷六，頁477。

〔註167〕〔清〕鄭方坤：〈論詞絕句三十六首〉之一五，《蔗尾詩集》，卷五〈木石居後草〉，頁314。

〔註168〕〔清〕厲鶚：〈論詞絕句十二首〉之七，《樊榭山房集》（臺北：臺灣商務印書館，1967年，《四部叢刊初編》），卷七，頁73。

　　梁梅〈論詞絕句一百六十首〉論金代詞人趙秉文曰：「歐九風流尚宛然，調多閒雅致綿芊；飄飄時有神仙氣，請讀麒麟散髮篇」，〔註169〕謂趙秉文詞風近於歐陽脩，格調閒雅，情致纏綿；時見詞氣超逸之篇什，如〈水調歌頭〉（首句：四明有狂客，中有「卻返天台去，華髮散麒麟」之句）與〈大江東去・用東坡先生韻〉（首句：秋光一片，中有「我欲從公，乘風歸去，散此麒麟髮」之句）。

　　周之琦《心日齋十六家詞錄・附題》之一六論元代詞人張翥曰：「誰把傳燈接宋賢，長街掉臂故超然；雨淋一鶴沖霄去，寂寞騷壇五百年」，〔註170〕首句稱揚張翥步武宋人，二、三句由張翥「掉臂長街」、「雨淋鶴形」迥異常人之形貌，〔註171〕讚其倚聲造詣超凡絕倫，末句則稱張翥後五百年，詞林踵繼無人。

　　沈道寬〈論詞絕句〉之三三論明代詞人劉基曰：「一代新聲一代人，犁眉小令寫清真；古音今調無相襲，不道中間隔幾塵」，〔註172〕主張文隨世變，反對貴古賤今，盛推劉基（號犁眉）之小令以清切婉麗之筆抒其真情實感，駁斥王世貞謂劉基「去宋尚隔一塵」之說。〔註173〕

〔註169〕〔清〕梁梅：〈論詞絕句一百六十首〉之論趙秉文，見〔清〕張維屏選：《學海堂三集》（南京：江蘇教育出版社，1995年，趙所生、薛正興編《中國歷代書院志》冊十四），卷二十四，頁322。

〔註170〕〔清〕周之琦：《心日齋十六家詞錄・附題》之一六，見吳熊和主編：《唐宋詞匯評（兩宋卷）》，冊五，附錄吳熊和、陶然輯「清人論詞絕句」，頁4407。

〔註171〕瞿佑《歸田詩話》卷下載：「仲舉（案：張翥字）肢體昂藏，行則偏竦一肩，眾爲詩以譏笑之。惟韓介玉一絕云：『垂柳陰陰翠拂簷，倚欄紅袖玉纖纖；先生掉臂長街上，十里朱樓盡下簾。』坐中皆失笑。時有相士在座，或曰：『仲舉病鶴形也。』相士曰：『不然，此雨淋鶴形，雨霽則沖霄矣。』後入大都，致位貴顯，果如其言。」見〔明〕瞿佑著，喬光輝校註：《瞿佑全集校註》（杭州：浙江古籍出版社，2010年），冊上，頁462。

〔註172〕〔清〕沈道寬：〈論詞絕句〉之三三，《話山草堂詩鈔》，卷一，頁39下。

〔註173〕〔明〕王世貞：《藝苑卮言》，「評明人詞」條，唐圭璋編：《詞話叢

孫爾準〈論詞絕句〉之六論清代詞人朱彝尊曰：「七寶樓臺隸事
駢，雪獅兒句詠銜蟬；清空婉約詞家旨，未必新聲近玉田」，〔註174〕
論朱彝尊亦見堆砌故實雅近吳文英「七寶樓臺」之作，如〈雪獅兒‧
錢葆酚舍人書詠貓詞索和，賦得三首〉，雖其宗奉姜夔、張炎之清空
詞風，然所作未必盡如〈解佩令‧自題詞集〉所言「倚新聲、玉田差
近」。

殊值留意者，清代論詞絕句常於一首之中並論二家詞人，以收類
從、對比之效。如汪筠〈讀《詞綜》書後二十首〉之四曰：「浣花端
己添惆悵，僕射陽春且奈何；小令未應誇北宋，亂來哀怨覺情多」，
〔註175〕謂韋莊（字端己）《浣花詞》、馮延巳（官左僕射）《陽春集》
同抒落寞抑鬱之亂世哀感，並由此論定晚唐五代小令之造詣凌駕北
宋。又如沈初〈編舊詞存稿作論詞絕句十八首〉之一六曰：「安邱舍
人致瀟灑，酒酣橫槊有家風；悲歌最愛陳陽羨，跌宕飛揚氣概中」，
〔註176〕並論曹貞吉（安邱人，考授內閣中書）、陳維崧（陽羨人）之
豪放詞風。

此外，尚有一首論詞絕句合論三家、四家、五家乃至六家詞
人。三家合論者，如江昱〈論詞十八首〉之七曰：「辛家老子體非
正，有時雅音還特存；卓哉二劉并才俊，大目底緣規孟賁」，〔註177〕
論辛棄疾所作要非本色，間有妍雅之篇，而劉過、劉克莊則肩隨辛

編》（臺北：新文豐出版公司，1988年），冊一，頁393。

〔註174〕〔清〕孫爾準：〈論詞絕句〉之六，《泰雲堂集》，〈詩集〉卷四〈假
歸集〉，頁556。

〔註175〕〔清〕汪筠：〈讀《詞綜》書後二十首〉之四，《謙谷集》（北京：
北京出版社，2000年，《四庫未收書輯刊》十輯，冊二十一），卷二，
頁93。

〔註176〕〔清〕沈初：〈編舊詞存稿作論詞絕句十八首〉之一六，《蘭韻堂詩
集》（北京：北京出版社，2000年，《四庫未收書輯刊》十輯，冊二
十三），卷一〈南窻集上〉，頁8。

〔註177〕〔清〕江昱：〈論詞十八首〉之七，《松泉詩集》（臺南：莊嚴文化
事業有限公司，1997年，《四庫全書存目叢書》集部冊二八〇），卷
一，頁177。案：詩末有江昱自注：「二劉謂後村、龍洲。」

棄疾豪放詞風者。又如沈初〈編舊詞存稿作論詞絕句十八首〉之九曰：「梅溪竹屋鬥清新，體物幽思妙入神；那及番陽姜白石，天然標格勝於人」，〔註 178〕前聯並推史達祖、高觀國競立清新之意，多不經人道語，詠物之作深微神妙，後聯則謂史、高二家之人巧終遜姜夔之天工。

四家合論者，如沈初〈編舊詞存稿作論詞絕句十八首〉之一七曰：「清溪梅里知名士，二沈名於二李偕；高韻一時推黑蝶，就論詩筆也清佳」，〔註 179〕並論沈皡日、沈岸登叔侄（清溪人）與李良年、李符兄弟（梅里人），而尊沈岸登《黑蝶齋詞》爲冠冕，並推賞其詩風。又如楊恩壽〈論詞絕句〉之一四曰：「元人爨弄獨登壇，風骨重追兩宋難；穠豔漸多深厚少，春光洩盡百花殘」，詩末自註：「孔季重、洪昉思、李笠翁、袁令昭。四君均曲高於詞」，〔註 180〕藉曲代詞興、詞曲殊風，論孔尚任（字季重）、洪昇（字昉思）、李漁（號笠翁）、袁于令（字令昭）四曲家之詞難追宋調，未爲上乘之作。

五家合論者，如王僧保〈論詞絕句〉之二曰：「倚聲宋代始媷家，情致唐賢小小誇；劉白溫韋工令曲，謫仙誰與竝才華」，〔註 181〕謂唐代已見可稱述之詞人，劉禹錫、白居易、溫庭筠與韋莊雅擅小令，而李白更卓特出群。又如華長卿〈論詞絕句〉之二曰：「香山夢得與張王，流派無人較短長；名氏不傳詞更妙，莫將豔體認冬郎」，〔註 182〕詩末自註論白居易、劉禹錫、張志和、王建、韓偓五人。

〔註 178〕〔清〕沈初：〈編舊詞存稿作論詞絕句十八首〉之九，《蘭韻堂詩集》，卷一〈南窻集上〉，頁 8。

〔註 179〕〔清〕沈初：〈編舊詞存稿作論詞絕句十八首〉之一七，《蘭韻堂詩集》，卷一〈南窻集上〉，頁 8。

〔註 180〕〔清〕楊恩壽：〈論詞絕句〉之一四，《坦園詩錄》（臺北：國家圖書館藏，清光緒間長沙楊氏坦園刊本），卷六，頁 11 上。

〔註 181〕〔清〕王僧保：〈論詞絕句〉之二，見況周頤：《阮盦筆記五種．選巷叢譚》，卷二，頁 689。

〔註 182〕〔清〕華長卿：〈論詞絕句〉之二，《梅莊詩鈔》，卷五〈嗜痂集下〉，頁 606。

　　六家合論者，如汪筠〈讀《詞綜》書後二十首〉之一三曰：「梅
谿白石漫聲名，鼓吹王孫極勝情；西麓蕭齋花外在，白雲終竟去人
清」，〔註183〕主論張炎（有《山中白雲詞》），兼及史達祖（號梅溪）、
姜夔（號白石道人）、陳允平（號西麓）、周密（號蕭齋）、王沂孫（有
《花外集》）。又如華長卿〈論詞絕句〉之六曰：「一卷瓊瑤妙翦裁，
巫山雲氣雨中來；毛牛顧鹿皆浮豔，誰及波斯李秀才」，〔註184〕詩末
自註論李珣、毛文錫、牛嶠、牛希濟、顧敻、鹿虔扆六人。

三、詞作論

　　清代論詞絕句論詞人時每多及其詞作，惟另有通首主論詞作者，
故本文別立一類。至於此類絕句所論，包括詞作之辨偽、本事、軼聞、
內容、情志、造詣、風評、迴響等。如高旭〈論詞絕句三十首〉之四
曰：「憔悴韶光不忍看，小樓細雨玉笙寒；江南帝子牢愁極，菡萏香
銷淚暗彈」，〔註185〕論李璟〈浣溪沙〉，首句鎔鑄詞句「還與容（或
作韶）光共憔悴，不堪看」，次句鎔鑄詞句「細雨夢回雞塞遠。小樓
吹徹玉笙寒」，末句鎔鑄詞句「菡萏香銷翠葉殘」與「多少淚珠何限
恨」，第三句謂此詞可見李璟胸中鬱積無限憂愁。又如譚瑩〈論詞絕
句一百首〉之四二曰：「有人愛比夜光珠，多麗詞傳到海隅；誰說桐
花絲柳遍，仲春時候綠陰無」，〔註186〕論聶冠卿〈多麗・李良定公席
上賦〉（想人生）一詞，首句援引黃昇之評：「其『露洗華桐』四句，
又所謂玉中之拱璧、珠中之夜光，每一觀之，撫玩無斁」，〔註187〕次

〔註183〕〔清〕汪筠：〈讀《詞綜》書後二十首〉之一三，《謙谷集》，卷二，
　　　　頁 94。
〔註184〕〔清〕華長卿：〈論詞絕句〉之六，《梅莊詩鈔》，卷五〈嗜痂集下〉，
　　　　頁 606。
〔註185〕〔清〕高旭：〈論詞絕句三十首〉之四，見〔清〕高旭著，郭長海、
　　　　金菊貞編：《高旭集》（北京：社會科學文獻出版社，2003 年），上
　　　　編《天梅遺集》，卷三〈未濟廬詩〉，頁 78。
〔註186〕〔清〕譚瑩：〈論詞絕句一百首〉之四二，《樂志堂詩集》，卷六，
　　　　頁 478。
〔註187〕〔宋〕黃昇選編，鄧子勉校點：《唐宋諸賢絕妙詞選》，卷五，上海

句隱括蔡襄稱此詞傳唱至泉州之事，〔註188〕三、四句則反駁胡仔所言：「冠卿詞有『露洗華桐，烟霏絲柳』之句，此正是仲春天氣，下句乃云：『綠陰搖曳，蕩春一色』，其時未有綠陰，真語病也」，〔註189〕認爲桐花盛放、柳絲飄颺之仲春時節，亦當有綠陰，聶氏此詞並無語病。他如李其永〈讀歷朝詞雜興〉之八曰：「年年風致上元詞，明月花燈飲散時；不少翠翹人共坐，曉窗梳裹笑儂癡」，〔註190〕運化晁沖之〈上林春慢〉（帽落宮花）詞句入詩，〔註191〕稱其鋪寫汴京元宵遊觀盛況。

清代論詞絕句亦見一首之中綜論多篇詞作，如宋翔鳳〈論詞絕句二十首〉之一〇曰：「紅杏綠楊俞國寶，風簾露井陸辰州；妙詞已足成佳話，何用當年本事留」，〔註192〕並論俞國寶〈風入松〉（首句：

古籍出版社編：《唐宋人選唐宋詞》（上海：上海古籍出版社，2004年），冊下，頁637。

〔註188〕 吳曾《能改齋漫錄》載：「翰林學士聶冠卿，嘗于李良定公席上賦〈多麗〉詞云：『想人生，……莫漫輕擲。』蔡君謨（案：蔡襄字）時知泉州，寄定公書云：『新傳〈多麗〉詞，述宴遊之娛，使病夫舉首增歎耳。又近者有客至自京師，言諸公春日多會於元伯園池，因念昔遊，輒形篇詠：「緣（案：當作綠）渠春水走潺湲，畫閣峰巒映碧鮮。酒令已行金盞側，樂聲初認翠裙圓。清遊盛事傳都下，多麗新詞到海邊。曾是尊前沉醉客，天涯迴首重依然。」』」見〔宋〕吳曾：《能改齋漫錄》，卷十六「聶冠卿多麗新詞」條，頁470。

〔註189〕 〔宋〕胡仔：《苕溪漁隱叢話》，後集，卷三十九「長短句」，收於吳文治主編：《宋詩話全編》（南京：鳳凰出版社，1998年），冊四《胡仔詩話》，頁4272。

〔註190〕 〔清〕李其永：〈讀歷朝詞雜興〉之八，《賀九山房詩》，卷一〈蓬蒿集〉，見吳熊和主編：《唐宋詞匯評（兩宋卷）》，冊五，附錄吳熊和、陶然輯「清人論詞絕句」，頁4389。

〔註191〕 晁沖之〈上林春慢〉全詞如下：「帽落宮花，衣惹御香，鳳輦晚來初過。鶴降詔飛，龍擎燭戲，端門萬枝燈火。滿城車馬，對明月、有誰閒坐。任狂遊，更許傍禁街，不扃金鎖。　玉樓人、暗中擲果。珍簾下、笑著春衫褭娜。素蛾遠釵，輕蟬撲鬢，垂垂柳絲梅朵。夜闌飲散，但贏得、翠翹雙鬖。醉歸來，又重向、曉窗梳裹」，唐圭璋編：《全宋詞》（臺北：文光出版社，1983年），冊二，頁655。

〔註192〕 〔清〕宋翔鳳：〈論詞絕句二十首〉之一〇，《洞簫樓詩紀》，卷三，

一春長費買花錢，中有「紅杏香中簫鼓，綠楊影裡鞦韆」之句）與陸
淞（曾知辰州）〈瑞鶴仙〉（首句：臉霞紅印枕，中有「燕交飛、風簾
露井」之句），謂此二詞本已佳妙可傳，無須多談相關本事。〔註193〕
又如王僧保〈論詞絕句〉之二四曰：「笛聲吹澈想風情，酒館青旂別
緒縈；最著尚書春意鬧，一枝紅杏最知名」，〔註194〕並論陳與義、謝
逸與宋祁詠及杏花之名篇，謂陳氏〈臨江仙〉以「杏花疏影裡，吹笛
到天明」追憶昔遊之豪縱，謝氏〈江神子〉（杏花村館酒旗風）一詞
抒發繾綣之別情，宋氏〈玉樓春〉尤獨步千古，「紅杏枝頭春意鬧」
豔稱人口。他如孫爾準〈論詞絕句〉之八曰：「弔雨花臺萬口傳，平
安季子語纏綿；東風野火鴛鴦瓦，纔是平生第一篇」，〔註195〕較論顧
貞觀之名作，謂〈金縷曲‧秋暮登雨花臺〉（此恨君知否）有口皆碑，
而〈金縷曲‧寄吳漢槎寧古塔，以詞代書。丙辰多，寓京師千佛寺，
冰雪中作〉（季子平安否）情致纏綿，然有「青娥塚上，東風野火，
燒出鴛鴦瓦」雋句之〈青玉案〉（天然一幀荊關畫），方為顧氏《彈指
詞》之絕唱。至如沈初〈編舊詞存稿作論詞絕句十八首〉之二曰：「助
教新詞菩薩鬘，司徒絕調醉花間；晚唐詩格無過此，莫道詩家降格

　　　　　　頁 255～256。案：「紅杏綠楊俞國寶」之「俞」，原文誤作「于」。

〔註193〕周密《武林舊事》載宋高宗稱賞俞國寶〈風入松〉，並將「明日再
　　　　　攜殘酒」句改作「明日重扶殘醉」，且命解褐，詳見〔宋〕周密撰，
　　　　　周百鳴標點：《武林舊事》，卷三「西湖遊幸」條，王國平主編：《西
　　　　　湖文獻集成》（杭州：杭州出版社，2004 年），冊二，頁 300。又陳
　　　　　鵠《西塘集耆舊續聞》載陸淞屬意南班宗子侍姬盼盼，賦〈瑞鶴仙〉
　　　　　以詠其睡起，後盼盼終歸陸淞，詳見〔宋〕陳鵠撰，孔凡禮點校：
　　　　　《西塘集耆舊續聞》（北京：中華書局，2002 年），卷十「陸放翁陸
　　　　　子逸詞」條，頁 389。

〔註194〕〔清〕王僧保：〈論詞絕句〉之二四，見況周頤：《阮盦筆記五種‧
　　　　　選巷叢譚》，卷二，頁 691。案：詩末附有徐穆註語：「陳簡齋〈臨
　　　　　江仙〉云：『杏花疏影裏，吹笛到天明。』謝無逸〈江城子〉云：『杏
　　　　　花邨館酒旂風。』宋祁詞：『紅杏枝頭春意鬧。』從古詠杏花者，
　　　　　未有若此三人也。」

〔註195〕〔清〕孫爾準：〈論詞絕句〉之八，《泰雲堂集》，〈詩集〉卷四〈假
　　　　　歸集〉，頁 556。

還」，〔註 196〕係論溫庭筠（官國子助教）十四闋〈菩薩蠻〉與毛文錫（官司徒）二闋〈醉花間〉之格調度越晚唐詩作。

四、詞籍論

清代論詞絕句論詞人時常敘及其詞集或詞學論著，然尚有通首以論詞學典籍爲要者，故本文另立一類。而就所論詞籍之屬性，又可分爲別集、選集、詞話、詞譜與詞韻等子目；至其論述要旨，則涵蓋詞籍之版本、流傳、內容、作意、評價等。

論別集者，如王鵬運〈校栞《稼軒詞》成，率題三絕于後〉之三曰：「信州足本銷沉久，汲古鼇編亥豕多；今日雕鐫撥雲霧，廬山眞面問如何」，〔註 197〕其意蓋謂辛棄疾詞向以信州刊本《稼軒長短句》十二卷爲足本，原刻不傳，然存元大德三年（己亥，1299）廣信書院刊本，毛晉汲古閣《宋六十名家詞》本《稼軒詞》四卷，實出此元刊本，然併十二卷爲四卷，且多訛奪之處，而王鵬運《四印齋所刻詞》本《稼軒長短句》十二卷則仿元刊本校印，以復其眞貌。又如王文璋〈汪彥章、姜堯章皆德興人，口占懷古三首〉之三曰：「浮溪白石兩名家，下邑人才儘足誇；恨事澹生堂本失（余家舊藏宋刻《浮溪集》、《白石詞》，均有楪里祁氏圖記，嘉慶中先後失去），細行都出宋麻沙」，〔註 198〕後聯論及其家所藏南宋麻沙刻本姜夔《白石詞》。他如胡敬〈仿漁洋山人題唐宋金元詩絕句〉之六曰：「山村才調自清華，不墮江湖宋小家；尚有無弦琴一卷，偶從書海現曇花（檢《永樂大典》，時得《無弦琴》一卷，乃仇山村詞也，今藏孫平叔同年處）。」

〔註 196〕〔清〕沈初：〈編舊詞存稿作論詞絕句十八首〉之二，《蘭韻堂詩集》，卷一〈南窻集上〉，頁 7。

〔註 197〕〔清〕王鵬運：〈校栞《稼軒詞》成，率題三絕于後〉之三，四印齋《稼軒長短句》後附，王鵬運輯：《四印齋所刻詞》（上海：上海古籍出版社，1989 年），頁 156。

〔註 198〕〔清〕王文璋：〈汪彥章、姜堯章皆德興人，口占懷古三首〉之三，《志隱齋詩鈔》（臺北：臺灣大學圖書館藏，清咸豐六年刊本），卷八，頁 22 下。

〔註199〕後聯敘其自《永樂大典》檢得仇遠（號山村）詞集《無弦琴譜》。

　　至於黃丕烈〈題影鈔金槧蔡松年詞殘本後〉共八首，論蔡松年著、魏道明注《蕭閑老人明秀集注》金刊殘本、張蓉鏡影鈔金刊殘本之傳布、內容，且敘其自身與此詞集之因緣。如第三首曰：「卅年前見兩奇書，覿面相逢付子虛；小讀書堆藏弄久，雲烟化去已無餘」，詩末自註：「宋槧《續顏氏家訓》、金槧《蔡松年詞》，皆郡城故家物。先攜示余，時因次兒病危，無心緒及此。後歸顧明經抱沖。及今散出，余未之知，故不及收」，又第六首曰：「詞山曲海費搜羅，宋刻元雕幾許多；只有金源明秀集，錯教當日眼前過」，詩末自註：「李中麓家詞山曲海，余藏詞曲甚夥，名其所曰『學山海居』」，〔註200〕二詩自敘未能收購《蕭閑老人明秀集注》金刊殘本之因，並深致歉惋。而第七首曰：「集雖剩半目猶全，宥雅時風次第編；好事詞仙數朱萬，祇將兩闋世間傳」，〔註201〕前聯謂此殘本原爲六卷，而存一至三卷，然書前目錄載有六卷之全部篇目，全書係依廣雅上、廣雅下、宥雅上、宥雅下、時風上、時風下之卷目次第編纂；後聯則謂蔡松年詞罕見流傳，朱彝尊《詞綜》僅錄〈尉遲杯〉一闋，萬樹《詞律》亦只採〈月華清〉一闋。

　　論選集者，如厲鶚〈論詞絕句十二首〉之六曰：「頭白遺民涕不禁，補題風物在山陰；殘蟬身世香蓴興，一片多青冢畔心」，〔註202〕

〔註199〕〔清〕胡敬：〈仿漁洋山人題唐宋金元詩絕句〉之六，見郭紹虞、錢仲聯、王遽常編：《萬首論詩絕句》（北京：人民文學出版社，1991年），冊二，頁749。

〔註200〕〔清〕黃丕烈：〈題影鈔金槧蔡松年詞殘本後〉之三、六，四印齋《蕭閑老人明秀集注》附跋，王鵬運輯：《四印齋所刻詞》，頁702。

〔註201〕〔清〕黃丕烈：〈題影鈔金槧蔡松年詞殘本後〉之七，四印齋《蕭閑老人明秀集注》附跋，王鵬運輯：《四印齋所刻詞》，頁702。

〔註202〕〔清〕厲鶚：〈論詞絕句十二首〉之六，《樊榭山房集》，卷七，頁73。案：詩末有厲鶚自注：「《樂府補題》一卷，唐義士玉潛與焉。」

論《樂府補題》之創作緣起、手法與託意。又如鄭方坤〈論詞絕句三十六首〉之二七曰:「草堂冊子較花庵,錯雜薰蕕總不堪;別採蘋洲帳中秘,不妨高閣束雙函」,詩末自注:「《草堂詞》最劣最傳,《花庵》雖較勝,然亦雅鄭更唱也。蘋洲周氏詞選,今藏書家有存者」,〔註203〕意謂《草堂詩餘》與《花庵詞選》所選雅正、淫鄙並見,棄置可也,當奉周密《絕妙好詞》為圭臬。

論詞話者,如鄭方坤〈論詞絕句三十六首〉之三四曰:「詞人事蹟最蕭騷,博雅徐卿薈萃勞;日暮一編下濁酒,強如左手剝雙螯」,詩末自注:「徐菊莊太史撰《詞苑叢譚》,極為該博」,〔註204〕盛讚徐釚《詞苑叢談》搜錄、辨證詞人行事軼聞,採擇繁富,論述詳瞻,用功甚勤,良可佐酒助興。

論詞譜與詞韻者,如沈道寬〈論詞絕句〉之四二曰:「平仄均勻可是難,一編詞律比申韓;不妨自置琴書側,當作商君約法看」,〔註205〕推崇萬樹《詞律》詳核平仄、嚴辨聲韻,可比法家之申不害、韓非與商鞅,洵為倚聲之準則。又如鄭方坤〈論詞絕句三十六首〉之三一曰:「圖譜金科守嘯餘,移宮換徵果何居;邇來詞律嚴師律,三復宜興廿卷書」,詩末自注:「《嘯餘譜》紕繆特甚,顧俎豆百年不替。《詞律》二十卷最精核,陽羨萬紅友著」,〔註206〕謂程明善《嘯餘譜》久受崇奉,然多闕漏、訛誤,不可盡信,近來宜興萬樹所著《詞律》二十卷,則如軍紀嚴謹精審,填詞者宜反復誦讀以為繩墨。他如楊恩壽〈論詞絕句〉之三〇曰:「戒律精嚴說上乘,萬先戈後此傳燈;更饒韻本流傳徧,不數當年沈去矜」,詩末自註:「戈順卿,輯詞韻最

〔註203〕 〔清〕鄭方坤:〈論詞絕句三十六首〉之二七,《蔗尾詩集》,卷五〈木石居後草〉,頁315。

〔註204〕 〔清〕鄭方坤:〈論詞絕句三十六首〉之三四,《蔗尾詩集》,卷五〈木石居後草〉,頁316。

〔註205〕 〔清〕沈道寬:〈論詞絕句〉之四二,《話山草堂詩鈔》,卷一,頁40上。

〔註206〕 〔清〕鄭方坤:〈論詞絕句三十六首〉之三一,《蔗尾詩集》,卷五〈木石居後草〉,頁316。

精」，〔註207〕意謂戈載（號順卿）有《詞律訂》、《詞律補》，精校嚴覈以訂補萬樹《詞律》，至其《詞林正韻》後出轉精，廣爲流傳遵依，前此沈謙（字去矜）所著《詞韻略》已不足比數。

五、詞派論

　　強調派別爲清代詞學之顯著特色，而清代論詞絕句亦頗關注詞史上重要詞派之源流正變、組織成員、詞學主張等。如厲鶚〈論詞絕句十二首〉之九曰：「送春苦調劉須溪，吟到壺秋句絕奇；不讀鳳林書院體，豈知詞派有江西」，詩末自注：「元《鳳林書院詞》三卷，多江西人」，〔註208〕意謂由元鳳林書院輯《名儒草堂詩餘》，可見宋元之間儼然存在江西詞派，而劉辰翁（號須溪）、羅志仁（號壺秋）俱爲箇中作手。而楊恩壽〈論詞絕句〉之一八亦論及江西詞派，詩曰：「六一先生石帚翁，遠從炎宋溯鄉風；填詞創立西江派，七百年來兩鉅公」，詩末自註：「蔣苕生、樂蓮裳。《銅絃詞》瓣香北宋，《斷水詞》專學堯章」，〔註209〕此絕尊歐陽脩（1007～1072，號六一居士，江西廬陵人）、姜夔（1155？～1221？，字石帚，江西鄱陽人）爲江西詞派之鼻祖，而推七百年後之蔣士銓（1725～1784，號苕生，江西鉛山人，有《銅絃詞》）、樂鈞（1766～1814，號蓮裳居士，江西臨川人，有《斷水詞》）爲其嗣響。

　　他如鄭方坤〈論詞絕句三十六首〉之三〇曰：「雲間設色學花間，汴宋餘波著意刪；和者國中二三子，笙璈未覺寂塵寰」，詩末自註：「明季陳大樽先生偕同里李舍人、宋徵士，唱倚聲之學于江左，一以《花間》爲宗，不涉宋人一筆」，〔註210〕揭櫫明末雲間詞派之詞學主張—

〔註207〕〔清〕楊恩壽：〈論詞絕句〉之三〇，《坦園詩錄》，卷六，頁13上。
〔註208〕〔清〕厲鶚：〈論詞絕句十二首〉之九，《樊榭山房集》，卷七，頁73。
〔註209〕〔清〕楊恩壽：〈論詞絕句〉之一八，《坦園詩錄》，卷六，頁11下。
〔註210〕〔清〕鄭方坤：〈論詞絕句三十六首〉之三〇，《蔗尾詩集》，卷五〈木石居後草〉，頁315。

—絕去宋調、崇奉花間，且標舉其主要成員——陳子龍（號大樽）、李雯（官中書舍人）、宋存標（以明經歸隱）。至如宋翔鳳〈論詞絕句二十首〉之一八曰：「南宋風流近未存，浙西詞客欲銷魂；沉吟可奈情俱淺，片片空留斲碧痕」，〔註211〕則議浙西詞派末流雖標榜南宋，然所作情意淺泛枯寂，徒以餖飣堆砌爲能事。

〔註211〕〔清〕宋翔鳳：〈論詞絕句二十首〉之一八，《洞簫樓詩紀》，卷三，頁256。

第三章　論北宋前期詞人及其作品（上）

第一節　論柳永

　　柳永（987？～1055 後），字耆卿，原名三變，字景莊，崇安（今福建武夷山）人，於家族中排行第七，亦稱「柳七」，曾任屯田員外郎，世稱「柳屯田」，著有《樂章集》。清代論詞絕句有關柳永之評論，約可歸納爲：生平之箋說、詞風之辨析、名篇之評賞等三端，以下逐項析論。而將柳永與張先、秦觀並論者，本文留待論張先、秦觀時詳加探析。

一、生平之箋說

（一）冶遊塡詞之詮評

　　柳永長年沉湎煙花巷陌，偎紅倚翠，憑恃音樂、文學才華而爲樂工、歌妓塡詞。惟其冶遊佚樂、恣縱狂放之行徑，不免招致儇淺薄行之非議，宋代即有論者高張道德操守之準繩，鄙夷柳永之人品及其詞格，如陳振孫《直齋書錄解題》稱柳永「其詞格固不高」、「若其人則不足道也」，[註1] 嚴有翼《藝苑雌黃》亦曰：「嗚呼，小有才而無德

〔註 1〕〔宋〕陳振孫著，徐小蠻、顧美華點校：《直齋書錄解題》（上海：

以將之，亦士君子之所宜戒也」。〔註2〕

　　清代沈初〈編舊詞存稿作論詞絕句十八首〉之六亦由人品論定柳
永、秦觀詞格之差異，詩曰：

　　　　山抹微雲秦學士，露花倒影柳屯田；就中氣韻差分別，始
　　　　信文章品最先。〔註3〕

一、二句援引蘇軾謔稱秦觀（秦觀與黃庭堅、晁補之、張耒合稱「蘇
門四學士」）、柳永之語，說見葉夢得《避暑錄話》：

　　　　蘇子瞻於四學士中最善少游，故他文未嘗不極口稱善，豈
　　　　特樂府？然猶以氣格為病，故常戲云：「山抹微雲秦學士，
　　　　露花倒影柳屯田。」〔註4〕

蘇軾認為秦觀詞作流於軟媚柔靡、雌下幼弱，欠缺豪壯雄傑、跌宕排
奡之氣勢格局，近似柳永，因取秦觀〈滿庭芳〉「山抹微雲，天連衰
草，畫角聲斷譙門」以及柳永〈破陣樂〉「露花倒影，煙蕪蘸碧，靈
沼波暖」之纖膩詞句，戲稱二人「山抹微雲秦學士，露花倒影柳屯田」。
蘇軾係以豪放角度評騭秦觀、柳永之婉約詞風，指出秦、柳二人同具
氣格卑弱之病，沈初進而辨析秦觀、柳永氣韻仍有些許差異，箇中原
因即在人品高下有別；其意蓋謂柳永縱遊狂蕩，人品塵雜，宜其詞格
低下，不及秦觀之雅正。惟《樂章集》固有浮薄骪骳、鄙陋淫媟之作，
然亦不乏造語典麗、興象高遠、寄慨遙深之什，沈初基於「文如其人」
之視角，斷然貶抑柳永其人其詞，不免失之偏頗。

　　　　上海古籍出版社，1987年），卷二十一「歌詞類」之「《樂章集》九
　　　　卷」，頁616。
〔註2〕　〔宋〕胡仔：《苕溪漁隱叢話》，後集，卷三十九「長短句」引嚴有
　　　　翼《藝苑雌黃》，收於吳文治主編：《宋詩話全編》（南京：鳳凰出版
　　　　社，1998年），冊四《胡仔詩話》，頁4270。
〔註3〕　〔清〕沈初：〈編舊詞存稿作論詞絕句十八首〉之六，《蘭韻堂詩集》
　　　　（北京：北京出版社，2000年，《四庫未收書輯刊》十輯，冊二十三），
　　　　卷一〈南窻集上〉，頁7。
〔註4〕　〔宋〕葉夢得撰，徐時儀校點：《避暑錄話》，卷三，上海古籍出版
　　　　社編：《宋元筆記小說大觀》（上海：上海古籍出版社，2001年），冊
　　　　三，頁2629。

　　沈初批評柳永風期未上，汪筠則對柳永之冶遊塡詞別有見解，其
〈讀《詞綜》書後二十首〉之六曰：

　　　　淺斟低唱何心換，海雨天風特地豪；待喚女兒春十八，紅
　　　　牙明月一聲高。〔註5〕

此絕綜論柳永、蘇軾二家，首句涉及柳永〈鶴沖天〉詞及其本事，該
詞如下：

　　　　黃金榜上。偶失龍頭望。明代暫遺賢，如何向。未遂風
　　　　雲便，爭不恣狂蕩。何須論得喪。才子詞人，自是白衣卿
　　　　相。　　煙花巷陌，依約丹青屏障。幸有意中人，堪尋訪。
　　　　且恁偎紅翠，風流事、平生暢。青春都一餉。忍把浮名，
　　　　換了淺斟低唱。〔註6〕

詞作傾吐科場失意而鄙薄功名、點檢笙歌、訪尋羅綺之心聲。柳永更
因此詞再次落第，吳曾《能改齋漫錄》載：

　　　　仁宗留意儒雅，務本理道，深斥浮豔虛薄之文。初，進士
　　　　柳三變，好爲淫冶謳歌之曲，傳播四方。嘗有〈鶴沖天〉
　　　　詞云：「忍把浮名，換了淺斟低唱。」及臨軒放榜，特落之，
　　　　曰：「且去淺斟低唱，何要浮名！」〔註7〕

柳永願將淺斟低唱替換朝廷功名，又以塡詞才子之高才美譽比況卿相
尊位，如此狂放傲岸引發宋仁宗不滿，特地將其刷落。然深究〈鶴沖
天〉之詞情，除卻狂放傲岸之表面豪情，更有落拓無奈之深層悲慨，
隱然可見柳永懷才不遇、貧士失職之滿腹牢騷。嚴有翼《藝苑雌黃》
亦有柳永「不得志」後縱遊狎妓、奉旨塡詞之記載。〔註8〕證諸柳永

〔註5〕　〔清〕汪筠：〈讀《詞綜》書後二十首〉之六，《謙谷集》（北京：北
　　　　京出版社，2000年，《四庫未收書輯刊》十輯，冊二十一），卷二，
　　　　頁93。
〔註6〕　〔宋〕柳永：〈鶴沖天〉，唐圭璋編：《全宋詞》（臺北：文光出版社，
　　　　1983年），冊一，頁51～52。
〔註7〕　〔宋〕吳曾：《能改齋漫錄》（臺北：木鐸出版社，1982年），卷十六
　　　　「柳三變詞」條，頁480。
〔註8〕　《藝苑雌黃》云：「柳三變，字景莊，一名永，字耆卿，喜作小詞，
　　　　然薄於操行，當時有薦其才者，上曰：『得非塡詞柳三變手？』曰：

出身儒學、仕宦之家，〔註9〕「蹉跎於仁宗朝，及第已老」，〔註10〕
進謁宰相晏殊以求選調，〔註11〕作有恤民、望治之〈鬻海歌〉，與夫
《樂章集》中不乏應制頌德、酬贈官員之作，在在可見柳永絕非淡漠
仕進之輩，於其內心潛藏志意未酬之悵惘，亟盼知賞、用世。而汪筠
此絕曰：「淺斟低唱何心換？」，出以問句，提示讀者用心思忖柳永「忍
把浮名，換了淺斟低唱」之心境，可謂真能掌握柳永求仕、冶遊之矛
盾複雜情感。

　　汪筠善察柳永功名受挫、寄情聲樂之無奈，而李其永亦有類似體
會，其〈讀歷朝詞雜興〉之二四曰：
　　　　巷南巷北亦隨緣，狎客生平絕可憐；剩得曉風殘月裡，如
　　　　今一說柳屯田。〔註12〕
此絕指出柳永隨緣流連坊曲，過其狎客生涯，遭遇殊值憐憫，如今徒
留〈雨霖鈴〉「曉風殘月」等佳句名篇，令人讀詞懷思。其中「隨緣」、
「可憐」之用語，暗示柳永之遊冶實為失意不偶、隨世浮沉、莫可奈

『然。』上曰：『且去填詞。』由是不得志，日與獧子縱游娼館酒樓
間，無復檢約，自稱云：『奉聖旨填詞柳三變。』」見〔宋〕胡仔：《苕
溪漁隱叢話》，後集，卷三十九「長短句」引嚴有翼《藝苑雌黃》，
收於吳文治主編：《宋詩話全編》，冊四《胡仔詩話》，頁4270。

〔註9〕柳永祖父柳崇係以儒學著稱之處士，父柳宜官至工部侍郎，詳參
〔明〕黃仲昭纂修：《〔弘治〕八閩通志》（北京：書目文獻出版社，
1988年，《北京圖書館古籍珍本叢刊》冊三十三），卷六十六〈人物‧
建寧府‧隱逸‧柳崇〉，頁930～931；卷六十五〈人物‧建寧府‧文
苑‧柳永〉，頁922。

〔註10〕〔清〕宋翔鳳：《樂府餘論》，「慢詞始於耆卿」條，唐圭璋編：《詞
話叢編》（臺北：新文豐出版公司，1988年），冊三，頁2499。

〔註11〕《畫墁錄》載：「柳三變既以調忤仁廟，吏部不放改官，三變不能堪，
詣政府。晏公曰：『賢俊作曲子嗎？』三變曰：『祇如相公亦作曲子。』
公曰：『殊雖作曲子，不曾道「綠（案：當作「綵」）線慵拈伴伊坐」。』
柳遂退」，〔宋〕張舜民：《畫墁錄》（北京：中華書局，1991年，《叢
書集成初編》），頁20。

〔註12〕〔清〕李其永：〈讀歷朝詞雜興〉之二四，《賀九山房詩》，卷一〈蓬
蒿集〉，見吳熊和主編：《唐宋詞匯評（兩宋卷）》（杭州：浙江教育
出版社，2004年），冊五，附錄吳熊和、陶然輯「清人論詞絕句」，
頁4390。

何之舉。詩中充滿歎惋之情，前後二聯各以身前之無奈、身後之寂寥詠歌柳永，然則李其永欲為柳永行誼辨誣之用心，不言可喻。

　　逮乎常州詞派之宋翔鳳更以比興寄託之觀點，唱歎柳永之際遇與詞作，其〈論詞絕句二十首〉之六曰：

　　　　三唐詩變出耆卿，抗墜終能合正聲；就使淺斟低唱去，傷
　　　　心一樣託浮名。〔註13〕

首句意謂詞繼初唐、盛唐、晚唐詩而興，起於唐詩，實詩之餘也，〔註14〕填詞一道用補詩境之窮，〔註15〕而柳永儼然當中作手。次句除謂柳詞之聲調高下抑揚，符合音律，諧婉優美，更謂柳詞之情感掩抑頓挫，委曲婉轉，合乎雅正之要求。而三、四句則謂柳永外表恣遊縱樂、淺斟低唱，鄙薄仕宦虛名，贏得詞場盛名，其實難掩內心之傷感無奈。統觀全詩，宋翔鳳凸顯柳永流連坊曲別有傷心懷抱，故其所作靡曼低徊，寄寓失意落拓、幽約怨悱之情，洵為詞中正聲。而宋翔鳳《樂府餘論》有關柳永之論述可與本詩相互發明，該文於迻錄《能改齋漫錄》記柳永因〈鶴沖天〉而遭罷黜之事後，續曰：

　　　　按詞自南唐以後，但有小令。其慢詞蓋起宋仁宗朝。中原
　　　　息兵，汴京繁庶，歌臺舞席，競賭新聲。耆卿失意無俚，
　　　　流連坊曲，遂盡收俚俗語言，編入詞中，以便伎人傳習。
　　　　一時動聽，散播四方。其後東坡、少游、山谷輩，相繼有
　　　　作，慢詞遂盛。東坡才情極大，不為時曲束縛。然《漫錄》

〔註13〕〔清〕宋翔鳳：〈論詞絕句二十首〉之六，《洞簫樓詩紀》（桃園：聖環圖書股份有限公司，1998 年，宋翔鳳輯著《浮谿精舍叢書》十五），卷三，頁 255。案：《洞簫樓詩紀》編年著錄詩作，〈論詞絕句二十首〉作於道光元年（1821）。

〔註14〕宋翔鳳《樂府餘論》曰：「《草堂詩餘》，宋無名氏所選，……謂之『詩餘』者，以詞起於唐人絕句，……後至十國時，遂競為長短句。……則詞實詩之餘，遂名曰詩餘。」見〔清〕宋翔鳳：《樂府餘論》，「詞實詩之餘」條，唐圭璋編：《詞話叢編》，冊三，頁 2500。

〔註15〕宋翔鳳〈香草詞序〉記其曾以歌詩就教汪全德（號小竹），汪氏因言：「是以填詞之道，補詩境之窮，亦風會之所必至也」，〔清〕宋翔鳳：《香草詞》（臺北：新文豐出版公司，1989 年，《叢書集成續編》冊二〇九），頁 219。

亦載：「東坡送潘邠老詞：『別酒送君君一醉。清潤潘郎，更是何郎壻。記取釵頭新利市。莫將分付東鄰子。　回首長安佳麗地。三十年前，我是風流帥。爲向青樓尋舊事。花枝缺處餘名字。』右〈蝶戀花〉詞，東坡在黃州送潘邠老赴省試作也，今集不載。」按其詞恣褻，何減耆卿。是東坡偶作，以付餞席。使大雅，則歌者不易習，亦風會使然也。山谷詞尤俚絕，不類其詩，亦欲便歌也。柳詞曲折委婉，而中具渾淪之氣。雖多俚語，而高處足冠群流，倚聲家當尸而祝之。〔註16〕

此段論述指出柳永流連坊曲，乃因「失意無俚」，而其詞作俚俗恣褻，看似不近大雅，實因當時「歌臺舞席，競賭新聲」、便歌易習之故，正如蘇軾、黃庭堅亦有類似作品，後人研讀柳詞不應囿於表面之俚語，而當取法「曲折委婉，而中具渾淪之氣」之「高處」。而宋翔鳳所言「渾淪」一詞，原有整體、淳厚、迷濛、不明之意，是故「曲折委婉，而中具渾淪之氣」，當指柳詞吞吐紆曲，蘊含鬱結難言、失職無聊之氣，並非苟爲曼辭俚語以利傳唱而已；此即常州詞派所謂「其緣情造端，興於微言，以相感動，極命風謠里巷男女哀樂，以道賢人君子幽約怨悱不能自言之情，低徊要眇，以喻其致」〔註17〕也。要之，宋翔鳳之〈論詞絕句二十首〉之六、《樂府餘論》皆以「比興寄託」詮評柳永，譽之爲詞壇正聲、神主，推尊其人其詞可謂極矣。

而宋翔鳳之能直探柳永詞心，不僅善於發揚業師張惠言比興寄託之說詞方式，更與自身塡詞體驗有關，與〈論詞絕句二十首〉同作於道光元年（1821）之《香草詞》自序曰：

數年以來，困於小官，事多不偶。……略曲謹而思棄，視齷齪而誰與，於是行事之間，動遭蹇難，議論所及，婁叢

〔註16〕〔清〕宋翔鳳：《樂府餘論》，「慢詞始於耆卿」條，唐圭璋編：《詞話叢編》，冊三，頁2499。

〔註17〕〔清〕張惠言：《詞選·序》，〔清〕張惠言錄，劉崇德、徐文武點校：《詞選》（保定：河北大學出版社，2006年），頁109。

讒譏。……然身心若桎梏，名字若黥劓，古之窮士，撫榛
莽以興歎，送回波而欲泣，考吾所遇，一皆備焉，非假涂
於塡詞，莫遂陳其變究。……識沉淪之可悲，諒疏狂之有
託，是在存其篇章，辨其意指矣。乃編定舊作為《香草詞》
二卷，期斂散越之意，約以宛轉之言，出之靡盡而留其有
餘。〔註18〕

自言沉淪下僚，動輒得咎，窮愁困頓，唯有塡詞抒懷，欲以婉轉含蓄
之言，寄寓落拓、疏狂之無限悲慨。宋氏白剖塡詞之動機與要求，與
其評說柳永其人其詞，可謂若合一契。

　　有關柳永之冶遊塡詞，沈初與汪筠、李其永、宋翔鳳各以己見
箋評，而謝啓昆、沈道寬、華長卿則就歌妓、樂工與世人之接受予以
評說。謝啓昆〈讀全宋詩仿元遺山論詩絕句二百首〉之六二論柳永
曰：

淺斟低唱曉風清，三變塡詞獨擅名；贏得年年人上塚，萬
花雨泣弔耆卿。〔註19〕

前聯意謂柳永「忍把浮名，換了淺斟低唱」，作有「曉風殘月」之清
詞麗句，獨以塡詞名家。後聯隱括「弔柳會」之事，據曾敏行《獨醒
雜志》載：

柳耆卿風流俊邁，聞於一時。既死，葬於棗陽縣花山。遠
近之人，每遇清明日，多載酒肴飲於耆卿墓側，謂之「弔
柳會」。〔註20〕

世人欣賞柳永風流豪縱、卓絕多才，於其卒後，每年清明上塚狎飲憑
弔，而謝啓昆詩句亦讚柳永贏得世人風流俊邁之認同。

　　而沈道寬〈論詞絕句〉之一〇曰：

〔註18〕〔清〕宋翔鳳：〈香草詞序〉，《香草詞》，頁219。

〔註19〕〔清〕謝啓昆：〈讀全宋詩仿元遺山論詩絕句二百首〉之六二，《樹
經堂詩初集》（上海：上海古籍出版社，2002年，《續修四庫全書》
冊一四五八），卷十一〈補史亭草下〉，頁134～135。

〔註20〕〔宋〕曾敏行撰，朱杰人校點：《獨醒雜志》，卷四，上海古籍出版
社編：《宋元筆記小說大觀》，冊三，頁3234。

淺斟低唱柳屯田，肯把浮名換綺筵；身後清聲誰會得，墓
門紅袖拜年年。〔註21〕

前聯運化〈鶴沖天〉之「忍把浮名，換了淺斟低唱」，概述柳永捨棄
浮世功名，縱情歌筵酒席，風流一時。而末句「墓門紅袖拜年年」係
「弔柳會」之他說，祝穆《方輿勝覽》稱柳永「遂流落不偶，卒於襄
陽。死之日，家無餘財，群妓合金葬之于南門外，每春月上冢，謂之
『弔柳七』。」〔註22〕沈氏此絕後聯則謂最能理解柳永身後清美聲譽
之人，當屬年年清明上塚參拜之多情歌妓。其中「清聲」一詞更有雙
關妙用，除卻清美聲譽之義，亦謂柳詞清亮流轉，合樂便歌，即使其
人已歿，仍於歌妓之間傳唱不衰。盱衡柳永仕途受挫而寄情笙歌，本
與流落煙花之歌妓「同是天涯淪落人」，而其曉暢音律、善為歌詞之
才子特質，更能贏得歌妓敬重，此絕前後二聯遂就生前、卒後立論，
充分傳達柳永、歌妓彼此相知相惜之情。

至若華長卿〈論詞絕句〉之一三論柳永則曰：

忍教低唱換浮名，井水村村學倚聲；殘月曉風楊柳岸，教
坊傾倒是耆卿。〔註23〕

首句化自〈鶴沖天〉之「忍把浮名，換了淺斟低唱」，次句本葉夢得
《避暑錄話》所記：「余仕丹徒，嘗見一西夏歸明官云：『凡有井水
飲處，即能歌柳詞。』言其傳之廣也」，〔註24〕故此二句蓋謂柳永
冶遊填詞，而其詞作廣為世人接受、仿效。而第三句標舉柳永傳世

〔註21〕〔清〕沈道寬：〈論詞絕句〉之一〇，《話山草堂詩鈔》（臺北：臺灣
大學圖書館藏，清光緒三年潤州榷廨刊本），卷一，頁 37 上。案：
末句之「袖」同「袖」。

〔註22〕〔宋〕祝穆編，祝洙補訂：《宋本方輿勝覽》（上海：上海古籍出版
社，1991 年），卷十一〈福建路・建寧府・人物〉之「柳耆卿」條，
頁 136。

〔註23〕〔清〕華長卿：〈論詞絕句〉之一三，《梅莊詩鈔》（上海：上海古籍
出版社，2002 年，《續修四庫全書》冊一五三三），卷五〈嗜痂集下〉，
頁 607。

〔註24〕〔宋〕葉夢得撰，徐時儀校點：《避暑錄話》，卷三，上海古籍出版
社編：《宋元筆記小說大觀》，冊三，頁 2628。

名作〈雨霖鈴〉，並將雋句「楊柳岸、曉風殘月」鎔鑄入詩。末句則讚柳永深受教坊樂工、歌妓之推尊，蓋葉夢得《避暑錄話》載有柳永「為舉子時多游狹邪，善為歌辭。教坊樂工每得新腔，必求永為辭，始行於世，於是聲傳一時」；〔註25〕而由柳永〈玉蝴蝶〉之「珊瑚筵上，親持犀管，旋疊香牋。要索新詞，姌人含笑立尊前」，〔註26〕亦可想見當時歌妓邀歌索詞之狎暱情景，「教坊傾倒是耆卿」信然！

（二）身後葬地之爭論

　　柳永一生沉淪下僚，《宋史》無傳，僅能由其詩詞與他人之詩文、筆記、方志等資料，鉤稽生平梗概。而其歸葬之地說法不一，王士禛有詩論及柳墓所在，其〈眞州絕句五首〉之五曰：

　　　江鄉春事最堪憐，寒食清明欲禁煙；殘月曉風仙掌路，何

　　　人為弔柳屯田。（柳耆卿墓，在城西仙人掌。）〔註27〕

一、二句寫時值寒食、清明節候，眞州（儀眞，今江蘇儀徵）居民禁煙斷火。而三、四句指出柳永葬於眞州城西仙人掌，幾經物換星移，當年眾人「弔柳七」之盛會已不復見，徒留曉風殘月中之冷清墳塚，令人欷歔。王士禛悲憫柳永身後寥落之情，溢於言表，故鄧孝威評此詩曰：「柳老今日乃有知己」。〔註28〕

　　王士禛之〈眞州絕句五首〉作於康熙元年（1662），指明柳永墓在眞州城西仙人掌，而其《池北偶談》、《分甘餘話》更據《避暑錄話》載有王安禮出守潤州（京口，今江蘇鎮江）、安葬柳永，推斷當年卜

〔註25〕〔宋〕葉夢得撰，徐時儀校點：《避暑錄話》，卷三，上海古籍出版社編：《宋元筆記小說大觀》，冊三，頁2628。

〔註26〕〔宋〕柳永：〈玉蝴蝶〉，唐圭璋編：《全宋詞》，冊一，頁41。

〔註27〕〔清〕王士禛：〈眞州絕句五首〉之五，〔清〕王士禛著，李毓芙、牟通、李茂肅整理：《漁洋精華錄集釋》（上海：上海古籍出版社，1999年），冊上，卷二，頁293。案：《漁洋精華錄集釋》編年著錄詩作，此詩作於康熙元年（1662）。

〔註28〕〔清〕王士禛撰，惠棟注：《漁洋山人精華錄訓纂》（臺北：中華書局，1981年，《四部備要》），卷五下，頁12上。

葬之地應在毗鄰潤州之眞州，故仙人掌留有柳墓。〔註29〕然吳騫刊於
嘉慶三年（1798）之《拜經樓詩話》載有查義（字堯卿，海寧監生）
之辯駁：

> 漁洋詩：「殘月曉風仙掌路，何人爲弔柳屯田？」查堯卿上
> 舍謂：「《分甘餘話》稱儀徵西地名仙人掌，有柳耆卿墓。
> 攷今儀徵並無其地，不知漁洋何所據？」故其〈眞州雜咏〉
> 云：「古墓已迷仙掌路，昏鴉尚弔柳屯田。」〔註30〕

查氏考察眞州當時並無「仙人掌」之地名，質疑王士禛說法之依據，
而其〈眞州雜詠〉更見翻案之意。實則眞州方志本有柳墓之記載，明
隆慶元年（1567）申嘉瑞所修《儀眞縣志》載有柳永墓「在縣西七里，
近胥浦」，〔註31〕康熙七年（1668）胡崇倫所修《儀眞縣志》亦有相
同記載，而至康熙五十七年（1718）陸師所修《儀眞縣志》亦載申嘉
瑞縣志之說，並曰：「今失所在」。〔註32〕可見王士禛「柳耆卿墓，在
城西仙人掌」之說其來有自，唯因墳塚湮沒，加以地名變異，致令後
人質疑此說之可信性。

　　有關柳永葬地，另有曾敏行（字達臣）《獨醒雜志》所載：「既

〔註29〕 《池北偶談》曰：「儀眞縣西地名仙人掌，有柳耆卿墓。按《避暑錄》，
　　　　柳死，旅殯潤州僧寺，王平甫爲守，出錢葬之。眞、潤地相接，或
　　　　即平甫所卜兆也」（〔清〕王士禛撰，靳斯仁點校：《池北偶談》，北
　　　　京：中華書局，1982 年，卷二十一〈談異二〉之「柳耆卿墓」條，
　　　　頁 494）；《分甘餘話》曰：「柳耆卿卒於京口，王和甫葬之，然今儀
　　　　眞西地名仙人掌有柳墓，則是葬於眞州，非潤州也」（〔清〕王士禛
　　　　撰，張世林點校：《分甘餘話》，北京：中華書局，1989 年，卷一「柳
　　　　永墓」條，頁 7）。
〔註30〕 〔清〕吳騫：《拜經樓詩話》，卷一，丁福保編：《清詩話》（臺北：
　　　　木鐸出版社，1988 年），頁 723。
〔註31〕 〔明〕申嘉瑞修：《儀眞縣志》（臺北：新文豐出版公司，1985 年，《天
　　　　一閣藏明代方志選刊》冊五），卷二〈名蹟攷〉之「柳耆卿墓」條，
　　　　頁 456。
〔註32〕 見〔清〕王檢心修：《道光重修儀徵縣志》（南京：江蘇古籍出版社，
　　　　1991 年，《中國地方志集成》之《江蘇府縣志輯》冊四十五），卷八
　　　　〈輿地志・名蹟・宅墓〉之「柳耆卿墓」條引胡崇倫《儀眞縣志》、
　　　　陸師《儀眞縣志》，頁 111。

死，葬於棗陽縣（案：今湖北棗陽）花山」，〔註33〕趙翼律詩〈仙掌路〉即採是說，附論於此。該詩題下注曰：「眞州地名。相傳柳耆卿墓在焉，故王阮亭眞州詩有：『殘月曉風仙掌路，何人爲吊柳屯田』之句。然曾達臣《獨醒志》：『耆卿死葬棗陽縣之花山，每歲清明，詞人集其下，爲吊柳會。』則柳墓不在眞州也，或訛傳耳。」而全詩如下：

> 一丘兩地各爭高，只爲塡詞絕世豪。漢上有墳人吊柳，漳南多冢客疑曹。金莖名竟移沙渚，鐵板聲休唱浪淘。我趁曉風殘月到，縱無魂在亦蕭騷。〔註34〕

首聯指出柳永詞名冠絕一世，以致眞州、棗陽二地爭傳留有柳墓。頷聯之「漢上」乃漢水之邊岸，而棗陽有漢水支流瀁水流經，故「漢上有墳人吊柳」指柳永葬於棗陽花山，每逢清明，遊人飲於柳永墓側以行「弔柳會」，而「漳南多冢客疑曹」，則以「曹操疑冢七十二，在漳河上」〔註35〕之故實，喻指眞州仙人掌之有柳墓，應屬傳聞之訛。頸聯之「金莖名竟移沙渚」用「金銅仙人辭漢」之典，「金莖」乃承露盤之銅柱，漢武帝思欲成仙，鑄金銅仙人，舒掌擎盤以承露，「魏明帝青龍元年八月，詔宮官牽車西取漢孝武捧露盤仙人，欲立置前殿。宮官既拆盤，仙人臨載，乃潸然淚下」，〔註36〕而此聯意謂：「金莖名竟移沙渚」，事物之變換令人興懷，當年蘇軾曾作〈念奴嬌·赤壁懷古〉，唱歎「大江東去，浪淘盡、千古風流人物」，如今關西大漢手執

〔註33〕〔宋〕曾敏行撰，朱杰人校點：《獨醒雜志》，卷四，上海古籍出版社編：《宋元筆記小說大觀》，冊三，頁 3234。此外，楊湜《古今詞話》亦載柳永葬於棗陽縣花山，詳見〔宋〕楊湜：《古今詞話》，「柳永」條，唐圭璋編：《詞話叢編》，冊一，頁 25。

〔註34〕趙翼：〈仙掌路〉，〔清〕趙翼著，華夫主編：《趙翼詩編年全集》（天津：天津古籍出版社，1996 年），冊三，卷二十八，頁 790。案：第三句之「吊」當作「弔」。

〔註35〕〔元〕陶宗儀：《南村輟耕錄》（北京：中華書局，1959 年），卷二十六〈疑冢〉，頁 324。

〔註36〕〔唐〕李賀：〈金銅仙人辭漢歌·序〉，〔清〕彭定求等編：《全唐詩》（北京：中華書局，2003 年），卷三九一，頁 4403。

鐵板、慷慨高歌之豪情，亦已為陳跡。尾聯則自述曉風殘月時分到訪仙人掌，儘管柳永並非葬於此地，亦能感受淒清之氛圍。綜觀趙翼此詩充溢懷古之傷感，說明柳墓之所在，緬懷其人之曠世詞名與蕭條身後。

自宋迄清，關於柳永究竟葬於何處？聚訟紛紜，〔註37〕王士禎、趙翼各以絕句、律詩之體式關注此一議題，雖曰各引一端，然〈眞州絕句五首〉之五、〈仙掌路〉同見弔古傷今之哀感，二人對於柳永詞壇地位之肯定並無二致。

二、詞風之辨析

（一）評價柳詞之困難

柳永熟諳音律，創製新曲，塡作大量長調慢詞，聲律諧美，善用鋪敘手法，遣詞造句兼賅淺俗、雅麗，詞作內容以寫歌妓居多，亦有羈旅行役、太平氣象、應制酬贈、登臨懷古……等作，如此多元之面向，如何正確評價並非易事，遑論論者好惡殊方、立場有別。譚瑩〈論詞絕句一百首〉之二五感喟評價柳詞之困難：

> 空傳飲水處能歌，誰使言飜太液波；詩學杜詩詞學柳，千
> 秋論定卻如何。〔註38〕

首句之「飲水處能歌」括自葉夢得《避暑錄話》「凡有井水飲處，即能歌柳詞」之說。次句之「言飜太液波」涉及〈醉蓬萊〉及其本事，〈醉蓬萊〉詞如下：

> 漸亭皋葉下，隴首雲飛，素秋新霽。華闕中天，鎖葱葱佳
> 氣。嫩菊黃深，拒霜紅淺，近寶階香砌。玉宇無塵，金莖

〔註37〕柳永葬地尚有襄陽、潤州之說，而唐圭璋據葉夢得《避暑錄話》、明萬曆《鎭江府志》，判定潤州之說較爲可信，詳見唐圭璋：〈柳永事迹新證〉，《詞學論叢》（上海：上海古籍出版社，1986 年），頁609。

〔註38〕〔清〕譚瑩：〈論詞絕句一百首〉之二五，《樂志堂詩集》（上海：上海古籍出版社，2002 年，《續修四庫全書》冊一五二八），卷六，頁477。

　　有露，碧天如水。　　正值昇平，萬幾多暇，夜色澄鮮，漏聲迢遞。南極星中，有老人呈瑞。此際宸遊，鳳輦何處，度管絃清脆。太液波翻，披香簾捲，月明風細。〔註39〕

此係歌功頌德之作，上片鋪陳皇宮高潔之秋景，下片詠讚天象祥瑞、帝王遊宴之承平境況，全篇措詞典雅，對句迭出，精工整飭之修辭彰顯安和康寧之王室氣象。然柳永此詞並未博得帝王之好感，王闢之《澠水燕談錄》載：

　　柳三變，景祐末登進士第，少有俊才，尤精樂章，後以疾更名永，字耆卿。皇祐中，久困選調，入內都知史某愛其才而憐其潦倒，會教坊進新曲〈醉蓬萊〉，時司天臺奏：「老人星見。」史乘仁宗之悅，以耆卿應制。耆卿方冀進用，欣然走筆，甚自得意，詞名〈醉蓬萊慢〉。比進呈，上見首有「漸」字，色若不悅。讀至「宸遊鳳輦何處」，乃與御製眞宗挽詞暗合，上慘然。又讀至「太液波翻」，曰：「何不言『波澄』！」乃擲之於地。永自此不復進用。〔註40〕

柳永應制填詞，本欲一騁長才以得仁宗獎掖，然詠仁宗巡遊車駕之「此際宸遊，鳳輦何處」，暗同仁宗所作眞宗輓詞，引發不祥之聯想。再者，「太液波翻」之「翻」字，義近於「危」、「亂」、「傾」、「覆」、「崩」等字，致使仁宗欲以平和吉利之「澄」字取代，而「漸」字令人思及「大漸」，意謂病劇將死，「此際宸遊，鳳輦何處」亦有暗示人君仙逝之意，凡此，無不觸犯仁宗懼禍畏死之忌諱。〔註41〕此外，〈醉蓬萊〉遭受疵議之處尚有嚴有翼《藝苑雌黃》所云：

　　余謂柳作此詞，借使不忤旨，亦無佳處。如「嫩菊黃深，拒霜紅淺」，竹籬茅舍間，何處無此景物，方之李謫仙、夏

〔註39〕〔宋〕柳永：〈醉蓬萊〉，唐圭璋編：《全宋詞》，冊一，頁29。

〔註40〕〔宋〕王闢之撰，呂友仁點校：《澠水燕談錄》（北京：中華書局，1981年），卷八〈事誌〉，頁106。

〔註41〕此處參引吳熊和之解說，詳見吳熊和：〈柳詞三題──〈醉蓬萊〉一詞的幾個疑點〉，《吳熊和詞學論集》（杭州：杭州大學出版社，1999年），頁212。

英公等應制辭，殆不啻天冠地履也。〔註42〕

指出〈醉蓬萊〉「嫩菊黃深，拒霜紅淺」二句所寫之菊花、芙蓉，過於平常、寒酸，難以凸顯皇宮之雍容華貴。王世貞《藝苑卮言》亦曰：

> 宋仁宗時，老人星見，柳耆卿托內侍以〈醉蓬萊〉詞進。
> ……耆卿詞毋論觸諱，中間不能一語形容老人星，自是不佳。〔註43〕

王氏指摘柳永〈醉蓬萊〉詞乃因老人星現而作，卻無相關形容言語，顯然偏離主題，難稱佳作。另有吳开《優古堂詩話》指出「太液波翻，披香簾捲」之以「太液池」、「披香殿」二景作對，襲自上官儀〈初春〉一詩；〔註44〕曾季貍《艇齋詩話》所言：「柳三變詞『漸亭皋葉下，隴首雲飛』，全用柳惲詩也。柳惲詩云：『亭皋木葉下，隴首秋雲飛』」，〔註45〕吳、曾二氏皆對〈醉蓬萊〉之蹈襲前作，不無非難之意。要之，柳永或過於恃才使氣，走筆成章，未能細察仁宗心理、詳核應制題旨、深究詞句出處，致令〈醉蓬萊〉不獲仁宗青睞、備受文人詬病。合觀譚瑩此絕「空傳飲水處能歌，誰使言飜太液波」二句，直指柳詞之瑕瑜互見，意謂儘管柳永詞作流傳廣遠，深獲好評，然亦有〈醉蓬萊〉此等未臻周延之作。

而「詩學杜詩詞學柳」一句，譚瑩指出前人亦曾高度評價柳詞，將其比擬杜詩，作為學習之典範。北宋黃裳有言：

> 予觀柳氏樂章，喜其能道嘉祐中太平氣象，如觀杜甫詩。典雅文華，無所不有。是時予方為兒，猶想見其風俗，歡

〔註42〕〔宋〕胡仔：《苕溪漁隱叢話》，後集，卷三十九「長短句」引嚴有翼《藝苑雌黃》，收於吳文治主編：《宋詩話全編》，冊四《胡仔詩話》，頁4270。

〔註43〕〔明〕王世貞：《藝苑卮言·附錄》，收於吳文治主編：《明詩話全編》（南京：鳳凰出版社，1997年），冊四《王世貞詩話》，頁4323。

〔註44〕詳見〔宋〕吳开：《優古堂詩話》，「太液披香」條，丁福保輯：《歷代詩話續編》（臺北：木鐸出版社，1988年），冊上，頁257。

〔註45〕〔宋〕曾季貍：《艇齋詩話》，丁福保輯：《歷代詩話續編》，冊上，頁313。

聲和氣，洋溢道路之間，動植咸若。令人歌柳詞，聞其聲，
聽其詞，如丁斯時，使人慨然有感！〔註46〕

杜甫歷經安史之亂，輾轉流離，所作反映唐朝由盛而衰之景況，剴切
精深，令人讀之可見當世，因有「詩史」之號。柳永生當仁宗治平之
時，徘徊舞榭歌臺，羈旅遊宦南北城鄉，而其摹寫盛世榮景之詞作，
生動具體，富足豐樂之太平氣象形容曲盡。杜詩、柳詞反映之時代治
亂有別，然同為社會現實之如實寫照，故黃裳尊尚柳詞如同杜詩。逮
乎南宋項平齋（即項安世）進而提出詩學杜詩、詞學柳詞之說，張端
義《貴耳集》載：

項平齋，自號江陵病叟。余侍先君往荊南，所訓「學詩當
學杜詩，學詞當學柳詞」。扣其所云，「杜詩、柳詞皆無表
德，只是實說。」〔註47〕

「表德」原指人於正名之外，取字以表明德行，〔註48〕而項平齋所謂
「杜詩、柳詞皆無表德，只是實說」，亦即杜詩、柳詞皆據實呈現，
無矯情誇飾、溢美過譽之詞。經由上述析論，可見黃裳、項平齋之以
柳永比附杜甫，有其根據，言之成理。惟杜甫博大凝鍊之詩歌成就、
承先啟後之詩壇地位，柳永是否足以全面當之？貿然提出詞學柳詞之
主張，是否的當？〔註49〕譚瑩顯然有所質疑，於「詩學杜詩詞學柳」

〔註46〕〔宋〕黃裳：〈書樂章集後〉，《演山集》（臺北：臺灣商務印書館，
　　　　1985年，《景印文淵閣四庫全書》冊一一二〇），卷三十五，頁239。

〔註47〕〔宋〕張端義撰，梁玉璋校點：《貴耳集》（鄭州：中州古籍出版社，
　　　　2005年），卷上，頁22。

〔註48〕《顏氏家訓》曰：「古者名以正體，字以表德」，〔北齊〕顏之推：
　　　　《顏氏家訓》（臺北：臺灣商務印書館，1986年），卷二〈風操〉，頁
　　　　31。

〔註49〕黃裳、項平齋之以柳永比附杜甫，在於二人皆能如實反映社會現實。
　　　　而後世論者每以不同觀點批判杜、柳並稱，如劉熙載曰：「柳耆卿詞，
　　　　昔人比之杜詩，為其實說，無表德也。余謂此論其體則然，若論其
　　　　旨，少陵恐不許之」（〔清〕劉熙載：《藝概·詞概》，「柳詞不能比
　　　　杜詩」條，唐圭璋編：《詞話叢編》，冊四，頁3689），強調杜、柳二
　　　　人反映現實之旨趣有別，又如王國維曰：「然北宋人如歐、蘇、秦、
　　　　黃，高則高矣，至精工博大，殊不逮先生（案：指周邦彥）。……而

句後，續言：「千秋論定卻如何？」喟歎精準定位柳永詞壇成就之困
難。

（二）淺俗詞風之抑揚

誠如譚瑩所言：「千秋論定卻如何？」有宋以來之論者確實對於
柳永褒貶不一、評價分歧。細繹箇中關鍵，常在詞風之認定各執一端。
柳永出入歌樓酒館，接近市民階層，常爲樂工、歌妓塡詞，而其所作
每多口語、白話，淺顯通俗，明白妥溜，利於市井傳習歌唱，嚴有翼
《藝苑雌黃》認爲柳永「彼其所以傳名者，直以言多近俗，俗子易悅
故也」，〔註50〕黃昇《唐宋諸賢絕妙詞選》亦謂柳永「長於纖艷之詞，
然多近俚俗，故市井之人悅之」，〔註51〕清楚說明柳永以其淺俗詞風
備受世俗大眾歡迎。然正所謂「情交而雅俗異勢」，〔註52〕柳詞之淺
俗畢竟背離尚雅之文士品味，徐度《卻掃編》稱柳永「其詞雖極工緻，
然多雜以鄙語，故流俗人尤喜道之。其後，歐、蘇諸公繼出，文格一
變，至爲歌詞，體製高雅，柳氏之作，殆不復稱於文士之口，然流俗
好之自若也」，〔註53〕可見世人悅俗、文士尚雅，對於柳詞之接受程
度存在天壤之別。況且柳永部分詞作露骨輕狎、香軟浮豔之描寫，流
於粗鄙穢褻，更遭論者嚴詞詆訶，陳師道《後山詩話》曰：「柳三變

詞中老杜，則非先生不可。昔人以耆卿比少陵，猶爲未當也」（王國
維：〈清眞先生遺事‧尚論三〉，《王國維先生全集‧續編》，臺北：
大通書局，1976 年，冊三，頁 848～849），係以格律觀點認爲柳永
難以方駕杜甫之「精工博大」。
〔註50〕 〔宋〕胡仔：《苕溪漁隱叢話》，後集，卷三十九「長短句」引嚴有
翼《藝苑雌黃》，收於吳文治主編：《宋詩話全編》，冊四《胡仔詩話》，
頁 4270。
〔註51〕 〔宋〕黃昇選編，鄧子勉校點：《唐宋諸賢絕妙詞選》，卷五，上海
古籍出版社編：《唐宋人選唐宋詞》（上海：上海古籍出版社，2004
年），冊下，頁 637。
〔註52〕 《文心雕龍‧定勢》，〔梁〕劉勰著，王更生注譯：《文心雕龍讀本》
（臺北：文史哲出版社，1985 年），下篇，頁 62。
〔註53〕 〔宋〕徐度：《卻掃編》（北京：中華書局，1985 年，《叢書集成初編》），
卷下，頁 172～173。

遊東都南北二巷，作新樂府，骪骳從俗」，〔註54〕指斥柳永曲意迎合時俗，詞作風格卑下，而李清照亦稱柳永《樂章集》「雖協音律，而詞語塵下」。〔註55〕

　　清代章愷同樣基於雅正之立場，鄙薄柳永淫冶之詞風，其〈論詞絕句八首〉之三曰：

　　　　柳岸風情儘自誇，繁聲無奈近淫哇；佳人自有陽關曲，莫
　　　　信兒童汲井華。〔註56〕

一、二句意謂儘管柳永〈雨霖鈴〉詞膾炙人口，憑藉「今宵酒醒何處，楊柳岸、曉風殘月」、「便縱有、千種風情，更與何人說」之雋句誇耀詞壇，無奈多數詞作浮靡悅俗，近於淫邪之聲。第三句之〈陽關曲〉，又稱〈渭城曲〉、〈陽關三疊〉，亦即王維〈送元二使安西〉詩被於歌，詩曰：「渭城朝雨浥輕塵，客舍青青（一作依依）楊柳春（一作柳色新）；勸君更盡一杯酒，西出陽關無故人。」〔註57〕第四句之「井華」乃平旦初汲之井水，而「兒童汲井華」應本杜甫詩句：「童兒汲井華，慣捷瓶上手」，〔註58〕摹寫小童汲取井水之熟習迅捷。然則章愷此絕三、四句殆謂柳永熟諳音律、信筆填詞，只如兒童汲取井華，無甚可取，惟有〈陽關曲〉般清麗典雅之什，方為詞林上乘之作。

　　章愷貶抑柳永詞風近於「淫哇」，無獨有偶，江昱亦以「淫哇」形容柳詞，其〈論詞十八首〉之九曰：

〔註54〕〔宋〕陳師道：《後山詩話》，〔清〕何文煥輯：《歷代詩話》（臺北：漢京文化事業有限公司，1983年），冊一，頁311。

〔註55〕李清照：〈詞論〉，〔宋〕李清照著，徐培均箋注：《李清照集箋注》（上海：上海古籍出版社，2002年），頁267。

〔註56〕〔清〕章愷：〈論詞絕句八首〉之三，《北亭集》，卷二，見孫克強：《清代詞學批評史論》（上海：上海古籍出版社，2008年），附錄「清代論詞絕句組詩」，頁386。

〔註57〕〔唐〕王維：〈渭城曲〉，〔清〕彭定求等編：《全唐詩》，卷一二八，頁1306～1307。

〔註58〕〔唐〕杜甫：〈大雲寺贊公房四首〉之四，〔清〕彭定求等編：《全唐詩》，卷二一六，頁2269。

　　蓮花博士浣鉛華，風味蕭疎別一家；便使時時掉書袋，也
　　勝康柳逐淫鼃。〔註59〕

此絕主論陸游，而以柳永、康與之對比。康與之，字伯可，號順庵，
南宋填詞名家，宋人病其鄙褻，〔註60〕每將康、柳二人並稱，張炎《詞
源》有言：「康、柳詞亦自批風抹月中來，風月二字，在我發揮，二
公則爲風月所使耳」，〔註61〕沈義父《樂府指迷》亦曰：「康伯可、柳
耆卿音律甚協，句法亦多有好處，然未免有鄙俗語」，〔註62〕指出康、
柳之作純任風月，蕩而不返，參雜俚俗、粗鄙言語。江昱此絕下聯接
武宋人康、柳並稱之說，並以「淫鼃」概括二人詞風，認爲即使陸游
填詞喜好使事用典，常掉書袋，〔註63〕終勝柳永、康與之鄙俚、淫佚
之作風，從中可見江昱崇尚雅正之論詞宗旨。

　　深究章愷、江昱之將柳詞貶爲「淫鼃」，實與長期主盟清代詞壇
之浙西詞風有關。浙派論詞崇尚雅正，朱彝尊〈群雅集序〉倡言：
「蓋昔賢論詞，必出于雅正」，〔註64〕厲鶚〈群雅詞集序〉亦曰：「由

〔註59〕〔清〕江昱：〈論詞十八首〉之九，《松泉詩集》（臺南：莊嚴文化事
　　　業有限公司，1997 年，《四庫全書存目叢書》集部冊二八〇），卷一，
　　　頁 177。案：末句之「鼃」通「哇」。

〔註60〕康與之有《順庵樂府》五卷，不傳，今存詞三十八闋、五斷句（見
　　　唐圭璋編：《全宋詞》，冊二，頁 1302～1309）。綜觀康與之現存詞作，
　　　應制揄揚者雍容典雅，言情抒懷者悽惻蒼涼，詠物寫景者麗緻整練，
　　　絕少鄙俚僄薄之語，然就宋代所傳康與之詞而言，《直齋書錄解題》
　　　曰：「世所傳康伯可詞鄙褻之甚」（〔宋〕：陳振孫著，徐小蠻、顧
　　　美華點校：《直齋書錄解題》，卷二十一「歌詞類」之「《順庵樂府》
　　　五卷」，頁 620）。

〔註61〕〔宋〕張炎：《詞源》，卷下「雜論」，唐圭璋編：《詞話叢編》，冊一，
　　　頁 267。

〔註62〕〔宋〕沈義父：《樂府指迷》，「康柳詞得失」條，唐圭璋編：《詞話
　　　叢編》，冊一，頁 278。

〔註63〕江昱謂陸游「時時掉書袋」，本宋代劉克莊〈劉叔安感秋八詞跋〉所
　　　言：「近歲放翁、稼軒，一掃纖艷，不事斧鑿，高則高矣，但時時掉
　　　書袋，要是一癖」，《後村先生大全集》（臺北：臺灣商務印書館，1967
　　　年，《四部叢刊初編》），卷九十九，頁 862。

〔註64〕〔清〕朱彝尊：〈群雅集序〉，《曝書亭集》（臺北：臺灣商務印書館，
　　　1967 年，《四部叢刊初編》），卷四十，頁 334。

《詩》而樂府而詞，必企夫雅之一言，而可以卓然自命爲作者。……
冷紅詞客標以『群雅』，豈非倚聲家砭俗之鍼石哉」。〔註65〕而在一片
尚雅聲浪中，偏向淺俗之柳詞自然不受青睞，浙派先驅曹溶即曰：
「豪曠不冒蘇、辛，穠藝不落周、柳者，詞之大家也」，〔註66〕貶抑
柳詞之地位，目爲「穠藝」之作。章愷、江昱身處浙西詞風熾盛之時
局，章愷籍貫嘉善，屬嘉興府，本爲浙派之發祥地，鄉學淵源深厚，
而江昱與厲鶚詩詞唱和，厲鶚歎服其〈論詞十八首〉而「不易其言」，
〔註67〕是故章、江二人之譏諷柳詞「淫哇」，實爲浙西詞派尚雅詞論
之闡發。

惟一味求雅易流於雕縟、晦澀、艱深，反倒不如「俗」之親切有
味，而孫爾準可謂眞能洞悉柳詞「俗」之可貴，其〈論詞絕句〉之一
九曰：

> 浪將左柳說淫哇，學步姜張便道佳；雪竹冰絲誰解賞，改
> 蟲齋與小眠齋。〔註68〕

首句「左柳」之左，係指左譽，字與言，號筠翁，宋徽宗大觀三年
（1109）進士，仕至湖州通判，後棄官爲僧。左譽爲錢塘幕府樂籍張
濃所作「堆雲篸水，滴粉搓酥」詞句，當時都人有「曉風殘月柳三變，
滴粉搓酥左與言」之對。〔註69〕而孫爾準所言「浪將左柳說淫哇，學
步姜張便道佳」，主要針對浙西詞風而發。浙派推尊姜夔、張炎清空

〔註65〕〔清〕厲鶚：〈群雅詞集序〉，《樊榭山房集》（臺北：臺灣商務印書
　　　　館，1967 年，《四部叢刊初編》），文集卷四，頁 240～241。

〔註66〕〔清〕曹溶：〈詞話序〉，見〔清〕沈雄：《古今詞話》，唐圭璋編：《詞
　　　　話叢編》，冊一，頁 729。

〔註67〕〔清〕蔣士銓：〈松泉先生傳〉，見〔清〕李桓：《國朝耆獻類徵初編》
　　　　（臺北：明文書局，1985 年，周駿富輯《清代傳記叢刊》冊一八一），
　　　　卷四二〇，頁 174。

〔註68〕〔清〕孫爾準：〈論詞絕句〉之一九，《泰雲堂集》（上海：上海古籍
　　　　出版社，2002 年，《續修四庫全書》冊一四九五），〈詩集〉卷四〈假
　　　　歸集〉，頁 557。

〔註69〕詳見〔宋〕王明清：〈筠翁長短句序〉，《玉照新志》（北京：中華書
　　　　局，1985 年，《叢書集成初編》），卷四，頁 60～61。

騷雅之詞風，所謂「塡詞最雅無過石帚」、〔註70〕「玉田秀筆遡清空，淨洗花香意匠中」，〔註71〕而自康熙直至道光年間盛行不衰，以致「家白石而戶玉田」、〔註72〕「幾於家祝姜、張」。〔註73〕然不肖末流邯鄲學步，標榜清空騷雅，其實枯寂空泛，專事摭拾搯捃、堆砌餖飣，孫爾準有鑑於此，特意表彰柳詞，反對將其斥爲「淫哇」，蓋柳詞之「俗」別有自然、清新、平淡等優點，當可作爲浙派補偏救弊之方。至於此絕三、四句，孫爾準延續柳詞優點之意脈，顯揚高層雲《改蟲齋詞》與史承謙《小眠齋詞》之成就，褒獎二者猶如「雪竹冰絲」般之清音，能於千夫競聲之浙派洪流中，戛然獨造。有關高層雲《改蟲齋詞》之詞風，丁紹儀《聽秋聲館詞話》曾以「丁當清逸」〔註74〕四字概括，可說具有柳詞清新之風貌。而史承謙於浙派勢力籠罩詞壇之際，針砭「不善學之，竟爲澀體，務安難字，卒之抄撮堆砌，其音節頓挫之妙蕩然」〔註75〕之陋習，卓然自出杼軸，而其所作自然、清新、平淡，看似尋常言語卻頗耐人玩索，幽情逸韻流貫其中。雖《小眠齋詞》之自然、清新、平淡係經刻意追琢而得，〔註76〕有別於柳永之隨手拈來、

〔註70〕〔清〕朱彝尊、汪森編，李慶甲校點：《詞綜》（上海：上海古籍出版社，2005 年），〈發凡〉第十三則，頁 14。

〔註71〕〔清〕厲鶚：〈論詞絕句十二首〉之七，《樊榭山房集》，卷七，頁73。

〔註72〕〔清〕朱彝尊：〈靜惕堂詞序〉，曹溶：《靜惕堂詞》，《清詞別集百三十四種》（臺北：鼎文書局，1976 年），冊一，頁 75。

〔註73〕〔清〕彭兆蓀：《小謨觴館詩餘·序》，《清詞別集百三十四種》，冊八，頁 4037。

〔註74〕〔清〕丁紹儀：《聽秋聲館詞話》，卷十七「高層雲詞」條，唐圭璋編：《詞話叢編》，冊三，頁 2787。

〔註75〕此爲儲國鈞〈小眠齋詞序〉批評浙派流弊之語（該序見馬大勇編著：《史承謙詞新釋輯評》，北京：中國書店，2007 年，頁 430），而儲國鈞稱其與史承謙論詞意見悉合，故當可視爲史承謙之意見。

〔註76〕史承謙《靜學齋偶志》卷四引證彭孫遹《金粟詞話》之語而曰：「彭金粟詞話云：『詞以自然爲宗，但自然不從追琢中來，便率易無味。如所云，絢爛之極乃造平淡耳。若使語意淡遠者稍加刻畫，鏤金錯繡者漸近天然，則駁駁乎絕唱矣。』本朝論詞者頗多，吾以此爲至當之論」（引自《史承謙詞新釋輯評》，「前言」，頁 4），可見史氏創

肆口而出，然表象之美感並無不同。

（三）婉約詞風之肯定

章愷、江昱與孫爾準針對柳詞之淺俗，各有正反解讀與評價，另有論者則就柳詞之婉約立論。前舉汪筠〈讀《詞綜》書後二十首〉之六實為較論柳永、蘇軾詞風之作，詩曰：「淺斟低唱何心換，海雨天風特地豪；待喚女兒春十八，紅牙明月一聲高。」首句之「淺斟低唱」，擷自柳永〈鶴沖天〉（黃金榜上）一詞，而次句之「海雨天風」，出自蘇軾〈鵲橋仙·七夕〉一詞。〔註77〕汪筠係以「海雨天風」之雄渾形象、凌厲氣勢、高曠格局，比況蘇詞之豪放聲情，且與「淺斟低唱」對舉，彰顯蘇軾雄詞雋語、昂揚振奮之豪放詞風，迥異柳永柔音曼聲、低徊綿邈之婉約詞風。

汪筠此絕一、二句呈現柳永、蘇軾各具面目之詞風，三、四句進而櫽括翰林院幕士評判二家詞風之軼聞。俞文豹《吹劍續錄》載：

> 東坡在玉堂，有幕士善謳。因問我詞比柳詞何如？對曰：「柳郎中詞，只好十七八女孩兒，執紅牙拍板，唱『楊柳外、曉風殘月』。學士詞，須關西大漢，執鐵板，唱『大江東去』。」公為之絕倒。〔註78〕

文中所引柳永、蘇軾詞句，分見〈雨霖鈴〉（寒蟬淒切）、〈念奴嬌·赤壁懷古〉。〈雨霖鈴〉為話別之什，鋪敘冷落之秋景、難捨之別

作之傾向。而其〈水調歌頭·村居秋晚〉曰：「得句亦不易，低詠到黃昏」（《史承謙詞新釋輯評》，頁 392），亦見用功追琢之勤。

〔註77〕 〈鵲橋仙·七夕〉全詞如下：「緱山仙子，高情雲渺，不學癡牛騃女。鳳簫聲斷月明中，舉手謝、時人欲去。　客槎曾犯，銀河微浪，尚帶天風海雨。相逢一醉是前緣，風雨散、飄然何處」，唐圭璋編：《全宋詞》，冊一，頁 294～295。

〔註78〕 〔宋〕俞文豹：《吹劍錄全編·吹劍續錄》，見《宋人箚記八種》（臺北：世界書局，1963 年），頁 38。而《詞苑叢談》記載此乃袁絢之語，曰：「蘇東坡『大江東去』，有銅將軍、鐵綽板之譏。柳七『曉風殘月』，謂可令十七八女郎按紅牙檀板歌之。此袁絢語也」，〔清〕徐釚編著，王百里校箋：《詞苑叢談校箋》（臺北：文史哲出版社，1989 年），卷三〈品藻一〉，頁 147。

情、別後遠役之孤寂處境，通篇造語清切、章法綿密、情致柔膩；其中「今宵酒醒何處，楊柳岸、曉風殘月」，揣度酒醒時分艤舟岸邊之情狀，幽靜之景致寄寓淒清之客情、深厚之懷思，婉麗極矣！而〈念奴嬌〉屬懷古之作，點染黃州赤壁壯闊雄峻之江山勝景，緬懷周瑜之風發意氣、卓絕事功，慨歎人生如夢，全詞結構開闔起伏、上下縱橫，雄詞壯采體現豪情逸興；起首「大江東去，浪淘盡、千古風流人物」，敘寫奔湧之長江沖汰歷史人物，囊括古今，包舉時空，氣勢更是不凡。再者，柳、蘇二家均於詞中敘及「明月」，惟柳詞乃隱微之「殘月」，蘇詞爲湧動之「江月」，一柔一剛，一靜一動，適成對比。幕士以其知音能歌之素養，舉引流露兒女柔情之〈雨霖鈴〉與充溢風雲豪氣之〈念奴嬌〉；加以歌者、樂器之差異，凸顯柳、蘇二家涇渭分明之詞風，所言具體、傳神，誠屬深造有得之見。而汪筠曰：「待喚女兒春十八，紅牙明月一聲高」，雖僅述及年輕女郎手執紅牙拍板高歌柳永〈雨霖鈴〉詞，隱去蘇軾部分，然其用心當欲援引幕士之說詞，對比柳永、蘇軾一婉一豪之詞風，並強調柳永催化婉約詞風之崇高地位。

　　鄭方坤亦引《吹劍續錄》所載翰林院幕士之語，論定柳永婉約、蘇軾豪放之詞風，其〈論詞絕句三十六首〉之一七曰：

　　　　紅牙鐵板畫封疆，墨守輸攻各挽強；莫向此間分左袒，黃金留待鑄姜郎。（東坡問幕士云：「我詞比柳何如？」對曰：「柳郎中詞，只好十七、八女郎，執紅牙拍，歌『楊柳岸、曉風殘月』；學士詞，須關西大漢，持鐵綽板，唱『大江東去』。」姜堯章所著《石帚詞》，戛玉敲金，得未曾有。）

　　　　〔註79〕

此絕主論姜夔詞能兼容婉約、豪放而登峰造極。而一、二句謂以柳永爲代表之婉約詞風與以蘇軾爲代表之豪放詞風聲情迥異，「紅牙拍」

────────────────────

〔註79〕〔清〕鄭方坤：〈論詞絕句三十六首〉之一七，《蔗尾詩集》（濟南：齊魯書社，2001 年，《四庫全書存目叢書補編》冊八），卷五〈木石居後草〉，頁 314～315。

與「鐵綽板」畛域分明，本色別調、優劣得失之爭論不休，有如墨翟之善守、公輸盤之善攻。〔註80〕

　　而曾感歎柳詞「千秋論定卻如何？」之譚瑩，最終亦由婉約詞風之角度肯定柳永之成就，其〈論詞絕句一百首〉之二六曰：

　　　　便有人刊冠柳詞，霜風淒緊各相思；縱難遽許唐人語，譜入紅牙板最宜。〔註81〕

首句之《冠柳詞》乃王觀（生卒年不詳，嘉祐二年〔1057〕進士）詞集，而由「冠柳」之名，可見柳詞傳唱廣遠、王觀起而爭勝之意，黃昇《唐宋諸賢絕妙詞選》即稱王觀「有《冠柳集》，序者稱其高於柳詞，故曰『冠柳』」。〔註82〕至於王觀是否真能凌駕柳永？黃昇評其〈慶清朝慢·踏青〉曰：「至於踏青一詞，又不獨冠柳詞之上也」、「風流楚楚，詞林中之佳公子也。世謂柳耆卿工為浮艷之詞，方之此作，蔑矣，詞名『冠柳』，豈偶然哉」，〔註83〕指出該詞清雋超逸，柳永浮薄纖豔之作難以企及。曹元忠則稱王觀〈天香〉（霜瓦鴛鴦）勝於柳永淫冶之作，又謂王觀雖因〈清平樂·應制〉（黃金殿裡）之狎詞而遭罷職，然終優於柳永之因〈醉蓬萊〉而不復進用；更謂王觀〈江城梅花引〉（年年江上見寒梅）傳唱金國燕京，過於西夏歸明官所云：「凡有井水飲處，即能歌柳詞。」〔註84〕

〔註80〕《墨子·公輸第五十》：「公輸盤為楚造雲梯之械成，將以攻宋。子墨子聞之，起於齊，行十日十夜而至於郢，見公輸盤。……於是見公輸盤。子墨子解帶為城，以牒為械，公輸盤九設攻城之機變，子墨子九距之。公輸盤之攻械盡，子墨子之守圉有餘」，〔周〕墨翟：《墨子》（臺北：臺灣商務印書館，1967年，《四部叢刊初編》），卷十三，頁121。

〔註81〕〔清〕譚瑩：〈論詞絕句一百首〉之二六，《樂志堂詩集》，卷六，頁477。

〔註82〕〔宋〕黃昇選編，鄧子勉校點：《唐宋諸賢絕妙詞選》，卷五，上海古籍出版社編：《唐宋人選唐宋詞》，冊下，頁633。

〔註83〕〔宋〕黃昇選編，鄧子勉校點：《唐宋諸賢絕妙詞選》，卷五，上海古籍出版社編：《唐宋人選唐宋詞》，冊下，頁633。

〔註84〕〔清〕曹元忠〈輯本冠柳集序〉曰：「夫其〈天香〉慢曲，為世所稱，霜瓦風簾，吟邊對影，瑞雲芝草，畫裡呼名，斯則淺唱低斟，雪夜

然譚瑩曰：「便有人刊冠柳詞，霜風淒緊各相思」，揚舉柳永〈八聲甘州〉（對瀟瀟、暮雨灑江天），認爲王觀難以撼動柳永之地位。細繹〈八聲甘州〉一詞鋪陳「霜風淒緊」等衰颯秋景，抒發佳人、自身兩地「各相思」之深情——「想佳人、妝樓顒望，誤幾回、天際識歸舟」、「爭知我、倚闌干處，正恁凝愁」。而趙令時《侯鯖錄》載：

> 東坡云：「世言柳耆卿曲俗，非也。如〈八聲甘州〉云：『霜風淒緊，關河冷落，殘照當樓。』此語於詩句，不減唐人高處。」〔註85〕

蘇軾反駁柳詞全然俚俗之世論，推崇〈八聲甘州〉「霜風淒緊」等句臻於唐詩之妙境。有關「霜風淒緊」數句何以「不減唐人高處」？後人多所闡述。〔註86〕譚瑩則謂縱然蘇軾之讚語或有過譽之嫌，難令眾

銷金之帳，粉圍香陣，春寒玉照之堂，視所謂柳氏野狐涎者，雅鄭之判，固不待言。至若應制〈清平〉，取則太白，因宮娥之新幸，疑館臣之狎詞，幾乎供奉禁中，呼衰臣以曲子，成詞床下，押邦彥於國門，輕豔浮華，或乖體要，然以視〈醉蓬萊〉成，仁宗不復進用，措辭之際，見優劣矣。若夫〈江城梅引〉，傳遍燕山，洪皓使金和四笑之作，張總侍婢，歌『萬里』之句，亦猶范陽肆上，刻蘇集之數篇，契丹國中，誦魏詩之上軼，蓋視西夏井水飲處皆歌柳詞，殆又過之」，施蟄存編：《詞籍序跋萃編》（北京：中國社會科學出版社，1994 年），頁 71。

〔註85〕〔宋〕趙令時撰，孔凡禮點校：《侯鯖錄》（北京：中華書局，2002年），卷七「東坡云柳耆卿詞不俗」條，頁 183。此外，吳曾《能改齋漫錄》記此段評論乃晁補之語，詳見〔宋〕吳曾：《能改齋漫錄》，卷十六「黃魯直詞謂之著腔詩」條，頁 469。

〔註86〕如俞陛雲謂此數句之悲抗音節、邊關景致不減唐詩佳處，其《唐五代兩宋詞選釋》曰：「『霜風』、『殘照』三句音節悲抗，如江天聞笛，古戍吹笳，東坡極稱之，謂唐人佳處，不過如此。以其有提筆四顧之概，類太白之『牛渚望月』，少陵之『夔府清秋』也」（俞陛雲：《唐五代兩宋詞選釋》，臺北：文史哲出版社，1988 年，頁 149）。葉嘉瑩〈論柳永詞〉更謂柳詞之佳者如〈八聲甘州〉諸作，景物形象開闊博大，聲音氣勢雄渾矯健，近於唐詩之「興象」特質，詳見繆鉞、葉嘉瑩《靈谿詞說》（臺北：國文天地雜誌社，1989 年）頁 134～137之析論。

人信服，〈八聲甘州〉此等淒清纏綿之作，正如〈雨霖鈴〉般適合柔情歌女手執紅牙拍板曼聲演唱，然則譚瑩肯定柳詞佳製深契婉約詞風，固不待言。

再者，譚瑩〈論詞絕句又四十首（專論國朝人）〉之一四論陳維崧（1625～1682，字其年，號迦陵）曰：

載酒江湖竟讓誰，疎狂不減杜分司；銅琶鐵板紅牙拍，各叶迦陵絕妙詞。〔註87〕

此絕後聯踵繼顧仲清（字成三）之說，〔註88〕亦將柳永〈雨霖鈴〉「曉風殘月」之宜於紅牙拍板，視為婉約詞風之代稱，結合豪放詞風之表徵——彈銅琵琶持鐵綽板以歌蘇軾〈念奴嬌〉「大江東去」，用以讚揚陳維崧詞風多變，綺豔旖旎、激越雄奇，兼擅婉約、豪放之勝。

撲諸清代詞論之大宗——詞話之論述，非難柳詞俚俗、淫冶者不勝枚舉，如郭麐《靈芬館詞話》曰：「柳七則靡曼近俗矣」，〔註89〕鄒祇謨《遠志齋詞衷》曰：「蓋《樂章集》多在旗亭北里間，比《片玉詞》更宕而盡」，〔註90〕鄧廷楨《雙硯齋詞話》曰：「《樂章集》中，冶遊之作居其半，率皆輕浮猥媟，取譽箏琶」。〔註91〕而汪筠、鄭方坤、譚瑩等人之論詞絕句能由不同面向，倡論柳永奠定婉約詞風之功，誠屬難能可貴。

〔註87〕〔清〕譚瑩：〈論詞絕句又四十首（專論國朝人）〉之一四，《樂志堂詩集》，卷六，頁484。

〔註88〕〔清〕高佑釲〈迦陵詞全集序〉引其友人顧仲清之說：「至其年先生縱橫變化，無美不臻，銅軍鐵板、殘月曉風，兼長並擅」，〔清〕陳維崧：《陳迦陵文集·迦陵詞全集》（臺北：臺灣商務印書館，1967年，《四部叢刊初編》），頁347。

〔註89〕〔清〕郭麐：《靈芬館詞話》，卷一「詞有四派」條，唐圭璋編：《詞話叢編》，冊二，頁1503。

〔註90〕〔清〕鄒祇謨：《遠志齋詞衷》，「雲華詞」條，唐圭璋編：《詞話叢編》，冊一，頁657。

〔註91〕〔清〕鄧廷楨：《雙硯齋詞話》，「柳詞」條，唐圭璋編：《詞話叢編》，冊三，頁2528。

三、名篇之評賞

（一）〈雨霖鈴〉

柳永《樂章集》中最受論者關注、好評之詞作，允推〈雨霖鈴〉，前文所析論之李其永：「剩得曉風殘月裡，如今一說柳屯田」、謝啓昆：「淺斟低唱曉風清，三變塡詞獨擅名」、華長卿：「殘月曉風楊柳岸，教坊傾倒是耆卿」、王士禛：「殘月曉風仙掌路，何人爲弔柳屯田」、章愷：「柳岸風情儘自誇，繁聲無奈近淫哇」等詩句，均將該詞之名句「楊柳岸、曉風殘月」運化入詩。而〈雨霖鈴〉一詞描敘離情，全文如下：

> 寒蟬淒切。對長亭晚，驟雨初歇。都門帳飲無緒，留戀處、蘭舟催發。執手相看淚眼，竟無語凝噎。念去去、千里煙波，暮靄沉沉楚天闊。　　多情自古傷離別。更那堪、冷落清秋節。今宵酒醒何處，楊柳岸、曉風殘月。此去經年，應是良辰、好景虛設。便縱有、千種風情，更與何人說。〔註92〕

開篇三句鋪陳臨別之時空，淒厲蟬鳴、蒼茫暮色令人黯然傷情；續寫別時之情事，難分難捨，歷歷在目；次則設想別後之處境，浩渺煙波、深沉暮靄映襯旅況之無憀。下片喟歎清秋話別，想像酒醒之景況，並由「今宵」推及「經年」，而「應是」之委婉低訴與「便縱有」之決絕力陳，道盡孤子之心緒。

詞中警策「楊柳岸、曉風殘月」雖有所本，〔註93〕然以白描、精煉之詞筆點染疏楊衰柳欹斜掩映之水岸，加以曉風吹拂送涼、殘月幽微冷照，迷離怊怳之景語體現淒抑清冷之情思，蕭疏之秋景寄寓行役之落寞、相思之縈擾，纏綿悱惻之濃情密意蘊蓄其中，洵能融情入

〔註92〕〔宋〕柳永：〈雨霖鈴〉，唐圭璋編：《全宋詞》，冊一，頁21。

〔註93〕俞彥《爰園詞話》論〈雨霖鈴〉曰：「且柳詞亦只此佳句，餘皆未稱。而亦有本，祖魏承班〈漁歌子〉『窗外曉鶯殘月』，第改二字增一字耳」，〔明〕俞彥：《爰園詞話》，「柳詞之所本」條，唐圭璋編：《詞話叢編》，冊一，頁402。

景，感人至深，故能度越前作，傳誦千古。姜遴〈讀柯南陔幔亭集〉
詩曰：「曾讀屯田一卷詞，曉風殘月起相思」，〔註94〕推賞「曉風殘月」
足以興發相思，而黃承吉〈春日雜興十二首〉之九亦曰：

> 曉風殘月鎮情媒，草落花茵掃不開；錦瑟年華誰與度，一
> 春腸斷賀方回。〔註95〕

黃氏稱賞「曉風殘月」一句乃情感之媒介，既爲景語，又爲情語，更
由此句興發其春日雜感。至於此絕次句不僅敘寫花事、春景，亦以飄
落、枕藉之花草象喻心中紛雜鬱結之情懷。

　　〈雨霖鈴〉一詞絕詣獨造，即使貶損柳詞之論者亦難妄加否定。
清初宋犖有言：「耆卿詞以『關河冷落，殘照當樓』與『楊柳岸、曉
風殘月』爲佳，它亦未盡稱是」，〔註96〕於《樂章集》只賞〈雨霖鈴〉、
〈八聲甘州〉二篇。而王僧保更只推許〈雨霖鈴〉而已，其〈論詞絕
句〉之一九曰：

> 波翻太液名虛負，祗博當筵買笑錢；不是曉風殘月句，未
> 應一代有屯田。〔註97〕

首句乃就〈醉蓬萊〉發論，意謂柳永此篇應制之作紕謬迭出，〔註98〕
可見其人浪得虛名。羅燁《醉翁談錄》曾載：「耆卿居京華，暇日遍

〔註94〕〔清〕姜遴：〈讀柯南陔幔亭集〉，〔清〕沈季友編：《檇李詩繫》（臺
　　　北：臺灣商務印書館，1986 年，《景印文淵閣四庫全書》冊一四七五），
　　　卷四十一，頁 968。
〔註95〕〔清〕黃承吉：〈春日雜興十二首〉之九，《夢陔堂詩集》（臺北：臺
　　　灣大學圖書館藏，清咸豐元年江都黃氏家刊本），卷十八，頁 3 上。
〔註96〕〔清〕宋犖：〈跋曹實菴詠物詞〉，《宋氏全集·西陂類稿》（北京：
　　　北京圖書館出版社，2006 年，《華東師範大學圖書館藏稀見叢書匯刊》
　　　冊九），卷二十八，頁 170。此外，田同之亦有類似之說：「耆卿詞以
　　　『關河冷落，殘照當樓』與『楊柳岸、曉風殘月』爲佳，非是則淫
　　　以褻矣」，〔清〕田同之：《西圃詞說》，「辛柳詞佳處」條，唐圭璋
　　　編：《詞話叢編》，冊二，頁 1453。
〔註97〕〔清〕王僧保：〈論詞絕句〉之一九，見況周頤：《阮盦筆記五種·
　　　選巷叢譚》（臺北：新文豐出版公司，1989 年，《叢書集成續編》冊
　　　二十四），卷二，頁 690。
〔註98〕有關柳永〈醉蓬萊〉之缺失，詳見上文譚瑩〈論詞絕句一百首〉之
　　　二五「空傳飲水處能歌，誰使言飜太液波」之析論。

遊妓館。所至，妓者愛其有詞名，能移宮換羽，一經品題，聲價十倍。妓者多以金物資給之」；〔註 99〕而王僧保此絕次句更謂柳永只適合於秦樓楚館填製新詞，以爲追歡買笑之資，難登大雅之堂。而三、四句則謂柳永能於宋代詞壇占有一席之地，全賴〈雨霖鈴〉、「曉風殘月」之佳製、雋句。

柳永〈雨霖鈴〉一詞勝稱人口，甚至成爲界定詞人、詞作地位之準據。譚瑩〈論詞絕句又三十六首（專論嶺南人）〉論李昴英（1201～1257，字俊明，諡忠簡，有《文溪集》）曰：

> 不知履貫亦稱工（楊升菴《詞品》謂昴英資州盤石人，〈蘭陵王〉一詞絕妙），忠簡生平六一同；獨說蘭陵王一闋，曉風殘月柳郎中（見《文溪集》孫文燦跋）。〔註 100〕

此絕三、四句評賞李昴英〈蘭陵王〉詞。李文燦〈書忠簡先公後集〉稱其先祖「獨小詞情致斐然，曉風殘月，何減柳七郎風味，比之東坡，不至煩丈二將軍銅琵琶鐵綽板也」，〔註 101〕推賞李昴英詞作纏綿倩麗，無愧柳永，譚瑩進而標舉李昴英之〈蘭陵王〉當可比肩柳永之〈雨霖鈴〉。觀〈蘭陵王〉一詞，〔註 102〕形容女子之心緒、體態、動作，描摹閨中、戶外之景致，雖屬「男子而作閨音」以寫「春女善懷」，異於〈雨霖鈴〉之以男性口吻自敘清秋遠役之別情相思，然其鋪敘展

〔註 99〕　〔宋〕羅燁：《醉翁談錄》（臺北：世界書局，1975 年，《中國筆記小說名著》第一集，冊七），丙集，卷二，頁 32。

〔註 100〕　〔清〕譚瑩：〈論詞絕句又三十六首（專論嶺南人）〉之三，《樂志堂詩集》，卷六，頁 481。

〔註 101〕　〔清〕李文燦：〈書忠簡先公後集〉，見錄於〔宋〕李昴英：《文溪存稿》（北京：商務印書館，2005 年，《文津閣四庫全書》冊三九四），〈事文考〉，頁 607。

〔註 102〕　〈蘭陵王〉全詞如下：「燕穿幕。春在深深院落。單衣試，龍沫旋薰，又怕東風曉寒薄。別來情緒惡。瘦得腰圍柳弱。清明近，正似海棠，怯雨芳蹤任飄泊。　釵留去年約。恨易老嬌鶯，多誤靈鵲。碧雲杳渺天涯各。望不斷芳草，更迷香絮，回文強寫字屢錯。淚欲注還閣。　孤酌。住春腳。便彩局誰忺，寶軫慵學。階除拾取飛花嚼。是多少春恨，等閒吞卻。闌干猛拍，歎命薄，悔舊諾」，唐圭璋編：《全宋詞》，冊四，頁 2867。

衍之技法、纏綿執著之情思、婉約柔媚之詞風，確實近於〈雨霖鈴〉。然潘飛聲〈論嶺南詞絕句〉之四論李昴英則反對以〈蘭陵王〉比〈雨霖鈴〉，詩曰：

> 曉風殘月酒懷孤，深院春情比似無；做得芳菲詞句好，雕瓊全不費工夫。（孫文璨跋《文溪集》，以〈蘭陵王〉一詞比之「曉風殘月」，其實不倫也。余最愛忠簡〈摸魚兒〉調：「燕忙鶯懶春無賴，懶爲好花遮護。渾不顧。費多少工夫，做得芳菲聚」等句。）〔註103〕

潘氏顯然較爲固守詞作之主旨，認爲柳永〈雨霖鈴〉：「今宵酒醒何處，楊柳岸、曉風殘月」，抒發飄泊遠役之孤獨情懷，而李昴英〈蘭陵王〉呈現晚春深院之相思閨怨，二者並不相類，不宜強加比附。至於此絕三、四句則化用李昴英〈摸魚兒〉（曉風癡、繡簾低舞）歎惋春花凋零之「燕忙鶯懶春無賴，懶爲好花遮護。渾不顧。費多少工夫，做得芳菲聚」〔註104〕數句，讚賞此等詞句鏤玉雕瓊而不露斧鑿痕跡之功力。要之，譚瑩、潘飛聲論李昴英之〈蘭陵王〉各有論據，惟柳永〈雨霖鈴〉之爲評詞標竿，則毋庸置疑。〔註105〕

（二）〈八聲甘州〉

柳永素以羈旅行役之作見稱於世，陳振孫《直齋書錄解題》稱其「尤工於羈旅行役」，〔註106〕陳廷焯《白雨齋詞話》亦曰：「耆卿詞，

〔註103〕〔清〕潘飛聲：〈論嶺南詞絕句〉之四，見何藻輯：《古今文藝叢書》（揚州：江蘇廣陵古籍刻印社，1995 年），冊上，頁 345。惟李文燦〈書忠簡先公後集〉僅稱李昴英詞風近於柳永，未見潘飛聲案語所謂以〈蘭陵王〉比〈雨霖鈴〉。

〔註104〕〔宋〕李昴英：〈摸魚兒〉（曉風癡、繡簾低舞），唐圭璋編：《全宋詞》，冊四，頁 2867。

〔註105〕除〈蘭陵王〉外，毛晉亦謂李昴英之諸闋〈摸魚兒〉可抗軼柳永〈雨霖鈴〉，其〈文溪詞跋〉曰：「余讀〈摸魚兒〉諸篇，其佳處豈遜『楊柳外、曉風殘月』耶？」（〔明〕毛晉：〈文溪詞跋〉，見所輯《宋六十名家詞》之《文溪詞》，上海：上海古籍出版社，1992 年，頁 513）。

〔註106〕〔宋〕：陳振孫著，徐小蠻、顧美華點校：《直齋書錄解題》，卷二

善於鋪敘，羈旅行役，尤屬擅長」，﹝註107﹞而〈八聲甘州〉即爲此中
傑作，全詞如下：

> 對瀟瀟、暮雨灑江天，一番洗清秋。漸霜風淒慘，關河冷
> 落，殘照當樓。是處紅衰翠減，苒苒物華休。惟有長江水，
> 無語東流。　　不忍登高臨遠，望故鄉渺邈，歸思難收。
> 歎年來蹤迹，何事苦淹留。想佳人、妝樓顒望，誤幾回、
> 天際識歸舟。爭知我、倚闌干處，正恁凝愁。﹝註108﹞

清代論詞絕句有關〈八聲甘州〉之評論，前舉譚瑩〈論詞絕句一
百首〉之二六讚其「譜入紅牙板最宜」，高旭〈論詞絕句三十首〉之
一三則曰：

> 流水寒雅秦學士，霜風殘照柳屯田；兩家才思眞淒絕，合
> 是空山叫杜鵑。﹝註109﹞

此絕係將〈八聲甘州〉與秦觀〈滿庭芳〉（山抹微雲）合論，稱讚二
者之「淒絕」情感。細繹〈八聲甘州〉上片展衍蒼茫、冷清、蕭索
之遠近秋景，「漸」、「苒苒」之字詞強化時光之流逝，又以長江之東
流不息對照物華之凋殘消歇，雖爲寫景之筆，實已寄寓日月逾邁而貧
士失職之悲慨。下片開端逕抒遷逝淹留、懷土念歸之哀感，續言佳人
殷切佇盼，相較直抒己懷，更見紆徐層深之致；逮乎歇拍，始點明
倚欄興愁之題旨。柳永此作寫景、抒情交融，直言、曲筆紛陳，委婉
訴盡悲秋歎逝、落拓失意、思鄉傷離、懷人念遠之無限愁情，羈旅行
役之苦淒惻至極，令人興發「不如歸去」之慨歎，此正高旭所謂「合

　　十一「歌詞類」之「《樂章集》九卷」，頁 616。

﹝註107﹞　〔清〕陳廷焯：《白雨齋詞話》，卷一「耆卿詞善于鋪敘」條，唐圭
　　　　　璋編：《詞話叢編》，冊四，頁 3783。

﹝註108﹞　〔宋〕柳永：〈八聲甘州〉，唐圭璋編：《全宋詞》，冊一，頁 43。

﹝註109﹞　〔清〕高旭：〈論詞絕句三十首〉之一三，見〔清〕高旭著，郭長
　　　　　海、金菊貞編：《高旭集》（北京：社會科學文獻出版社，2003 年），
　　　　　上編《天梅遺集》，卷三〈未濟廬詩〉，頁 79。案：「流水寒雅秦學
　　　　　士」之「雅」，乃「鴉」之古字，又「合是空山叫杜鵑」句，《南社
　　　　　叢刻》（揚州：江蘇廣陵古籍刻印社，1996 年影印），二集（1910
　　　　　年）所載高旭〈論詞絕句三十首〉，作「似向空山聞杜鵑」。

是空山叫杜鵑」也。此外，高旭此絕上聯擷取名句、並稱秦柳之作法，令人思及蘇軾所言「山抹微雲秦學士，露花倒影柳屯田」，然立意有別，蘇軾批評秦觀、柳永詞風卑弱，而高旭則激賞二人淒絕之詞情。

（三）〈望海潮〉

柳永生逢北宋仁宗盛世，而其《樂章集》所呈現之太平氣象，向為人所樂道，曾任史官之范鎮（蜀公）歎曰：「當仁廟四十二年太平，吾身為史官二十年，不能贊述，而耆卿能盡形容之」，〔註110〕坦言柳詞唱頌治平凌駕其史筆，李之儀亦稱柳詞「形容盛明，千載如逢當日」。〔註111〕而〈望海潮〉堪為此類詞作之代表：

> 東南形勝，三吳都會，錢塘自古繁華。煙柳畫橋，風簾翠幕，參差十萬人家。雲樹繞堤沙。怒濤卷霜雪，天塹無涯。市列珠璣，戶盈羅綺競豪奢。　　重湖疊巘清嘉。有三秋桂子，十里荷花。羌管弄晴，菱歌泛夜，嬉嬉釣叟蓮娃。千騎擁高牙。乘醉聽簫鼓，吟賞煙霞。異日圖將好景，歸去鳳池誇。〔註112〕

上片總括杭州之優越地理與繁榮歷史，點染楊柳、河橋之勝跡，摹寫民居之雅緻與戶口之繁庶，描繪錢塘江潮之壯麗險要、市肆居民之殷富奢華，過片聚焦於西湖，鋪敘水光山色、桂子荷花之自然美景，展衍杭人快意嬉遊、知州風流俊賞之人文盛概，末結祝頌知州晉升中央要職。其中「有」字領起「三秋桂子」、「十里荷花」之精工儷句，時空對舉，提攝西湖夏荷、秋桂之典型好景，尤為千古佳句。

鄭方坤〈論詞絕句三十六首〉之一三論〈望海潮〉曰：

〔註110〕　〔宋〕謝維新編：《古今合璧事類備要・後集》（臺北：臺灣商務印書館，1985年，《景印文淵閣四庫全書》冊九四○），卷四十二，頁134。
〔註111〕　〔宋〕李之儀：〈跋吳思道小詞〉，《姑溪居士全集・文集》（北京：中華書局，1985年，《叢書集成初編》），卷四十，頁310。
〔註112〕　〔宋〕柳永：〈望海潮〉，唐圭璋編：《全宋詞》，冊一，頁39。

歌管錢塘賦勝遊，荷花十里桂三秋；流連景物終南渡，不
記中原有汴州。（柳耆卿〈望海潮〉一詞，極賦錢塘形勝，
流傳久之，遂啓敵人南牧之釁，然逆亮即于是役殞命，未
足恨也。唯是鋪張湖山佳麗，使士大夫狃于逸樂，遂忘中
原。則盧陵羅大經所議，要不為無見也已。）〔註113〕

由鄭氏之自注，知其所論本羅大經之說，而羅氏《鶴林玉露》記〈望
海潮〉曰：

此詞流播，金主亮聞歌，欣然有慕於「三秋桂子、十里荷
花」，遂起投鞭渡江之志。近時謝處厚詩云：「誰把杭州曲
子謳？荷花十里桂三秋；那知草木無情物，牽動長江萬里
愁。」余謂此詞雖牽動長江之愁，然卒為金主送死之媒，
未足恨也。至於荷豔桂香，粧點湖山之清麗，使士夫流連
於歌舞嬉遊之樂，遂忘中原，是則深可恨耳。因和其詩云：
「殺胡快劍是清謳，牛渚依然一片秋；卻恨荷花留玉輦，
竟忘煙柳汴宮愁。」蓋靖康之亂，有題詩于舊京宮牆云：「依
依煙柳拂宮牆，宮殿無人春晝長。」〔註114〕

史載金主海陵王完顏亮於正隆六年（南宋高宗紹興三十一年，1161）
親自領軍南下攻宋，陸路、水路並進，騷擾江淮、西蜀一帶，宋、金
雙方曾於長江兩岸多次激戰，揚州、和州等地飽受兵禍，海陵王復集
舟師於瓜洲渡，欲渡江至南岸，而浙西兵馬都統制完顏元宜等軍謀
反，遇弒。〔註115〕而據羅大經所記，海陵王之興兵侵宋，乃因嚮往
柳永〈望海潮〉所詠「三秋桂子」、「十里荷花」之美景，謝處厚之詩
亦謂柳永〈望海潮〉詞詠讚杭州荷花、桂子之佳妙，引發長江兵燹之
愁苦。羅大經更謂海陵王亦於侵宋之役斃命，而〈望海潮〉真可議者，
端在極寫杭州花木、山水之清麗，遂令士夫安於逸樂，不思收復中原，

〔註113〕〔清〕鄭方坤：〈論詞絕句三十六首〉之一三，《蔗尾詩集》，卷五
〈木石居後草〉，頁314。
〔註114〕〔宋〕羅大經撰，王瑞來點校：《鶴林玉露》（北京：中華書局，1983
年），丙編，卷一「十里荷花」條，頁241～242。
〔註115〕詳參〔元〕脫脫等撰：《金史》（臺北：鼎文書局，1976 年），卷五
〈海陵本紀〉，頁115～117。

故其和詩上聯稱譽〈望海潮〉令海陵王伏誅，傷悼長江岸邊牛渚等地戰後之蕭條，下聯則對君臣耽溺「三秋桂子、十里荷花」之樂遊以致忘卻靖康之恥，深致慨歎。而鄭方坤此絕實爲和謝、羅韻之作，次句更直襲謝詩成句，至其意旨則紹述羅詩論點，詆訶柳永〈望海潮〉鋪陳杭州佳致快遊，備足無餘，導致宋室士夫眷戀流連、偏安江左，終究泯沒北伐之雄圖。

　　其實〈望海潮〉乃柳永於至和元年（1054）投贈杭州知州孫沔之作，〔註 116〕孫沔彊直敢言，兼具治才武略，時「自樞密副使以資政殿學士出知杭州」。〔註 117〕既爲太平時代進呈顯宦之作，頌讚麗景勝遊自屬必然。再者，杭州本就山明水秀、物阜民康，南宋君臣身歷其境而貪圖富足安樂，深究金甌半缺之因端在苟安怯戰之心態，焉能罪責柳永〈望海潮〉之鋪張湖山清麗？羅大經、鄭方坤之論過矣！似此深文羅織，歌詠杭州之佳什如王安石〈杭州呈勝之〉詩、蘇軾〈飲湖上初晴後雨二首〉詩、潘閬憶念杭州之十闋〈酒泉子〉詞，〔註 118〕

〔註 116〕楊湜《古今詞話》：「柳耆卿與孫相何爲布衣交。孫知杭州，門禁甚嚴，耆卿欲見之不得，作〈望海潮〉詞，往謁名妓楚楚曰：『欲見孫相，恨無門路。若因府會，願借朱脣歌於孫相公之前。若問誰爲此詞，但說柳七。』中秋府會，楚楚宛轉歌之，孫即日迎耆卿預坐」（〔宋〕楊湜：《古今詞話》，「柳永」條，唐圭璋編：《詞話叢編》，冊一，頁 26），又羅大經《鶴林玉露》：「孫何帥錢塘，柳耆卿作〈望海潮〉詞贈之云：『東南形勝，……歸去鳳池誇』」（〔宋〕羅大經撰，王瑞來點校：《鶴林玉露》，丙編，卷一「十里荷花」條，頁 241），均載柳永作〈望海潮〉投贈孫何，然據吳熊和之考訂，此詞當爲至和元年（1054）投贈杭州知州孫沔之作，詳見吳熊和：〈柳永與孫沔的交游及柳永卒年新證〉，《吳熊和詞學論集》，頁 196～206。

〔註 117〕〔元〕脫脫等撰：《宋史》（北京：中華書局，1990 年），卷二一一〈宰輔表第二〉，頁 5475。

〔註 118〕〔宋〕王安石〈杭州呈勝之〉曰：「游觀須知此地佳，紛紛人物敵京華。林巒臘雪千家水，城郭春風二月花。彩舫笙簫吹落日，畫樓燈燭映殘霞。如君援筆宜摹寫，寄與塵埃北客誇」，北京大學古文獻研究所編：《全宋詩》（北京：北京大學出版社，1992 年），冊十，頁 6768～6769。〔宋〕蘇軾〈飲湖上初晴後雨二首〉曰：「朝曦迎客艷重岡，晚雨留人入醉鄉。此意自佳君不會，一杯當屬水仙王」、

皆可入罪，豈不冤哉！雖然，由羅大經、謝處厚、鄭方坤之論述，亦
見柳永〈望海潮〉之形容承平景象何其真切，一曲清謳足以開啓戰端、
誅殺敵寇，甚至形成偏安政局，令人稱奇！

　　而謝啓昆〈讀《中州集》倣元遺山論詩絕句六十首〉之二曰：
　　　湖山景勝一江分，異國君臣艷聽聞；不唱耆卿海潮曲，何
　　　來十萬射雕軍。（海陵王）〔註119〕
此絕雖論海陵王完顏亮，實亦本羅大經《鶴林玉露》之說，意謂柳永
〈望海潮〉詠讚杭州「重湖疊巘清嘉。有三秋桂子，十里荷花」之湖
山勝景，傳唱久遠，金國君臣聞歌艷羡，遂興大軍南侵。

　　除卻〈雨霖鈴〉、〈八聲甘州〉與〈望海潮〉，鄭方坤〈論詞絕句
三十六首〉之一四曰：「賀家梅子句通靈，學士屯田比尹邢；隻字單
詞足千古，不將畫壁羨旗亭」，〔註120〕論及柳永〈破陣樂〉（露花倒
影）一詞，評賞該詞堪與賀鑄〈橫塘路〉、秦觀〈滿庭芳〉（山抹微雲）
聯鑣並轡而傳誦千古，本文留待論賀鑄時析論。

　　綜觀清代論詞絕句作者論贊柳永，有箋說生平者：沈初稱柳永人
品儇薄而詞格低下，不及秦觀雅正；汪筠細察柳永懷才不遇而冶遊填
詞之悲慨；李其永傷悼柳永流留坊曲、隨世浮沉之無奈；宋翔鳳謂柳
永淺斟低唱以寄寓失意怨悱之情，所作掩抑頓挫而合乎正聲；謝啓昆
以「弔柳會」表述世人追賞柳永之風流俊邁；沈道寬唱歎柳永淪落才
子之形象深受歌妓認同、緬懷；華長卿詠讚柳永冶遊填詞而備受樂
工、歌妓與世人推尊；王士禛則指柳永葬於真州城西仙人掌。另有辨

　　　「水光瀲灔晴方好，山色空濛雨亦奇。若把西湖比西子，淡粧濃抹
　　　總相宜」，〔清〕王文誥輯註，孔凡禮點校：《蘇軾詩集》（北京：
　　　中華書局，1982年），冊二，卷九，頁430。〔宋〕潘閬：〈酒泉子〉，
　　　詳見唐圭璋編：《全宋詞》，冊一，頁5～6。
〔註119〕〔清〕謝啓昆：〈讀《中州集》倣元遺山論詩絕句六十首〉之二，《樹
　　　經堂詩初集》，卷十二〈晉陽草〉，頁151。
〔註120〕〔清〕鄭方坤：〈論詞絕句三十六首〉之一四，《蔗尾詩集》，卷五
　　　〈木石居後草〉，頁314。

析詞風者：章愷貶抑柳永多數詞作近於「淫哇」；江昱亦以「淫哇」概括柳永詞風；孫爾準反對柳詞「淫哇」之說，以其別有自然、清新、平淡等優點；汪筠以柳永「淺斟低唱」之婉約對比蘇軾「海雨天風」之豪放；鄭方坤亦以柳詞宜付「紅牙拍」之婉約對比蘇詞宜付「鐵綽板」之豪放；譚瑩感喟柳永詞作瑕瑜互見、評價不易，並讚柳永佳什深契婉約詞風。尚有評賞名篇者：黃承吉賞〈雨霖鈴〉之「曉風殘月」乃興發情感之媒介；王僧保謂柳永幸賴〈雨霖鈴〉而留名詞壇；譚瑩、潘飛聲俱以〈雨霖鈴〉為準據評騭李昂英〈蘭陵王〉；高旭歡賞〈八聲甘州〉「不如歸去」之淒絕詞情；鄭方坤非議〈望海潮〉暢敘杭州好景樂遊，終使宋室偏安江左；謝啓昆稱述〈望海潮〉展衍杭州勝景而引來胡馬窺江。

　　汪筠、李其永剖析柳永失志不偶而寄情聲樂之無奈，直探詞人幽微心曲。宋翔鳳以自身創作經驗闡發柳詞之寄託，當屬深造有得之論。謝啓昆、沈道寬、華長卿以傳播、接受之視角審視柳永之冶遊塡詞，客觀得實。而孫爾準洞察柳詞淺俗之佳處，用以針砭浙派末流之枯寂空泛，殊值肯定。至若汪筠、鄭方坤、譚瑩等人闡揚柳詞之婉約，相較諸多清代詞話之掎摭淫俗，更能深掘柳詞之價值。然沈初囿於「文如其人」之見，貶抑柳永詞品如其人品之卑下，失之武斷，而王僧保獨賞〈雨霖鈴〉，至謂柳永塡詞「祇博當筵買笑錢」，持論過於嚴苛、偏頗，又鄭方坤罪責〈望海潮〉鋪陳杭州富麗而使南宋士夫忘卻北伐，深文羅織，誠不足取。

第二節　論張先

　　張先（990～1078），字子野，湖州烏程（今浙江湖州）人，曾知安州（安陸，今湖北安陸），人稱「張安陸」，[註121] 以尚書都官郎

〔註121〕詳見〔宋〕張先著，吳熊和、沈松勤校注：《張先集編年校注》（杭州：浙江古籍出版社，1996 年），附錄三〈張先事跡補正〉之「張先知安陸考」，頁 286～289。

中致仕，著有《安陸集》、《張子野詞》。清代論詞絕句有關張先之評論，約可歸納爲：「三影」雋句，蜚聲詞壇；風流韻事，哀愁詞情；張、柳齊名，較論爭勝等三端，以下逐項析論。

一、「三影」雋句，蜚聲詞壇

張先素有「張三中」、「張三影」之稱，李頎《古今詩話》曰：

有客謂子野曰：「人皆謂公『張三中』，即『心中事，眼中淚，意中人』也。」公曰：「何不目之爲『張三影』。」客不曉，公曰：「『雲破月來花弄影』；『嬌柔懶起，簾壓捲花影』；『柳徑無人，墮風絮無影』，此余平生所得意也。」〔註122〕

其意蓋謂：世人賞愛張先之「心中事，眼中淚，意中人」而稱其「張三中」，〔註123〕張先則以平生寫「影」之三妙句自詡，欲以「張三影」取代「張三中」。而陳聶恒有詩論及此事，其〈讀宋詞偶成絕句十首〉之八曰：

三影郎中老放顛，自標好句與人傳；尚書紅杏詞人耳，何事歐公也見憐。〔註124〕

一、二句寫張先老來狂放，自選三影佳句與人流播。細玩張先所自豪之三影句：「雲破月來花弄影」，出自〈天仙子·時爲嘉禾小倅，以病眠不赴府會〉，〔註125〕描摹花月靈動之景，反襯己身淒寂之情，「弄」

〔註122〕〔宋〕胡仔：《苕溪漁隱叢話》，前集，卷三十七「張子野」條引李頎《古今詩話》，收於吳文治主編：《宋詩話全編》（南京：鳳凰出版社，1998年），冊四《胡仔詩話》，頁3776。

〔註123〕「三中」句見〈行香子〉，全詞如下：「舞雪歌雲。閒淡妝勻。藍溪水、深染輕裙。酒香醺臉，粉色生春。更巧談話，美情性，好精神。　　江空無畔，凌波何處，月橋邊、青柳朱門。斷鐘殘角，又送黃昏。奈心中事，眼中淚，意中人」，唐圭璋編：《全宋詞》（臺北：文光出版社，1983年），冊一，頁81。

〔註124〕〔清〕陳聶恒：〈讀宋詞偶成絕句十首〉之八，《栩園詞棄稿》，卷四，見吳熊和主編：《唐宋詞匯評（兩宋卷）》（杭州：浙江教育出版社，2004年），冊五，附錄吳熊和、陶然輯「清人論詞絕句」，頁4388。

〔註125〕〈天仙子·時爲嘉禾小倅，以病眠不赴府會〉全詞如下：「水調數

字尤其尖新響亮；「嬌柔懶起，簾壓捲花影」，後句亦作「簾押殘花影」，出自〈歸朝歡〉（聲轉轆轤聞露井），〔註126〕敘寫初日映照，花影掠過簾押（鎮簾之具），可見佳人徹夜閨思之深重芊綿；「柳徑無人，墮風絮無影」，亦作「柔柳搖搖，墜輕絮無影」，出自〈翦牡丹·舟中聞雙琵琶〉，〔註127〕刻劃柳絮之飛墜，「無影」二字盡顯輕盈夭矯之姿。要之，張先此三影句形容物象精妙傳神，藉寫虛影增添空靈、朦朧之美，而前二影更能以景襯情，宜其自鳴得意而「自標好句與人傳」。而此絕之「尚書紅杏詞人耳」，當指宋祁（998～1061，字子京，諡景文，曾任工部尚書）會見張先之事，范正敏《遯齋閑覽》載：

> 張子野郎中，以樂章擅名一時。宋子京尚書奇其才，先往見之，遣將命者，謂曰：「尚書欲見『雲破月來花弄影』郎中乎？」子野屏後呼曰：「得非『紅杏枝頭春意鬧』尚書邪？」遂出，置酒盡歡。蓋二人所舉，皆其警策也。〔註128〕

是知宋祁、張先各以警句代稱對方，彼此知賞深契，把酒共樂。而宋

聲持酒聽。午醉醒來愁未醒。送春春去幾時回，臨晚鏡。傷流景。往事後期空記省。　沙上並禽池上暝。雲破月來花弄影。重重簾幕密遮燈，風不定。人初靜。明日落紅應滿徑」，唐圭璋編：《全宋詞》，冊一，頁70。

〔註126〕〈歸朝歡〉全詞如下：「聲轉轆轤聞露井。曉引銀瓶牽素綆。西園人語夜來風，叢英飄墜紅成徑。寶猊煙未冷。蓮臺香蠟殘痕凝。等身金，誰能得意，買此好光景。　粉落輕妝紅玉瑩。月枕橫釵雲墜領。有情無物不雙棲，文禽只合常交頸。畫長歡宣定。爭如翻作春宵永。日瞳曨，嬌柔懶起，簾押殘花影」，唐圭璋編：《全宋詞》，冊一，頁64。

〔註127〕〈翦牡丹·舟中聞雙琵琶〉全詞如下：「野綠連空，天青垂水，素色溶漾都淨。柔柳搖搖，墜輕絮無影。汀洲日落人歸，修巾薄袂，擷香拾翠相競。如解淩波，泊煙渚春暝。　綵絛朱索新整。宿繡屏、畫船風定。金鳳響雙槽，彈出今古幽思誰省。玉盤大小亂珠迸。酒上妝面，花豔媚相並。重聽。盡漢妃一曲，江空月靜」，唐圭璋編：《全宋詞》，冊一，頁79。

〔註128〕〔宋〕胡仔：《苕溪漁隱叢話》，前集，卷三十七「張子野」條引范正敏《遯齋閑覽》，收於吳文治主編：《宋詩話全編》，冊四《胡仔詩話》，頁3775。

祁塤詞雖屬「以其餘力遊戲」，〔註129〕然能寫出「紅杏枝頭春意鬧」之佳句，又能推重張先之詞才與雋句，可謂深諳箇中三昧，故陳聶恒直呼其「詞人耳」。至於此絕末句敘及張先謁見歐陽脩，事見李頎《古今詩話》：

> 子野嘗作〈天仙子〉詞云：「雲破月來花弄影」，士大夫多
> 稱之。張初謁見歐公，迎謂曰：「好『雲破月來花弄影』，
> 恨相見之晚也。」〔註130〕

可見歐陽脩激賞張先名句「雲破月來花弄影」，悵恨見面之晚。而陳聶恒曰：「何事歐公也見憐」，殆謂歐陽脩乃一代儒宗，且為宰輔重臣、文章鉅公，然亦雅愛小詞，稱美張先之「雲破月來花弄影」，可見此句當真精妙絕倫、豁人心目。

陳聶恒此絕稱張先「自標好句與人傳」，係隱括《古今詩話》所載「張三影」之事，惟所謂「張三影」另有他說，曾慥《高齋詩話》曰：

> 子野嘗有詩云：「浮萍斷處見山影」，又長短句云：「雲破月
> 來花弄影」，又云：「隔牆送過鞦韆影」，並膾炙人口，世謂
> 「張三影」。〔註131〕

此中所標舉之「雲破月來花弄影」同於《古今詩話》。另：「浮萍斷

〔註129〕 〔宋〕李之儀：〈跋吳思道小詞〉，《姑溪居士全集·文集》（北京：中華書局，1985年，《叢書集成初編》），卷四十，頁310。

〔註130〕 〔宋〕胡仔：《苕溪漁隱叢話》，前集，卷三十七「張子野」條引李頎《古今詩話》，收於吳文治主編：《宋詩話全編》，冊四《胡仔詩話》，頁3775。

〔註131〕 〔宋〕胡仔：《苕溪漁隱叢話》，前集，卷三十七「張子野」條引曾慥《高齋詩話》，收於吳文治主編：《宋詩話全編》，冊四《胡仔詩話》，頁3775。又陳師道《後山詩話》所記「三影」同於《古今詩話》（詳見〔宋〕陳師道：《後山詩話》，〔清〕何文煥輯：《歷代詩話》，臺北：漢京文化事業有限公司，1983年，冊一，頁308），而《吳興志》尚有不同說法，曰：「張先，字子野，登進士第，詩格清麗，尤長於樂府，有『雲破月來花弄影』、『浮蘋破處見山影』、『無數楊花過無影』之句，時號為『張三影』」（〔宋〕談鑰：《吳興志》，臺北：新文豐出版公司，1989年，《叢書集成續編》，卷十七，頁234）。

處見山影」，亦作「浮萍破處見山影」，出自〈題西溪無相院〉詩，
〔註132〕規摹溪面浮萍流散、山色倒映，精工別緻。而「隔牆送過秋
韆影」出自〈青門引・春思〉詞，〔註133〕描敘靜夜寥落之景，且以
別院之歡樂映襯己身之孤寂，不曰秋千影掠過，而曰月光「送」之，
又極尖巧。而謝啓昆〈讀全宋詩仿元遺山論詩絕句二百首〉之五七論
及張先之「三影」，即採《高齋詩話》之說，詩曰：

> 秋千三影泥郎中，傾倒詞場六一翁；燕燕鶯鶯狂興在，老
> 隨蝴蝶逐花叢。〔註134〕

首句意謂張先因「隔牆送過秋千影」等三影句勝稱人口，而世號「張
三影」，次句檃括《古今詩話》所載歐陽脩歎服張先「雲破月來花弄
影」之軼事。

　　雖「張三影」存有異說，然〈天仙子〉之「雲破月來花弄影」則
爲諸說之共識。不僅歐陽脩推賞該句，前引范正敏《遯齋閑覽》更載
宋祁以此美稱張先爲「『雲破月來花弄影』郎中」，而沈道寬〈論詞絕
句〉之一三綜論張先、宋祁，亦將該則美談檃括其中，詩曰：

> 六字猶人一字殊，春風紅杏宋尚書；何當更遇張三影，好
> 句交稱一笑初。〔註135〕

〔註132〕　〈題西溪無相院〉全詩如下：「積水涵虛上下清，幾家門靜岸痕
　　　　　平。浮萍破處見山影，小艇歸時聞棹聲。入郭僧尋塵裡去，過橋人
　　　　　似鑑中行。已憑暫雨添秋色，莫放修林礙月生」，北京大學古文獻
　　　　　研究所編：《全宋詩》（北京：北京大學出版社，1991 年），冊三，
　　　　　頁 1934。
〔註133〕　〈青門引・春思〉全詞如下：「乍暖還輕冷。風雨晚來方定。庭軒
　　　　　寂寞近清明，殘花中酒，又是去年病。　　樓頭畫角風吹醒。入夜
　　　　　重門靜。那堪更被明月，隔牆送過秋千影」，唐圭璋編：《全宋詞》，
　　　　　冊一，頁 83。
〔註134〕　〔清〕謝啓昆：〈讀全宋詩仿元遺山論詩絕句二百首〉之五七，《樹
　　　　　經堂詩初集》（上海：上海古籍出版社，2002 年，《續修四庫全書》
　　　　　冊一四五八），卷十一〈補史亭草下〉，頁 134。案：原稿「六一
　　　　　翁」、「燕」四字脫落，茲據郭紹虞、錢仲聯、王遽常編《萬首論詩
　　　　　絕句》（北京：人民文學出版社，1991 年）冊二頁 483 所錄此絕校
　　　　　補。
〔註135〕　〔清〕沈道寬：〈論詞絕句〉之一三，《話山草堂詩鈔》（臺北：臺

首句品騭宋祁名句「紅杏枝頭春意鬧」，該句出自〈玉樓春・春景〉，〔註 136〕其中「鬧」字喻示枝頭紅杏之競放爭豔，展現盎然生機、爛漫春光，一字之奇巧頓令全句神觀飛越。清初劉體仁曾讚：「『紅杏枝頭春意鬧』，一『鬧』字卓絕千古」，〔註 137〕而沈道寬曰：「六字猶人一字殊」，意謂「紅杏枝頭春意」六字凡人尚能道之，「鬧」字則超凡入聖矣！其後王國維亦稱：「『紅杏枝頭春意鬧』，著一『鬧』字，而境界全出」。〔註 138〕而此絕次句謂宋祁更以此春景佳句博得「『紅杏枝頭春意鬧』尚書」之雅號，春風得意。三、四句則寫宋祁、張先初次見面，各以「雲破月來花弄影」、「紅杏枝頭春意鬧」之「好句」「交稱」對方，嬉笑歡洽。

江昱〈論詞十八首〉之三更將張先、宋祁之以雋句互稱以及秦觀（1049～1100，字少游，一字太虛，號淮海居士）之佳語並論，詩曰：

> 紅杏尚書豔齒牙，郎中更與助聲華；天生好語秦淮海，流水孤邨數點鴉。〔註 139〕

一、二句謂宋祁「紅杏枝頭春意鬧」豔稱人口，張先「雲破月來花弄影」不遑多讓，二人相見互以警策標榜，聲譽榮耀著於詞壇。三、四句則論秦觀〈滿庭芳〉之好句，〔註 140〕且本晁補之讚語：「比來作者

灣大學圖書館藏，清光緒三年潤州権廧刊本），卷一，頁 37 上。

〔註 136〕 宋祁〈玉樓春・春景〉全詞如下：「東城漸覺風光好。縠皺波紋迎客棹。綠楊煙外曉寒輕，紅杏枝頭春意鬧。　　浮生長恨歡娛少。肯愛千金輕一笑。為君持酒勸斜陽，且向花間留晚照」，唐圭璋編：《全宋詞》，冊一，頁 116。

〔註 137〕 〔清〕劉體仁：《七頌堂詞繹》，「宋祁一鬧字卓絕千古」條，唐圭璋編：《詞話叢編》（臺北：新文豐出版公司，1988 年），冊一，頁622。

〔註 138〕 王國維：《人間詞話》，「鬧字與弄字」條，唐圭璋編：《詞話叢編》，冊五，頁 4240。

〔註 139〕 〔清〕江昱：〈論詞十八首〉之三，《松泉詩集》（臺南：莊嚴文化事業有限公司，1997 年，《四庫全書存目叢書》集部冊二八〇），卷一，頁 176。

〔註 140〕 秦觀〈滿庭芳〉全詞如下：「山抹微雲，天連衰草，畫角聲斷譙門。

皆不及秦少游，如『斜陽外，寒雅數點，流水繞孤村』，雖不識字人，亦知是天生好言語也」，〔註141〕蓋「斜陽外」數句摹寫蒼茫幽靜之黃昏景致，措語明白如話，絕去刻劃，即使不識字者亦能通曉。綜觀江昱此絕前後二聯之用意，殆就詞之造語立論：張先之「雲破月來花弄影」、宋祁之「紅杏枝頭春意鬧」善於煉字，尖新警醒；秦觀之「斜陽外，寒鴉萬點，流水繞孤村」長於白描，平實天然。二者手法有別，巧妙則一，均足垂範後人。

　　張先憑藉「三影」雋句博得「張三影」、「『雲破月來花弄影』郎中」之雅號，更以此奠定詞壇地位，劉過〈天仙子〉曰：「強持檀板近芳樽，雲過定。君須聽。低唱『月來花弄影』」，〔註142〕周密亦曾賦詩曰：「平生聞說張三影，十詠誰知有乃翁」，〔註143〕可見〈天仙子〉洎乎南宋猶見傳唱，張先「三影」詞名終宋不衰。而譚瑩〈論詞絕句一百首〉之二七曰：

　　　　歌詞餘技豈知音，三影名胡擅古今；碧牡丹繞歌一曲，頓
　　　　令同叔也情深。〔註144〕

此絕一、二句係以「三影」雋句駁斥張先填詞乃其餘技之說。蓋蘇軾

　　　　暫停征棹，聊共引離尊。多少蓬萊舊事，空回首、煙靄紛紛。斜陽外，寒鴉萬點，流水繞孤村。　　銷魂。當此際，香囊暗解，羅帶輕分。謾贏得、青樓薄倖名存。此去何時見也，襟袖上、空惹啼痕。傷情處，高城望斷，燈火已黃昏」，唐圭璋編：《全宋詞》，冊一，頁458。

〔註141〕〔宋〕趙令畤撰，孔凡禮點校：《侯鯖錄》（北京：中華書局，2002年），卷八「晁無咎論秦少游詞」條，頁205～206。案：「寒雅數點」之「雅」，乃「鴉」之古字。

〔註142〕〔宋〕劉過：〈天仙子〉，唐圭璋編：《全宋詞》，冊三，頁2154。

〔註143〕〔宋〕周密撰，張茂鵬點校：《齊東野語》（北京：中華書局，1983年），卷十五〈張氏十詠圖〉條，頁281。案：次句之「十詠誰知有乃翁」，係指張先之父張維，蓋張先曾圖其父十首詩作成〈十詠圖〉。

〔註144〕〔清〕譚瑩：〈論詞絕句一百首〉之二七，《樂志堂詩集》（上海：上海古籍出版社，2002年，《續修四庫全書》冊一五二八），卷六，頁477。

極爲推崇張先詩名，有言：「不禱自安緣壽骨，深藏難沒是詩名」、
〔註145〕「酒社我爲敵，詩壇子有功」，〔註146〕又曾並論張先詩、詞：
「清詩絕俗，甚典而麗。搜研物情，刮發幽翳。微詞宛轉，蓋詩之裔」，
〔註147〕詩稱「清詩」，詞稱「微詞」，又謂詞乃詩之末流餘波，可見
重詩輕詞之態度，更於〈題張子野詩集後〉直言：

> 張子野詩筆老妙，歌詞乃其餘技耳。〈湖州西溪〉云：「浮
> 萍破處見山影，小艇歸時聞草聲。」與余和詩云：「愁似
> 鰥魚知夜永，懶同胡蝶爲春忙。」若此之類，皆可以追
> 配古人。而世俗但稱其歌詞。昔周昉畫人物，皆入神品，
> 而世俗但知有周昉仕女，皆所謂未見好德如好色者歟？
> 〔註148〕

蘇軾列舉張先詩作佳聯，鄙薄世俗只賞其詞而殊不知詩作方爲絕詣。
然《四庫全書總目提要》曰：

> 然軾所舉二聯，皆涉纖巧，自此二聯外，今所傳者，惟〈吳
> 江〉一首稍可觀，然「欲圖江色不上筆，靜覓鳥聲深在蘆」
> 一聯，亦有纖巧之病。平心而論，要爲詞勝於詩，當時以
> 「張三影」得名，殆非無故。軾所題跋，當由好爲高論，
> 未可據爲定評也。〔註149〕

四庫館臣指出張先詩作小巧柔弱，成就不及歌詞，時人傳詠其「三
影」詞句，良有以也，蘇軾評語實有欠允當。茲檢視今傳張先詩作，

〔註145〕〔宋〕蘇軾：〈和致仕張郎中春晝〉，〔清〕王文誥輯註，孔凡禮點
　　　　校：《蘇軾詩集》（北京：中華書局，1982 年），冊二，卷八，頁
　　　　400。
〔註146〕〔宋〕蘇軾：〈元日次韻張先子野見和七夕寄莘老之作〉，〔清〕王
　　　　文誥輯註，孔凡禮點校：《蘇軾詩集》，冊二，卷九，頁 422。
〔註147〕蘇軾：〈祭張子野文〉，〔宋〕蘇軾撰，孔凡禮點校：《蘇軾文集》（北
　　　　京：中華書局，1996 年），冊五，卷六十三，頁 1943。
〔註148〕蘇軾：〈題張子野詩集後〉，〔宋〕蘇軾撰，孔凡禮點校：《蘇軾文
　　　　集》，冊五，卷六十八，頁 2146。
〔註149〕〔清〕永瑢等：《四庫全書總目提要》（臺北：臺灣商務印書館，1985
　　　　年，《合印四庫全書總目提要及四庫未收書目禁燬書目》），卷一九
　　　　八「《安陸集》提要」，頁 4421。

〔註150〕大抵著重字句之雕琢，整練工緻，少見雄渾氣象、高曠格局，細碎深狹不足名家，提要所言不虛矣。而譚瑩憲章《四庫全書總目提要》之說，頌讚張先「三影」雋句聲名遠大（「胡」有大、遠之義），誠爲古今詞壇之作手，蘇軾所謂「歌詞乃其餘技耳」非爲「知音」有得之論，張先實以詞見長也。

譚瑩稱張先「三影名胡擅古今」，而張峋亭亦由「三影」雋句論斷張先之「千古」詞壇地位，其〈論詞絕句〉之二曰：

> 一身花月張三影，千古評來此射雕；儷白妃青詞愈妙，好
> 教風調繼南朝。〔註151〕

一、二句謂張先吟詠好景良辰、男女情緣（「花月」可指美好之景致、時光；佳人才子之情緣），浪漫多情，而其「三影」雋句出類拔萃，傳頌千載，誠爲歷來詞家之射雕能手，令人折服。至於「儷白妃青」亦即「儷白駢青」、「抽青儷白」、「抽青媲白」、「抽黃儷白」、「抽黃對白」……等，意謂對仗工穩，是知此絕三、四句稱道張先擅用對句，錯綺交繡之句式令其詞作益發佳妙可喜，足以接武南朝整飭駢儷之文風。揆諸《張子野詞》，如〈木蘭花・和孫公素別安陸〉之「怨歌留待醉時聽，遠目不堪空際送」、〈南歌子〉之「蟬抱高高柳，蓮開淺淺波」與「浮世歡會少，勞生怨別多」，皆屬工整對句；〈少年游慢〉一詞更有「仙藥生香，輕雲凝紫」、「歌掌明珠滑。酒臉紅霞發」、「玉殿初宣，銀袍齊脫」、「花探都門曉，馬躍芳衢闊」四處對句；而〈菩薩蠻〉上片結句：「翠幕動風亭。時疑響屧聲」、下片起句：「花香聞水

〔註150〕據《全宋詩》所錄，張先存詩二十五首、三斷句，詳見北京大學古文獻研究所編：《全宋詩》，冊三，頁1933～1939。而《張先集編年校注》亦錄張先詩二十五首、三斷句，惟內容略有出入，詳見〔宋〕張先著，吳熊和、沈松勤校注：《張先集編年校注》，頁235～264。

〔註151〕〔清〕張峋亭：〈論詞絕句〉之二，仙源瘦坡山人輯：《習靜齋詩話》（宣統二年漢口普通印書館本），卷三，見吳熊和主編：《唐宋詞匯評（兩宋卷）》，冊五，附錄吳熊和、陶然輯「清人論詞絕句」，頁4429。

榭。幾誤飄衣麝」，過片作對，更見苦心孤詣。〔註152〕張嵫亭謂張先填詞「儷白妃青」，誠哉斯言！

　　「三影」雋句膾炙人口、雄峙千古，張先之擅於寫「影」毋庸置疑。除卻「三影」，又有論者稱揚張先其他寫「影」佳語，如〈木蘭花・乙卯吳興寒食〉之「中庭月色正清明，無數楊花過無影」，〔註153〕摹寫月光皎潔，柳絮飄颺迅捷輕盈，一派明淨幽寂，適與上片之繁華喧鬧形成對比，極具巧思。朱彝尊《靜志居詩話》評曰：「張子野〈吳興寒食詞〉：『中庭月色正清明，無數楊花過無影。』余嘗歎其工絕，在世所傳『三影』之上」；〔註154〕李調元《雨村詞話》亦曰：「『張三影』已勝稱人口矣，尚有一詞云：『無數楊花過無影。』合之應名『四影』」。〔註155〕此外，周曾錦有言：「此公專好繪影，亦是一癖」；〔註156〕而梁啟勳亦曾分析張先寫「影」之不同筆法，且曰：「可見此翁對於燈影、月影、水影，與夫各種之影，固具特殊興趣而別有會心者也」，〔註157〕強調張先對於寫「影」之偏好與心得。

　　凡此，在在可見張先允推寫「影」之大手筆，而其「三影」、「四影」等雋句更成寫「影」詞句之品評標竿。如盧祖皋〈謁金門〉之「風

〔註152〕　以上所引〈木蘭花・和孫公素別安陸〉、〈南歌子〉、〈少年游慢〉、〈菩薩蠻〉，分見唐圭璋編：《全宋詞》，冊一，頁74、67、79、58。

〔註153〕　〈木蘭花・乙卯吳興寒食〉全詞如下：「龍頭舴艋吳兒競。筍柱秋千游女並。芳洲拾翠暮忘歸，秀野踏青來不定。　　行雲去後遙山暝。已放笙歌池院靜。中庭月色正清明，無數楊花過無影」，唐圭璋編：《全宋詞》，冊一，頁75。

〔註154〕　〔清〕朱彝尊著，〔清〕姚祖恩編，黃君坦校點：《靜志居詩話》（北京：人民文學出版社，1990年），卷十六，頁496。

〔註155〕　〔清〕李調元：《雨村詞話》，卷一「四影」條，唐圭璋編：《詞話叢編》，冊二，頁1391。

〔註156〕　周曾錦：《臥廬詞話》，「張子野詞」條，唐圭璋編：《詞話叢編》，冊五，頁4646。

〔註157〕　梁啟勳將張先寫「影」筆法分為三類：以影字為韻腳而用重筆描寫者、輕描淡寫之影、寫影而不著影字者，詳見《曼殊室隨筆・詞論》（上海：上海書店，1991年，《民國叢書》第三編冊八十九），頁11～14。

不定。移去移來簾影」，〔註158〕純以白描之筆描摹風動簾影之態勢，沖淡自然，別有一番機趣。張伯駒《叢碧詞話》評曰：「盧蒲江〈謁金門〉詞：『風不定，移去移來簾影。』妙有禪境。張子野之『影』不能專美於前矣」，〔註159〕將盧氏所作比美張先寫「影」雋句。

　　而譚瑩〈論詞絕句一百首〉之四八論徐伸（生卒年不詳，字幹臣，號青山翁，著有《青山樂府》），亦以張先之「影」作爲準繩，詩曰：

　　　　碧山樂府世交稱，獨二郎神得未曾；攪碎一簾花影語，張郎中後竟誰能。〔註160〕

一、二句意謂王沂孫（1240？～1310？，號碧山，著有《花外集》，又名《碧山樂府》）詞世人交相稱譽，而徐伸詞今僅存〈轉調二郎神〉一闋，豈未曾見賞於世（「得」猶怎、那、豈）？黃昇《唐宋諸賢絕妙詞選》曾謂徐伸「有《青山樂府》一卷行于世，然多雜周詞，惟此一曲（案：即〈轉調二郎神〉），天下稱之」，〔註161〕可見此篇亦「世交稱」也。而譚瑩將王沂孫與徐伸並論，或因二人之號、詞集僅一字之差（王爲碧山，徐爲青山），甚相近也；惟王沂孫係以整體詞作著聞，徐伸則因單篇佳製得名。茲錄徐伸〈轉調二郎神〉詞如下：

　　　　悶來彈雀，又攪破、一簾花影。謾試著春衫，還思纖手，燻徹金爐爐冷。動是愁多如何向，但怪得、新來多病。想舊日沈腰，而今潘鬢，不堪臨鏡。　　　重省。別來淚滴，羅衣猶凝。料爲我厭厭，日高慵起，長托春酲未醒。雁翼不來，馬蹄輕駐，門閉一庭芳景。空竚立，盡日闌干倚遍，

〔註158〕〔宋〕盧祖皋：〈謁金門〉，唐圭璋編：《全宋詞》，冊四，頁2407。
〔註159〕張伯駒：《叢碧詞話》，張璋、職承讓、張驊、張伯寧編：《歷代詞話續編》（鄭州：大象出版社，2005年），冊下，頁807。
〔註160〕〔清〕譚瑩：〈論詞絕句一百首〉之四八，《樂志堂詩集》，卷六，頁478。
〔註161〕〔宋〕黃昇選編，鄧子勉校點：《唐宋諸賢絕妙詞選》，卷八，上海古籍出版社編：《唐宋人選唐宋詞》（上海：上海古籍出版社，2004年），冊下，頁669。

畫長人靜。〔註162〕

此詞係徐伸為「色藝冠絕，前歲以亡室不容，逐去」之侍兒所作，〔註163〕傾訴別後思致。上片敘寫己思佳人，撫今追昔，多愁多病，身瘦髮白，換頭揣想佳人念己，深情傷別，消頹無緒，末結數句綰合雙方，音書斷絕，相見無由，空自閉門謝客、倚欄凝佇。其中「起句從『舉頭聞鵲喜』翻出」，〔註164〕意謂鵲噪原當報喜，然「叵耐靈鵲多瞞語。送喜何曾有憑據」，〔註165〕希望落空，更添愁悶，怨懟鵲鳥無端捉弄，彈之使飛。次句描敘鵲鳥驚飛，掠過靜定之花叢，不寫實象而寫虛影，婉曲朦朧，而以花影橫遭鵲鳥「攪破」，用字亦極生新；再者，花影又被鵲鳥所壞，心緒又將隨之縈擾起伏。徐伸此句摹景、造語別具匠心，又能融情入景，難能可貴，故譚瑩曰：「張郎中後竟誰能」，推崇「又攪破、一簾花影」當可接武張先「雲破月來花弄影」等寫「影」雋句。而由譚瑩之論贊，張先寫「影」之宗師地位不言可喻。

此外，張先任職嘉禾（即秀州、嘉興）判官吟成〈天仙子〉「雲破月來花弄影」之佳製妙語，當地因有「花月亭」勝跡，陸游《入蜀記》載其乾道六年（1170）六月六日於秀州「赴郡集於倅廨中，坐花月亭，有小碑，乃張先子野『雲破月來花弄影』樂章，云得句於此亭也」。〔註166〕而朱彝尊〈鴛鴦湖櫂歌一百首〉暢敘故里嘉興府之歷史

〔註162〕〔宋〕徐伸：〈轉調二郎神〉，唐圭璋編：《全宋詞》，冊二，頁814。又：首二句《唐宋諸賢絕妙詞選》卷八作「悶來彈鵲，又攪碎、一簾花影」。

〔註163〕詳見〔宋〕王明清：《揮麈錄》（上海：上海書店，2009年），《揮麈餘話》卷二引「曾仲恭云」，頁233。又參〔宋〕張侃：《拙軒詞話》，「徐幹臣作轉調二郎神」條，唐圭璋編：《詞話叢編》，冊一，頁193～194。

〔註164〕〔清〕許昂霄：《詞綜偶評》，唐圭璋編：《詞話叢編》，冊二，頁1555。案：「舉頭聞鵲喜」為馮延巳〈謁金門〉（風乍起）之詞句。

〔註165〕敦煌詞〈鵲踏枝〉，曾昭岷、曹濟平、王兆鵬、劉尊明編：《全唐五代詞》（北京：中華書局，1999年），冊下，頁935。

〔註166〕〔宋〕陸游：《入蜀記》（北京：中華書局，1985年，《叢書集成初

人文、風土民情，曾論及張先與花月亭，詩曰：

> 倅廨偏宜置酒過，亭前花月至今多；不知三影吟成後，可載兜娘此地歌。〔註167〕

一、二句詠讚花月亭今時好景依舊，仍宜「水調數聲持酒聽」以上繼張先之風華。而三、四句涉及《侯鯖錄》所載張先與兜娘事：

> 張子野云：「往歲吳興守滕子京席上見小妓兜娘，子京賞其佳色。後十年，再見於京口，絕非頃時之容態，感之，作詩云：『十載芳洲採白蘋，移舟弄水賞青春。當時自倚青春力，不信東風解誤人。』」〔註168〕

張先詩作慨歎歲月無情，兜娘美人遲暮令人憐惜，而朱彝尊詩句則以諧謔口吻跳脫傷感，揣想張先當年賦得「三影」雋句之後，曾否偕同兜娘共遊倅廨之花月亭？

二、風流韻事，哀愁詞情

張先享壽八十九，生性浪漫風趣，詩詞俱有可觀；又逢北宋治世，歌舞歡會、文士雅集不輟，故岳珂稱其「壽俊耆耋，風流蘊藉，蓋蔚然承平典型也」。〔註169〕張先嘗與晏殊、宋祁、歐陽脩、王安石等人交遊，而小張先四十六歲之蘇軾亦於通判杭州期間與其酬唱甚歡。〔註170〕蘇軾曾謂張先：「投紱歸來萬事輕，消磨未盡只風情」，〔註171〕戲謔其致仕後風流依舊，又有詩作〈張子野年八十五，尚聞

編》），卷一，頁4。

〔註167〕〔清〕朱彝尊：〈鴛鴦湖櫂歌一百首〉之八，《曝書亭集》（臺北：臺灣商務印書館，1967年，《四部叢刊初編》），卷九，頁107。

〔註168〕〔宋〕趙令畤撰，孔凡禮點校：《侯鯖錄》，卷二「滕子京兜娘詩」條，頁71。

〔註169〕〔宋〕岳珂：〈張子野詩薰帖贊〉，《寶真齋法書贊》（北京：中華書局，1985年，《叢書集成初編》），卷十一，頁166。

〔註170〕蘇軾回憶此段忘年交誼有言：「我官于杭，始獲擁篲。歡欣忘年，脫略苛細」，蘇軾：〈祭張子野文〉，〔宋〕蘇軾撰，孔凡禮點校：《蘇軾文集》，冊五，卷六十三，頁1943。

〔註171〕〔宋〕蘇軾：〈和致仕張郎中春晝〉，〔清〕王文誥輯註，孔凡禮點校：《蘇軾詩集》，冊二，卷八，頁400。

買妾，述古令作詩〉，〔註172〕而葉夢得《石林詩話》載其本事：

> 張先郎中字子野，能為詩及樂府，至老不衰。居錢塘，蘇
> 子瞻作倅時，先年已八十餘，視聽尚精強，家猶畜聲妓，
> 子瞻嘗贈以詩云：「詩人老去鶯鶯在，公子歸來燕燕忙。」
> 蓋全用張氏故事戲之。先和云：「愁似鰥魚知夜永，嬾同蝴
> 蝶為春忙。」極為子瞻所賞。〔註173〕

蘇軾贈詩係以張生悅慕崔鶯鶯、張公子（漢成帝微行之化名）寵愛趙
飛燕之故實，調侃張先年逾八十，家中猶有姬妾殷勤相伴；張先和詩
則以抑鬱難寐、風情不再自我解嘲。而李其永〈讀歷朝詞雜興〉之一
八即以此則風流韻事為本，詩曰：

> 風流八十尚書郎，花月吟多鬢亦香；扶杖歸來忘己老，自
> 穿紅影入茅堂。〔註174〕

一、二句寫張先長年吟詠花月，風流多情，至老不衰，三、四句則寫
張先怡然自適，拄杖返家，其中「紅影」意謂紅色花影，亦可象徵裙
釵身影。李其永此絕大抵祖述蘇軾詩意，而以「紅影」詠讚，深契張
先之擅於寫「影」，用心可見。此外，前引謝啟昆〈讀全宋詩仿元遺
山論詩絕句二百首〉之五七後聯：「燕燕鶯鶯狂興在，老隨蝴蝶逐花
叢」，亦詠張先此老年風情。

　　張先風流逸樂，然亦多情銳感，詞作每多流露哀感愁情。汪筠有
詩論及張先之尊前風流與斷腸詞情，其〈讀《詞綜》書後二十首〉之
五曰：

> 處士深憐碧草芳，情鍾我輩詎相忘；叔原子野多新製，題

〔註172〕〔宋〕蘇軾：〈張子野年八十五，尚聞買妾，述古令作詩〉，詳見
　　　　〔清〕王文誥輯註，孔凡禮點校：《蘇軾詩集》，冊二，卷十一，頁
　　　　523～524。

〔註173〕〔宋〕葉夢得：《石林詩話》，卷下，〔清〕何文煥輯：《歷代詩話》，
　　　　冊一，頁430。

〔註174〕〔清〕李其永：〈讀歷朝詞雜興〉之一八，《賀九山房詩》，卷一〈蓬
　　　　萊集〉，見吳熊和主編：《唐宋詞匯評（兩宋卷）》，冊五，附錄吳熊
　　　　和、陶然輯「清人論詞絕句」，頁4389。

向尊前揔斷腸。〔註175〕

此絕一、二句論林逋及其〈點絳脣〉（金谷年年），三、四句合論晏幾道與張先。詞本興於酒筵歌席之間，用以遣情助興。張先生當歌舞昇平之北宋盛世，多與宴集，由其詞中所敘「宴亭永晝喧簫鼓」（〈山亭宴慢・有美堂贈彥猷主人〉）、「雕觴霞灩，翠幕雲飛，楚腰舞柳，宮面妝梅」（〈宴春臺慢・東都春日李閣使席上〉）、「錦筵紅，羅幕翠。侍宴美人姝麗」（〈更漏子〉）、「樓下雪飛樓上宴。歌咽笙簧聲韻顫」（〈木蘭花〉），〔註176〕可見當時友朋、聲妓宴樂風流之盛況；而於聽歌看舞、把酒言歡之際，填製新詞以資談謔，蓋即汪筠所謂「題向尊前」、「多新製」也。再者，《張子野詞》多為離情相思之書寫，或直言之，或由傷春悲秋、登高望遠、睹物觀景引發，無憀、愁悶、感傷、哀怨之情致充溢篇中。如〈千秋歲〉（數聲鶗鴂）上片鋪陳殘春衰景，下片抒發濃情極怨；〈卜算子慢〉（溪山別意）之寫臨別依戀、別後凝思。而為張先贏得「『桃杏嫁東風』郎中」美稱之〈一叢花令〉（傷高懷遠幾時窮），〔註177〕細訴離愁懷思，更是深曲感人。而汪筠此絕以「揔斷腸」統攝張先之主要詞情，可謂言約中肯。

　　華長卿〈論詞絕句〉之一四論張先，亦詠其人之風流、其詞之哀愁，詩曰：

拚改三中作三影，侑觴度曲昵紅顏；牡丹一闋銷魂否，贖得文姬返漢關。〔註178〕

〔註175〕〔清〕汪筠：〈讀《詞綜》書後二十首〉之五，《謙谷集》（北京：北京出版社，2000 年，《四庫未收書輯刊》十輯，冊二十一），卷二，頁 93。案：末句之「揔」同「總」。

〔註176〕以上所引分見唐圭璋編：《全宋詞》，冊一，頁 60、62、66、68。

〔註177〕《過庭錄》載：「張先子野郎中〈一叢花〉詞云：『懷高望遠幾時窮。……猶解嫁東風。』一時盛傳。歐陽永叔尤愛之，恨未識其人。子野家南地，以故至都，謁永叔，闇者以通。永叔倒屣迎之，曰：『此乃「桃杏嫁東風」郎中。』」，〔宋〕范公偁撰，孔凡禮點校：《過庭錄》（北京：中華書局，2002 年），「張子野一叢花詞」條，頁 363。

〔註178〕〔清〕華長卿：〈論詞絕句〉之一四，《梅莊詩鈔》（上海：上海古

首句隱括張先改易「張三中」爲「張三影」之事，而著一「拚」字，盡顯其疏狂。次句概括張先倚聲塡詞以侑觴佐歡、狎昵佳人之風流情態，而張先爲胡楚、龍靚塡詞之佳話，可爲該句之具體事證，陳師道《後山詩話》載：

> 杭妓胡楚、龍靚，皆有詩名。胡云：「不見當時丁令威，年來處處是相思。若將此恨同芳草，卻恐青青有盡時。」張子野老于杭，多爲官妓作詞，與胡而不及靚。靚獻詩云：「天與群芳十樣葩，獨分顏色不堪誇。牡丹芍藥人題徧，自分身如鼓子花。」子野于是爲作詞也。〔註179〕

龍靚以未得張先詞作爲憾，則張先之備受歌妓歡迎，可見一斑。而贈龍靚之〈望江南‧與龍靚〉描摹龍靚侍宴之嬌媚；〔註180〕贈胡楚之〈雨中花令‧贈胡楚草〉形容胡楚之美豔，〔註181〕且「每句下，皆自注骰子格名」，〔註182〕係擲骰勸飲之作，不難想見當時「侑觴度曲昵紅顏」之盛況。葉申薌《本事詞》亦曾列舉張先諸多題贈名妓、善琵琶者之詞作，而曰：「張子野風流瀟灑，尤擅歌詞，燈筵舞席贈妓之作絕多」。〔註183〕再者，「侑觴度曲昵紅顏」之「度曲」，亦謂張先

籍出版社，2002 年，《續修四庫全書》冊一五三三），卷五，頁607。

〔註179〕〔宋〕陳師道：《後山詩話》，〔清〕何文煥輯：《歷代詩話》，冊一，頁314。

〔註180〕〈望江南‧與龍靚〉全詞如下：「青樓宴，靚女薦瑤杯。一曲白雲江月滿，際天拖練夜潮來。人物誤瑤臺。　　醺醺酒，拂拂上雙題。媚臉已非朱淡粉，香紅全勝雪籠梅。標格外塵埃」，唐圭璋編：《全宋詞》，冊一，頁79。

〔註181〕〈雨中花令‧贈胡楚草〉全詞如下：「近鬢綵鈿雲雁細（大雲雁、小雲雁）。好客豔、花枝爭媚（花枝十二）。學雙燕、同栖還並翅（雙燕子）。我合著、你難分離（合著）。　　這佛面、前生應布施（金浮圖）。你更看、蛾眉下秋水（眉十）。似賽九底、見他三五二（胡草）。正悶裡、也須歡喜（悶子）」，唐圭璋編：《全宋詞》，冊一，頁83。

〔註182〕清聖祖編：《詞譜》（臺北：洪氏出版社，1980 年），卷九，頁628。

〔註183〕詳見〔清〕葉申薌：《本事詞》，卷上「張先詞」條，唐圭璋編：《詞話叢編》，冊三，頁2305～2306。

曉暢宮商，能自度曲，李之儀〈跋小重山詞〉謂〈小重山〉「是譜不
傳久矣，張先子野始從梨園樂工花日新度之」、﹝註184﹞《詞譜》載
〈喜朝天〉「調見張先詞集，送蔡襄還朝作。按唐教坊有〈朝天曲〉，
《宋史・樂志》有越調〈朝天樂〉曲，此蓋借舊曲名，自翻新聲也」，
﹝註185﹞足見張先依聲譜曲、翻新曲譜之才華，而〈雙韻子〉、〈醉紅
妝〉、〈恨春遲〉、〈惜瓊花〉、〈師師令〉、〈百媚娘〉、〈離亭宴〉、〈少年
遊慢〉、〈熙州慢〉、〈燕春臺〉、〈山亭宴〉、〈泛清苕〉等調當爲張先創
製之新腔。﹝註186﹞

　　至於此絕三、四句則寫張先以其怨嗟詞情感發晏殊之風流韻事，
涉及〈碧牡丹・晏同叔出姬〉及其相關本事，該詞如下：

　　　步帳搖紅綺。曉月墮，沉煙砌。緩板香檀，唱徹伊家新製。

﹝註184﹞〔宋〕李之儀：〈跋小重山詞〉，《姑溪居士全集・文集》，卷四十，
　　　　頁312。

﹝註185﹞清聖祖編：《詞譜》，卷二十九，頁2047。

﹝註186﹞據《詞譜》所載，〈雙韻子〉：「調見張先詞集。……此調僅見此詞，
　　　　無別首可校」（卷七，頁505～506）、〈醉紅妝〉：「調見張先詞集，
　　　　因詞中有『一般妝樣百般嬌』及『郎未醉、有金貂』句，取以爲
　　　　名。……宋詞中亦無別首可校」（卷九，頁644～645）、〈恨春遲〉：
　　　　「調見張先詞集。……此體秖此一詞，無別首宋元詞可校」（卷十
　　　　三，頁900～901）、〈惜瓊花〉：「調見張先詞集，爲吳興守時所賦也」
　　　　（卷十三，頁909）、〈師師令〉：「楊慎《詞品》：『李師師，汴京名
　　　　妓，張先爲製新詞，名〈師師令〉。』……此詞無別首可校」（卷十
　　　　七，頁1135～1136）、〈百媚娘〉：「調見張先詞集，取詞中『百媚等
　　　　應天乞與』句爲名。……此詞無別首宋詞可校」（卷十七，頁1147
　　　　～1148）、〈離亭宴〉：「調始張先，因詞中有『隨處是、離亭別宴』
　　　　句，取以爲名」（卷十八，頁1240）、〈少年遊慢〉：「調見張先詞，
　　　　因詞有『少年得意時節』句，取以爲名。……此調僅見此詞，無別
　　　　首宋詞可校」（卷二十一，頁1417～1418）、〈熙州慢〉錄張先詞而
　　　　曰：「此調秖有此詞，無別首可校」（卷二十四，頁1674～1675）、〈燕
　　　　春臺〉：「此調始自張先，蓋春宴詞也」（卷二十六，頁1809）、〈山
　　　　亭宴〉：「調見張先詞集，有美堂贈彥猷主人作，蓋自度曲也。……
　　　　此調秖此一詞，別首可校」（卷三十，頁2090～2091）、〈泛清苕〉：
　　　　「調見張先詞，吳興泛舟作，即賦題本意也。……此張先自度曲，
　　　　無別詞可校」（卷三十五，頁2491～2492），則此數調應爲張先之自
　　　　度曲。

怨入眉頭，斂黛峰橫翠。芭蕉寒，雨聲碎。　　鏡華翳。閒照孤鸞戲。思量去時容易。鈿盒瑤釵，至今冷落輕棄。望極藍橋，但暮雲千里。幾重山，幾重水。〔註187〕

而《道山清話》記載：

> 晏元獻公為京兆，辟張先為通判。新納侍兒，公甚屬意。先字子野，能為詩詞，公雅重之。每張來，即令侍兒出侑觴，往往歌子野所為之詞。其後，王夫人寖不容，公即出之。一日，子野至，公與之飲。子野作〈碧牡丹〉詞，令營妓歌之，有云：「望極藍橋，但暮雲千里。幾重山，幾重水」之句。公聞之，憮然曰：「人生行樂耳，何自苦如此？」亟命於宅庫支錢若干，復取前所出侍兒。既來，夫人亦不復誰何也。〔註188〕

〈碧牡丹〉上片追懷侍兒歌唱之哀怨情態，襯以寥落之景致；下片多處用典，描敘侍兒遭出、幽獨之處境，其人孤居一地，只怨舊情已散、誓約無憑、山水間阻。歇拍數句迷離綿邈之景，寄寓侍兒心斷望絕之無限悵惘，令人深憐痛惜，無怪乎晏殊至難為懷。張先一曲〈碧牡丹〉悽愴之詞情終令晏殊深情低迴、動心念舊，出錢復取侍兒，華長卿特以曹操重金自南匈奴贖回蔡琰（字文姬）之事，〔註189〕比況此則詞苑美談。此外，前引譚瑩〈論詞絕句一百首〉之二七後聯：「碧牡丹纔歌一曲，頓令同叔也情深」，亦寫此段軼聞。

〔註187〕〔宋〕張先：〈碧牡丹・晏同叔出姬〉，唐圭璋編：《全宋詞》，冊一，頁 84。

〔註188〕〔宋〕佚名撰，孔一校點：《道山清話》，上海古籍出版社編：《宋元筆記小說大觀》（上海：上海古籍出版社，2001 年），冊三，頁 2934～2935。

〔註189〕《後漢書・列女傳・董祀妻》：「陳留董祀妻者，同郡蔡邕之女也，名琰，字文姬。博學有才辯，又妙於音律。適河東衛仲道，夫亡無子，歸寧于家。興平中，天下喪亂，文姬為胡騎所獲，沒於南匈奴左賢王，在胡中十二年，生二子。曹操素與邕善，痛其無嗣，乃遣使者以金璧贖之，而重嫁於祀」，〔南朝宋〕范曄：《後漢書》（臺北：鼎文書局，1981 年），卷八十四，頁 2800。

三、張、柳齊名，較論爭勝

柳永、張先同爲仁宗太平時代之詞人，並稱齊名，二人率多尊前花間、傷離怨別之作，詞風相近，同屬婉約一派，明代孟稱舜〈古今詞統序〉曰：

> 故幽思曲想，張、柳之詞工矣，然其失則俗而膩也，古者妖童冶婦之所遺也；傷時弔古，蘇、辛之詞工矣，然其失則莽而俚也，古者征夫放士之所託也。〔註190〕

孟氏認爲張先、柳永詞作纏綿深細、柔音曼聲，並視爲婉約詞風之代表，對應蘇軾、辛棄疾之豪放詞風。〔註191〕惟張、柳二家畢竟各具面目，同中有異，嚴有翼《藝苑雌黃》載有：

> 世傳永嘗作〈輪臺子〉蚤行詞，頗自以爲得意。其後張子野見之，云：「既言『匆匆策馬登途，滿目淡煙衰草』，則已辨色矣；而後又言：『楚天闊、望中未曉』，何也？柳何語意顛倒如是？」〔註192〕

張先指摘柳永自得之〈輪臺子〉詞既寫天亮所見景致，又曰天色未曉，詞意前後錯亂。而由此則軼聞，可見張先之於柳永頗有較勁爭勝之意。有宋以來之論者更就二家之優劣得失多所著墨，李之儀〈跋吳思道小詞〉評騭宋初詞壇大家，有言：「至柳耆卿，始鋪敘展衍，備足無餘，形容盛明，千載如逢當日，較之《花間》所集，韻終不勝，由是知其爲難能也。張子野獨矯拂而振起之，雖刻意追逐，要是才不足

〔註190〕〔明〕孟稱舜：〈古今詞統序〉，〔明〕卓人月、徐士俊輯：《古今詞統》（上海：上海古籍出版社，2002年，《續修四庫全書》冊一七二八），頁437～438。

〔註191〕陳繼儒（號眉公）亦有類似之說，《西圃詞說》引其言曰：「幽思曲想，張、柳之詞工矣，然其失則俗而膩也。傷時弔古，蘇、辛之詞工矣，然其失則莽而俚也。兩家各有其美，亦各有其病」，〔清〕田同之：《西圃詞說》，「陳眉公論張柳蘇辛詞各有優劣」條，唐圭璋編：《詞話叢編》，冊二，頁1456。

〔註192〕〔宋〕胡仔：《苕溪漁隱叢話》，後集，卷三十九「長短句」引嚴有翼《藝苑雌黃》，收於吳文治主編：《宋詩話全編》，冊四《胡仔詩話》，頁4270～4271。

而情有餘，良可佳者」，〔註193〕明顯褒揚張先、貶抑柳永。而嚴有翼
《藝苑雌黃》曰：「柳之樂章，人多稱之，然大概非羈旅窮愁之詞，
則閨門淫媟之語，若以歐陽永叔、晏叔原、蘇子瞻、黃魯直、張子野、
秦少游輩較之，萬萬相遼。彼其所以傳名者，直以言多近俗，俗子易
悅故也」，〔註194〕亦以張先優於柳永。又晁補之「評本朝樂章」曰：
「張子野與耆卿齊名，而時以子野不及耆卿，然子野韻高，是耆卿所
乏處」，〔註195〕反駁柳永勝於張先之世論，認爲張先韻致高雅，柳永
實難企及。

　　而譚瑩〈論詞絕句一百首〉之三四論晁補之（1053～1110，字无
咎），亦認同晁氏張高柳下之評斷，詩曰：
　　　未遜秦黃語畧偏，買陂塘曲世先傳；歐蘇張柳評量當，位
　　　置生平豈漫然。〔註196〕
前聯論晁補之詞作，首句質疑陳振孫謂晁補之「未遜秦黃」之說，蓋
陳振孫《直齋書錄解題》有言：「晁嘗云：『今代詞手惟秦七、黃九，
他人不能及也。』然二公之詞，亦自有不同者，若晁无咎佳者，固未
多遜也」，〔註197〕是知陳氏推重晁補之詞堪與秦觀、黃庭堅頡頏。深
究譚瑩所以認爲「未遜秦黃」之說「畧偏」，或因晁補之塡詞效法蘇
軾，較少創發，未如秦觀、黃庭堅之卓然名家；且其所作豪壯奇崛而
趨於沉咽，間有樸拙質直之弊，不若蘇軾之清雄超軼而臻於高曠。

〔註193〕〔宋〕李之儀：〈跋吳思道小詞〉，《姑溪居士全集・文集》，卷四十，
　　　　頁310。
〔註194〕〔宋〕胡仔：《苕溪漁隱叢話》，後集，卷三十九「長短句」引嚴有
　　　　翼《藝苑雌黃》，收於吳文治主編：《宋詩話全編》，冊四《胡仔詩
　　　　話》，頁4270。
〔註195〕《能改齋漫錄》引晁補之「評本朝樂章」之語，〔宋〕吳曾：《能
　　　　改齋漫錄》（臺北：木鐸出版社，1982年），卷十六「黃魯直詞謂之
　　　　著腔詩」條，頁469。
〔註196〕〔清〕譚瑩：〈論詞絕句一百首〉之三四，《樂志堂詩集》，卷六，
　　　　頁478。
〔註197〕〔宋〕陳振孫著，徐小蠻、顧美華點校：《直齋書錄解題》（上海：
　　　　上海古籍出版社，1987年），卷二十一「歌詞類」之「《晁无咎詞》
　　　　一卷」，頁617。

〔註 198〕因之譚瑩所歡賞之晁詞，乃具啓導作用且有蘇軾高曠風神之〈摸魚兒・東皋寓居〉「買陂塘、旋栽楊柳」一曲，〔註 199〕而曰：「買陂塘曲世先傳」。至於此絕後聯則論晁補之詞論，晁補之有《骫骳說》二卷，「其大概多論樂府歌詞，皆近世人所爲也」，〔註 200〕原書已佚，今所傳「評本朝樂章」等語，當出自該書。〔註 201〕「評本朝樂章」

〔註 198〕馮煦曾謂晁補之詞「無子瞻之高華，而沉咽則過之」（〔清〕馮煦：
　　　　　《蒿庵論詞》，「論晁補之詞」條，唐圭璋編：《詞話叢編》，冊四，
　　　　　頁 3587）。劉熙載亦曰：「東坡詞在當時鮮與同調，不獨秦七、黃九
　　　　　別成兩派也。晁无咎坦易之懷、磊落之氣，差堪驂靳。然懸崖撒手
　　　　　處，无咎莫能追躡矣」（〔清〕劉熙載：《藝概・詞概》，「晁无咎不
　　　　　能追東坡」條，唐圭璋編：《詞話叢編》，冊四，頁 3692），指出晁
　　　　　補之不及蘇軾之瀟脫超曠。又宋徵璧評晁補之曰：「晁無咎之規檢，
　　　　　而或傷於樸」（〔清〕徐釚編著，王百里校箋：《詞苑叢談校箋》，
　　　　　臺北：文史哲出版社，1989 年，卷四〈品藻二〉引宋徵璧語，頁
　　　　　234）。
〔註 199〕〈摸魚兒・東皋寓居〉全詞如下：「買陂塘、旋栽楊柳，依稀淮岸
　　　　　江浦。東皋嘉雨新痕漲，沙觜鷺來鷗聚。堪愛處。最好是、一川夜
　　　　　月光流渚。無人獨舞。任翠幄張天，柔茵藉地，酒盡未能去。　　青
　　　　　綾被，莫憶金閨故步。儒冠曾把身誤。弓刀千騎成何事，荒了邵平
　　　　　瓜圃。君試覷。滿青鏡、星星鬢影今如許。功名浪語。便似得班超，
　　　　　封侯萬里，歸計恐遲暮」（唐圭璋編：《全宋詞》，冊一，頁 554），
　　　　　此係晁補之晚年罷歸金鄉後作，寫其歸隱田園之閒適生活、忘情仕
　　　　　進之豁達心境。而劉熙載曰：「无咎詞堂廡頗大，人知辛稼軒〈摸
　　　　　魚兒〉『更能消、幾番風雨』一闋，爲後來名家所競效。其實辛詞
　　　　　所本，即无咎〈摸魚兒〉『買陂塘、旋栽楊柳』之波瀾也」（〔清〕
　　　　　劉熙載：《藝概・詞概》，「晁无咎不能追東坡」條，唐圭璋編：《詞
　　　　　話叢編》，冊四，頁 3692），張德瀛亦曰：「晁无咎〈摸魚兒〉、蘇子
　　　　　瞻〈酹江月〉、姜堯章〈暗香〉、〈疏影〉，此數詞後人和韻最夥」（〔清〕
　　　　　張德瀛：《詞徵》，卷一「和韻詞」條，唐圭璋編：《詞話叢編》，冊
　　　　　五，頁 4082），可見晁補之〈摸魚兒〉之影響後世詞作。
〔註 200〕〔宋〕朱弁：《續骫骳說・序》，見〔明〕陶宗儀編：《說郛一百卷》
　　　　　（上海：上海古籍出版社，1988 年，《說郛三種》），卷三十八，頁
　　　　　648。
〔註 201〕晁補之「評本朝樂章」，見錄於〔宋〕吳曾《能改齋漫錄》卷十六
　　　　　「黃魯直詞謂之著腔詩」條、〔宋〕胡仔《苕溪漁隱叢話》後集卷
　　　　　三十三「晁無咎」條引《復齋漫錄》、〔宋〕魏慶之《詩人玉屑》
　　　　　卷二十一〈詩餘〉之「晁無咎評」條等，而上述《直齋書錄解題》

評論柳永、歐陽脩、蘇軾、黃庭堅、晏殊、張先、秦觀等人，而譚瑩謂晁補之品題歐、蘇、張、柳尤其中肯，妥切定位四人之詞壇地位，絕非浮泛隨興之語。可見譚瑩信服晁補之所言：「張子野與耆卿齊名，而時以子野不及耆卿，然子野韻高，是耆卿所乏處」，張、柳二家之生平位置當為張先高於柳永。

厲鶚〈論詞絕句十二首〉之二較論張先、柳永之良窳，亦循晁補之之說，詩曰：

> 張（子野）柳（耆卿）詞名枉並驅，格高韻勝屬西吳；可人風絮墮無影，低唱淺斟能道無。〔註202〕

次句之「西吳」係指湖州，周祈《名義考》曰：「蘇州，東吳也；潤州，中吳也；湖州，西吳也」，〔註203〕而張先乃湖州烏程人，故一、二句意謂張先詞作格調高雅、韻致佳勝，柳永難與並駕齊驅。三、四句更舉實際詞句為例，強調張先〈翦牡丹・舟中聞雙琵琶〉之「柳徑無人，墮風絮無影」稱人心意，此等詞句殆非「忍把浮名，換了淺斟低唱」（〈鶴沖天〉）之柳永所能道也。

厲鶚發皇晁補之揚張抑柳之說，馮煦則又反駁厲鶚論點，其〈論詞絕句〉之四並論張先、柳永曰：

> 曉風殘月劇淒清，三影郎中浪得名；卻怪西湖老居士，強將子野右耆卿。〔註204〕

一、二句意謂柳永〈雨霖鈴〉（寒蟬淒切）：「今宵酒醒何處，楊柳岸、曉風殘月」，極其淒抑清冷，相較之下，張先以「三影」雋句博

卷二十一「歌詞類」「《晁无咎詞》一卷」所引晁補之論秦觀、黃庭堅語，亦當出自《骫骳說》。

〔註202〕〔清〕厲鶚：〈論詞絕句十二首〉之二，《樊榭山房集》（臺北：臺灣商務印書館，1967年，《四部叢刊初編》），卷七，頁73。

〔註203〕〔明〕周祈：《名義考》（上海：上海書店，1994年，《叢書集成續編》冊九十二），卷三〈地部〉，「三楚、三吳、三晉、三秦」條，頁116。

〔註204〕〔清〕馮煦：〈論詞絕句〉之四，《蒿盦類稿》（臺北：文海出版社，1969年，沈雲龍主編《近代中國史料叢刊》第三十三輯），卷七，頁456。

得「張三影」之美稱實屬浪得虛名。第三句之「西湖老居士」係指厲鶚，蓋「西湖」為杭州名勝，而「居士」乃具才德而未仕之人，厲鶚先世家於慈谿，徙居錢塘（杭州），學殖深厚，詩詞軼群，賦性孤峭勁直、沖恬高邁，功名蹭蹬，〔註205〕絕意仕進，終身居窮處約，故馮煦以「西湖老居士」稱之。馮煦此絕一、二句極力尊柳貶張，三、四句更對厲鶚揚張抑柳之說不以為然，批評所謂「張柳詞名枉並驅，格高韻勝屬西吳；可人風絮墮無影，低唱淺斟能道無」真牽強之論也。

深究李之儀、嚴有翼、晁補之、譚瑩、厲鶚之揚張抑柳與夫馮煦之尊柳貶張，儘管各引一端以崇其所善，其實評斷基準並無二致，以下詳細論之。柳永每將口語、白話入詞，間有輕狎、浮豔之筆，遭致鄙俗淫冶之譏，而張先講究煉字遣詞（由其寫「影」佳句，可見一斑），又如張峋亭所言「儷白妃青」般擅用對句，故其詞作典雅工緻。再者，柳永大量製作長調，以鋪敘之賦法填詞，有時展衍太過、摹寫殆盡，不免揚厲淺露，甚至複沓蕪雜，張先之鋪陳宏肆則能有餘不盡、含蓄蘊藉，正如陳廷焯《白雨齋詞話》所言：「張子野詞，古今一大轉移也。前此則為晏、歐，為溫、韋，體段雖具，聲色未開。後此則為秦、柳，為蘇、辛，為美成、白石，發揚蹈厲，氣局一新，而古意漸失。子野適得其中，有含蓄處，亦有發越處。但含蓄不似溫、韋，發越亦不似豪蘇膩柳。規模雖隘，氣格卻近古。自子野後，一千年來，溫、韋之風不作矣，益令我思子野不置」，〔註206〕洵為詞壇承前啓後之轉移關鍵。凡此，可見張詞整體而言實較柳詞古雅，李之儀稱柳詞「較之《花間》所集，韻終不勝」、《藝苑雌黃》貶抑柳詞、晁補之所

〔註205〕 有關厲鶚之功名蹭蹬，《清史稿》載其「再試禮部不第。乾隆元年，舉鴻博，誤寫論置詩前，又報罷。其後赴都銓，行次天津，留友人查為仁水西莊，觴詠數月，不就選，歸」，趙爾巽等撰：《清史稿》（北京：中華書局，1977年），卷四八五〈厲鶚傳〉，頁13373。
〔註206〕 〔清〕陳廷焯：《白雨齋詞話》，卷一「張子野詞古今一大轉移」條，唐圭璋編：《詞話叢編》，冊四，頁3782。

謂「然子野韻高，是耆卿所乏處」、譚瑩首肯晁補之之評量，原因正在於此。至於浙派中堅巨匠之厲鶚，「瓣香乎玉田、白石」，〔註 207〕高舉尚雅之大纛，宜其豔稱張先清空閒婉之「柳徑無人，墮風絮無影」佳句，且曰：「格高韻勝屬西吳」。

　　然柳永詞亦有古雅之一面，蘇軾曾曰：「世言柳耆卿曲俗，非也。如〈八聲甘州〉云：『霜風淒緊，關河冷落，殘照當樓。』此語於詩句，不減唐人高處」。〔註208〕馮煦《蒿庵論詞》亦曰：

> 耆卿詞，曲處能直，密處能疏，鼻處能平，狀難狀之景，達難達之情，而出之以自然，自是北宋巨手。然好為俳體，詞多媟黷，有不僅如《提要》所云「以俗為病」者。《避暑錄話》謂：「凡有井水飲處，即能歌柳詞」，三變之為世詬病，亦未嘗不由於此。蓋與其千夫競聲，毋甯《白雪》之寡和也。〔註 209〕

馮煦棄置柳永俚俗、俳諧、穢褻之眾作，讚其能以徑直、疏散、平緩之筆傳達紆曲、綿密、排奡之情景，自然妥貼。正是基於此種尚雅之立場，馮煦揀擇〈雨霖鈴〉之「今宵酒醒何處，楊柳岸、曉風殘月」，而與張先「三影」雋句爭雄。蓋此數句點染冷清蕭颯之秋景，體現行役之寥落，流暢疏緩之詞筆飽含纏綿鬱結之情思，清寂淒楚過於張先之「三影」也。

　　要之，李之儀等人之較論張先、柳永，均以尚雅為準，惟張先詞固然古雅高致，然柳永亦不乏雅正深婉之作，以致孰優孰劣實難斷定。倘若跳脫雅俗之辯，考察後世之影響，張、柳之高下庶幾可見。先著、程洪箋評張先〈青門引〉（乍暖還輕冷）、〈師師令〉（香鈿寶珥）有言：「子野雅淡處，便疑是後來姜堯章出藍之助」、「白描高手，為

〔註207〕〔清〕汪沆：〈樊榭山房文集序〉，見〔清〕厲鶚：《樊榭山房集・文集》，頁 213。

〔註208〕〔宋〕趙令畤撰，孔凡禮點校：《侯鯖錄》，卷七「東坡云柳耆卿詞不俗」條，頁 183。

〔註209〕〔清〕馮煦：《蒿庵論詞》，「論柳永詞」條，唐圭璋編：《詞話叢編》，冊四，頁 3585～3586。

姜白石之前驅」；〔註210〕周濟評點柳永〈雨霖鈴〉（寒蟬淒切）則曰：
「清眞詞多從耆卿奪胎，思力沉摯處往往出藍」；〔註211〕葉嘉瑩亦謂
柳永之「不減唐人高處」給予蘇軾相當之啓發與影響，〔註212〕可見
張、柳之技法、風格皆能沾漑後世大家。然詞之蔚爲大觀，有賴長調
之興起，柳永開風氣之先，創製長調量多質優，誠如鄭騫先生所言：
「詞的波瀾壯闊，氣象弘偉，是長調興起以後的事；而柳永則是第一
個寫長調又多又好的人」。〔註213〕反觀張先雖有長調之作，惟量與質
俱難匹敵柳永，故就發展詞體形式而言，柳永之影響無疑高於張先。
再者，王兆鵬曾統計現存宋詞別集版本種數、歷代詞話品評次數、二
十世紀研究與評論之論著篇數、歷代詞選入選詞作篇數、二十世紀詞
選入選詞作篇數等客觀數據，以觀兩宋詞人之詞史地位，而張、柳二
人分別位居第十五名、第六名，〔註214〕亦見柳永之影響遠高於張先。
準此，柳永當勝於張先也。

　　綜觀清代論詞絕句之評賞張先，「三影」雋句之相關論述最多：

〔註210〕〔清〕先著、程洪輯，劉崇德、徐文武點校：《詞潔》（保定：河北
　　　　大學出版社，2007 年），卷一，頁 46、卷三，頁 95。
〔註211〕〔清〕周濟：《宋四家詞選眉批》，唐圭璋編：《詞話叢編》，冊二，
　　　　頁 1651。
〔註212〕葉嘉瑩〈論柳永詞〉曰：「柳詞之『不減唐人高處』者，如其〈八
　　　　聲甘州〉諸作，其特色蓋在於一則表現有開闊博大之景物形象，二
　　　　則表現有雄渾矯健之聲音氣勢，因此足以傳達一種強大的感發之力
　　　　量。而在蘇軾的詞中，便有不少作品，正都具有此種特色。即如他
　　　　自己所寫的同調的〈八聲甘州〉詞之「有情風萬里卷潮來」一首，
　　　　便亦正復具有此種開闊博大之景象與夫雄渾矯健之音節，而且足以
　　　　傳達一種強大的感發之力量。這種啓發和影響的關係，我以爲乃是
　　　　明白可見的」，繆鉞、葉嘉瑩：《靈谿詞說》（臺北：國文天地雜誌
　　　　社，1989 年），頁 156。
〔註213〕鄭騫：〈柳永蘇軾與詞的發展〉，《景午叢編》（臺北：臺灣中華書局，
　　　　1972 年），上編，頁 121。
〔註214〕詳見王兆鵬：《唐宋詞史論》（北京：人民文學出版社，2000 年），
　　　　上篇第二章第一節〈宋代詞人歷史地位的定量分析〉，頁 81～
　　　　104。

陳聶恒頌讚張先自詡「三影」之老來狂情，兼及宋祁、歐陽脩雅愛「雲破月來花弄影」；謝啓昆唱歎張先因三影句而號「張三影」，兼及歐陽脩推賞「雲破月來花弄影」；沈道寬吟詠宋祁、張先互以「雲破月來花弄影」、「紅杏枝頭春意鬧」稱美之文士風雅；江昱並賞張先「雲破月來花弄影」、宋祁「紅杏枝頭春意鬧」、秦觀「斜陽外，寒鴉萬點，流水繞孤村」諸佳語；譚瑩稱揚張先「三影」雋句冠絕古今，推尊徐伸〈轉調二郎神〉「又攪破、一簾花影」當可肩隨；張峋亭以「三影」論斷張先乃千古詞壇之射雕能手；朱彝尊憑弔張先賦得「雲破月來花弄影」之嘉興花月亭。另有論者揭舉張先之風流韻事、哀愁詞情：李其永、謝啓昆詠張先年逾八十而猶蓄姬妾；汪筠謂張先宴樂風流然多哀感愁情；華長卿論張先填詞侑觴以狎昵佳人，並詠〈碧牡丹〉之銷魂詞情終使晏殊贖回侍兒；譚瑩亦將〈碧牡丹〉情事入詩。尚有論者評判張先、柳永之高下：譚瑩贊同晁補之論張先韻致高於柳永；厲鶚倡言張先格高韻勝而柳永實難抗軛；馮煦揚舉柳永〈雨霖鈴〉之淒抑清冷而鄙薄「張三影」之浪得虛名。

清代論詞絕句作者好詠「三影」雋句，可見「張三影」之雅號何其深植人心，諸家迭相頌揚，張先寫「影」之宗師地位益發彰顯。而張峋亭提點張先擅用對句，足繼南朝駢偶文風，與夫汪筠提挈張先之「斷腸」詞情，創發有得，精當剴切；至於譚瑩駁斥蘇軾所謂張先填詞乃其餘技之說，亦為得實之論。

第四章　論北宋前期詞人及其作品
（下）

第一節　論晏殊

　　晏殊（991～1055），字同叔，撫州臨川（今江西撫州）人，封臨
淄公，諡元獻，其子幾道亦工於詞，父子並稱大晏、小晏，著有《珠
玉詞》。清代論詞絕句有關晏殊之評論，約可歸納爲：剛方宰輔，多
情詞篇；紹述《陽春》，啓導後進；清華逸韻，詞家正宗等三端，以
下逐項析論。

一、剛方宰輔，多情詞篇

　　晏殊曾任樞密副使、參知政事、樞密使、同平章事等職，而其爲
人耿介、剛毅甚且急躁，《五朝名臣言行錄》載：「章聖皇帝判南衙時，
章獻太后得幸，張耆有力焉。天聖中，太后以耆爲樞密使，殊言：『樞
密與中書爲兩府，同任天下大事。朝廷雖乏賢，亦宜以中材者處之。
如耆者，但富貴之可也。』忤太后旨」，〔註1〕「公剛峻簡率。盜入其
第，執而榜之。既委頓，以送官，扶至門即死。累典州，吏民頗畏其

〔註 1〕〔宋〕朱熹：《五朝名臣言行錄》（臺北：臺灣商務印書館，1967 年，
　　　　《四部叢刊初編》），卷六之三引《名臣傳》，頁 113。

悁急云」，〔註2〕由其直諫太后、怒杖盜賊，可見性情一斑。然晏殊喜填小詞，深情婉媚，迥異其爲人，《四庫全書總目提要》有言：「殊賦性剛峻，而詞語特婉麗」。〔註3〕而王僧保詠讚晏殊亦著眼於此，其〈論詞絕句〉之一七曰：

> 韻事吟梅宋廣平，當歌此老亦多情；夢魂又躡楊花去，不愧風流濟美名。（穆按：晏同叔性極剛方，而詞格侍爲婉麗。小山詞：「夢魂慣得無拘管，又逐楊花過謝橋」，雖伊川程子亦賞之。）〔註4〕

此絕前後二聯分論晏殊、晏幾道父子，而首句用宋璟及其〈梅花賦〉事。宋璟，唐邢州南和人，其先自廣平徙焉，睿宗踐祚，遷吏部尚書、同中書門下三品，玄宗開元十七年（729），遷尚書右丞相，累封廣平郡公，爲官正色清嚴。〔註5〕宋璟曾作〈梅花賦〉，曲盡形容榛莽中之寒梅，〔註6〕清詞麗句，沁人心脾。而皮日休〈桃花賦·序〉曰：

> 余嘗慕宋廣平之爲相，貞姿勁質，剛態毅狀。疑其鐵腸石心，不解吐婉媚辭。然觀其文而有〈梅花賦〉，清便富艷，得南朝徐庾體，殊不類其爲人也。〔註7〕

意謂宋璟立朝方正骨鯁，然所作〈梅花賦〉贍麗柔媚，個性、文風大

〔註2〕〔宋〕朱熹：《五朝名臣言行錄》，卷六之三，頁114。

〔註3〕〔清〕永瑢等：《四庫全書總目提要》（臺北：臺灣商務印書館，1985年，《合印四庫全書總目提要及四庫未收書目禁燬書目》），卷一九八「《珠玉詞》提要」，頁4419。

〔註4〕〔清〕王僧保：〈論詞絕句〉之一七，見況周頤：《阮盦筆記五種·選巷叢譚》（臺北：新文豐出版公司，1989年，《叢書集成續編》冊二十四），卷二，頁690。案：「穆按」乃徐穆所作按語，「而詞格侍爲婉麗」之「侍」當作「特」。

〔註5〕參見〔後晉〕劉昫等撰：《舊唐書》（臺北：鼎文書局，1985年），卷九十六〈宋璟傳〉，頁3029～3035。

〔註6〕詳見〔唐〕宋璟：〈梅花賦〉，周紹良主編：《全唐文新編》（長春：吉林文史出版社，2000年），卷二〇七，頁2372。

〔註7〕〔唐〕皮日休：〈桃花賦·序〉，《皮子文藪》（臺北：臺灣商務印書館，1967年，《四部叢刊初編》），卷一，頁10。

相迥庭。宋璟、晏殊皆曾高居宰執，賦性剛方而能造婉變之語，故王僧保將其相提並論，而曰：「韻事吟梅宋廣平，當歌此老亦多情」。

誠然，王僧保所標舉之「多情」乃《珠玉詞》之顯著特質。詞本花間尊前之產物，詞人倚聲侑觴，宜其流連光景、簸弄風月，緣情而綺靡。晏殊生活儉約，然喜延賓共飲，葉夢得《避暑錄話》載：

> 晏元憲（案：當作獻）公雖早富貴，而奉養極約，惟喜賓客，未嘗一日不燕飲。而盤饌皆不預辦，客至，旋營之。頃有蘇丞相子容嘗在公幕府，見每有嘉客必留，但人設一空案、一杯。既命酒，果實蔬茹漸至。亦必以歌樂相佐，談笑雜出。數行之後，案上已燦然矣。稍闌，即罷遣歌樂曰：「汝曹呈藝已遍，吾當呈藝。」乃具筆札相與賦詩，率以爲常。前輩風流，未之有比也。〔註8〕

可見當時宴樂雅集之風采。而宋祁〈上陳州晏尚書書〉敍及晏殊出知陳州之宦情，亦曰：「比華從事至，具道執事因視政餘景，必置酒極歡，圖書在前，簫笳參左，劇談虛往，遹句暮傳」。〔註9〕於此暢飲闊談、清歌妙樂之場合所作之詩詞，自多憐景泥情之什。翻檢《珠玉詞》，不難發現晏殊對於「自然」之多情，「湖上西風斜日，荷花落盡紅英。金菊滿叢珠顆細，海燕辭巢翅羽輕。年年歲歲情」（〈破陣子〉）之嗟悼時序節物遷換、「留花不住怨花飛。向南園、情緒依依。可惜倒紅斜白、一枝枝。經宿雨、又離披」（〈鳳銜盃〉）之深憐落花、「何人解繫天邊日，占取春風。免使繁紅。一片西飛一片東」（〈採桑子〉）之癡情留春、十四闋〈漁家傲〉之聯章疊詠荷花，〔註10〕皆是其例。至於愛戀歡情、離愁相思、歌藝舞技、聲容體態等「人事」相關詞

〔註8〕〔宋〕葉夢得撰，徐時儀校點：《避暑錄話》，卷二，上海古籍出版社編：《宋元筆記小說大觀》（上海：上海古籍出版社，2001年），冊三，頁2615。

〔註9〕〔宋〕宋祁：〈上陳州晏尚書書〉，《景文集》（北京：中華書局，1985年，《叢書集成初編》），卷五十一，頁666。

〔註10〕以上所引晏殊詞作詳見唐圭璋編：《全宋詞》（臺北：文光出版社，1983年），冊一，頁88、91、93、99～102。

作，更見晏殊之多情。如〈訴衷情〉：「此情拚作，千尺游絲，惹住朝雲」，設想新奇，描敘深摯纏綿之戀情；〈採桑子〉：「時光只解催人老，不信多情。長恨離亭」，怨懟歲月不解人間離愁別恨，無理而深情；〈浣溪沙〉：「閒役夢魂孤燭暗，恨無消息畫簾垂」，以景襯情，傾訴魂縈夢繫之相思；〈木蘭花〉：「重頭歌韻響錚琮，入破舞腰紅亂旋」，屬對精工，憶念歌妓之清亮歌聲與曼妙舞姿；〈浣溪沙〉：「玉椀冰寒滴露華。粉融香雪透輕紗。晚來妝面勝荷花。　　鬢嚲欲迎眉際月，酒紅初上臉邊霞。一場春夢日西斜」，施朱傅粉，連類取譬，刻劃美女之肌膚、樣貌。〔註11〕再者，晏殊賞愛張先「無物似情濃」詞句，〔註12〕亦可見其多情之面向。

　　職是之故，晏殊詞招致「婦人語」之評，譚瑩〈論詞絕句一百首〉之一八有言：

> 楊柳桃花調亦陳，三家村裏住無因；歌詞許似馮延巳，語
> 語原因類婦人。〔註13〕

後聯指出晏殊詞作所以近於馮延巳，端在類似婦人語言。而所謂「婦人語」之說，源於晏幾道、蒲傳正有關晏殊詞意之辨析，趙與時《賓退錄》引《詩眼》云：

> 晏叔原見蒲傳正云：「先公平日小詞雖多，未嘗作婦人語也。」傳正云：「『綠楊芳草長亭路。年少拋人容易去』，豈非婦人語乎？」晏曰：「公謂『年少』為何語？」傳正曰：「豈不謂其所歡乎！」晏曰：「因公之言，遂曉樂天詩兩

〔註11〕 以上所引晏殊詞作分見唐圭璋編：《全宋詞》，冊一，頁 97、93、89、96、90。

〔註12〕 《畫墁錄》載：「丞相領京兆，辟張先都官通判。一日，張議事府中，再三未答。晏公作色，操楚語曰：『本為辟賢會賢，會道「無物似情濃」，今日卻來此事公事。』」〔宋〕張舜民：《畫墁錄》（北京：中華書局，1991 年，《叢書集成初編》），頁 22。案：「無物似情濃」乃張先〈一叢花令〉（傷高懷遠幾時窮）之詞句。

〔註13〕 〔清〕譚瑩：〈論詞絕句一百首〉之一八，《樂志堂詩集》（上海：上海古籍出版社，2002 年，《續修四庫全書》冊一五二八），卷六，頁477。

句，蓋『欲留所歡待富貴，富貴不來所歡去』。」傳正笑而
悟。〔註14〕

蒲傳正謂晏殊「年少拋人容易去」係感喟所歡離去，晏幾道則引白居
易詩句為例，謂「年少」乃青春歲月，以證其父不作「婦人語」。然
白居易詩句原作「欲留年少待富貴，富貴不來年少去」，出自〈浩歌
行〉，〔註15〕浩歎日月逾邁，青春已逝而功名無成，而晏殊詞句出自
〈玉樓春・春恨〉，〔註16〕縷述旖旎繾綣之離愁相思，一往情深，真
「婦人語」也。晏幾道之斷章取義、曲解附會誠難令人信服，觀蒲傳
正「笑而悟」，似有不置可否之意，而趙與時則於引用《詩眼》記載
後曰：「叔原之言失之」，《四庫全書總目提要》亦云：「今觀其集，綺
豔之詞不少，蓋幾道欲重其父名，故作是言，非確論也」。〔註17〕《珠
玉詞》多「婦人語」洵屬不爭之事實，而馮延巳《陽春集》亦多豔情
之作，是故譚瑩逕稱晏殊「歌詞許似馮延巳，語語原因類婦人」。

再者，前引王僧保〈論詞絕句〉之一七基於官位、賦性、文情之
同質性，故將晏殊類比宋璟，而程恩澤論清代詞人周之琦（1782～
1862，字稚〔穉〕圭，號耕樵、退庵，著有《金梁夢月詞》二卷、《懷
夢詞》一卷、《鴻雪詞》二卷、《退葊詞》一卷，合刊為《心日齋詞集》），
復將周氏類比晏殊，其〈題周穉圭前輩《金梁夢月詞》〉之一曰：

綠酒初嘗元獻醉，月華如練范公嗟；由來將相兼才調，不
是吳兒木石心。〔註18〕

〔註14〕〔宋〕趙與時：《賓退錄》（北京：中華書局，1985 年，《叢書集成初
編》），卷一，頁 2。

〔註15〕詳參〔唐〕白居易：〈浩歌行〉，〔清〕彭定求等編：《全唐詩》（北
京：中華書局，2003 年），卷四三五，頁 4810～4811。

〔註16〕〈玉樓春・春恨〉全詞如下：「綠楊芳草長亭路。年少拋人容易去。
樓頭殘夢五更鐘，花底離情三月雨。　　無情不似多情苦。一寸還
成千萬縷。天涯地角有窮時，只有相思無盡處」，唐圭璋編：《全宋
詞》，冊一，頁 108～109。

〔註17〕〔清〕永瑢等：《四庫全書總目提要》，卷一九八「《珠玉詞》提要」，
頁 4419。

〔註18〕〔清〕程恩澤：〈題周穉圭前輩《金梁夢月詞》〉之一，《程侍郎遺集》

首句「綠酒初嘗元獻醉」，關涉晏殊之〈清平樂〉詞：

> 金風細細。葉葉梧桐墜。綠酒初嘗人易醉。一枕小窗濃
> 睡。　　紫薇朱槿花殘。斜陽卻照闌干。雙燕欲歸時節，
> 銀屏昨夜微寒。〔註19〕

全詞摹寫秋來景致、生活與感受，閒適圓融之人生觀照隱含清寂之閒
愁，可見晏殊細微善感之情思。而「月華如練范公唫」則指范仲淹之
〈御街行・秋日懷舊〉詞：

> 紛紛墜葉飄香砌。夜寂靜、寒聲碎。眞珠簾捲玉樓空，天
> 淡銀河垂地。年年今夜，月華如練，長是人千里。　　愁
> 腸已斷無由醉。酒未到、先成淚。殘燈明滅枕頭敧。諳盡
> 孤眠滋味。都來此事，眉間心上，無計相迴避。〔註20〕

上片鋪陳冷清、澄澈之秋景，慨歎久覉獨處，下片申說懷人之情
狀，可見范仲淹深婉悱惻之情致。晏殊曾任庶政、軍務首長，范仲
淹則於西夏寇擾期間，知永興軍，改陝西都轉運使、陝西經略安撫
招討副使，知延州、耀州、慶州，爲環慶路經略安撫緣邊招討使、陝
西路安撫使，守邊多年，號令明白，禦敵、築防、撫民、獻策，備
受倚重，逮趙元昊請和，召拜樞密副使，又除參知政事，裁撤倖
濫，考覆官員，全力輔政。〔註21〕而程恩澤此絕後聯「由來將相兼才
調，不是吳兒木石心」，即讚晏、范二人拜相、爲將，又具文學素養，
甚且銳感有情，不若晉代吳地隱士夏統般「木人石心」而不爲外物所
動。〔註22〕

（上海：上海古籍出版社，2002 年，《續修四庫全書》冊一五一一），
卷六，頁 268。案：次句之「唫」同「吟」。

〔註19〕　〔宋〕晏殊：〈清平樂〉，唐圭璋編：《全宋詞》，冊一，頁 92。
〔註20〕　〔宋〕范仲淹：〈御街行・秋日懷舊〉，唐圭璋編：《全宋詞》，冊一，
　　　　　頁 11。
〔註21〕　上述范仲淹行實參引〔元〕脫脫等撰：《宋史》（北京：中華書局，
　　　　　1990 年），卷三一四〈范仲淹傳〉，頁 10270～10275。
〔註22〕　《晉書・隱逸列傳・夏統》：「夏統，字仲御，會稽永興人也。⋯⋯
　　　　　後其母病篤，乃詣洛市藥。會三月上巳，洛中王公已下並至浮橋，
　　　　　士女駢填，車服燭路。統時在船中曝所市藥，諸貴人車乘來者如雲，

　　惟〈題周穉圭前輩《金梁夢月詞》〉之一之主要作意，係以晏殊、范仲淹比況周之琦。蓋周之琦爲嘉慶十三年（1808）進士，改翰林院庶吉士，授編修，充山西鄉試副考官，陞國子監司業，擢詹事府右春坊右中允，遷翰林院侍講，續官四川鹽茶道、浙江按察使、廣西布政使、廣西巡撫、江西巡撫、湖北巡撫、太僕寺卿、刑部右侍郎，〔註23〕累任中央、地方要職。而其《金梁夢月詞》行旅寫景、傷春悲秋、懷鄉思舊、怨別相思、歎老傷逝、詠物題畫、懷古詠史諸作，或直抒胸臆，或寓物賦情，大抵造語婉麗縝密、情致眞切綿邈。其中〈相見歡〉（一絲秋入雕梁）與〈菩薩蠻〉（映門衰柳無顏色）描敘秋日感受與閒愁，頗類晏殊之〈清平樂〉，〔註24〕而〈菩薩蠻〉（竹梧重疊交窗影）與〈三姝媚・己卯中秋〉細訴凄清秋夜之懷人深情，又似范仲淹之〈御街行〉也。〔註25〕程恩澤之援古論今，頗具識力。

二、紹述《陽春》，啓導後進

　　北宋初期詞壇之主要發展面向，或作長調新聲，鋪敘展衍；或

　　　　統並不之顧。太尉賈充怪而問之，統初不應，重問，乃徐答曰：『會稽夏仲御也。』……充欲耀以文武鹵簿，覘其來觀，因而謝之，遂命建朱旗，舉幡校，分羽騎爲隊，軍伍肅然。須臾，鼓吹亂作，胡葭長鳴，車乘紛錯，縱橫馳道，又使妓女之徒服袿襠，炫金翠，繞其船三帀。統危坐如故，若無所聞。充等各散曰：『此吳兒是木人石心也。』」，〔唐〕房玄齡等撰：《晉書》（臺北：鼎文書局，1992年），卷九十四，頁2428～2430。

〔註23〕參見清國史館原編，王鍾翰點校：《清史列傳》（北京：中華書局，2005年），卷四十九〈周之琦傳〉，頁3878～3883。

〔註24〕茲錄周之琦〈相見歡〉詞如下：「一絲秋入雕梁。燕雙雙。驀地庭梧已做十分涼。　　楚竹簟，越羅扇，漫思量。咫尺畫闌西畔是斜陽」，《心日齋詞集・金梁夢月詞上》（上海：上海古籍出版社，2002年，《續修四庫全書》冊一七二六），頁51。另〈菩薩蠻〉（映門衰柳無顏色），詳見《心日齋詞集・金梁夢月詞上》，頁50。

〔註25〕茲錄周之琦〈菩薩蠻〉詞如下：「竹梧重疊交窗影。水紋簟卷冰花冷。燈穗墮空烟。夢回秋可憐。　　玉階人不見。絡緯喉成怨。銀漢信沉沉。碧雲深更深」，《心日齋詞集・金梁夢月詞上》，頁50。另〈三姝媚・己卯中秋〉，詳見《心日齋詞集・金梁夢月詞下》，頁60。

承晚唐、五代遺風，專力小令。前者可以柳永爲代表，後者可以晏殊爲標竿。江昱〈論詞十八首〉之二評騭晏殊即由其「承前」論起，詩曰：

> 臨淄格度本南唐，風雅傳家小晏強；更有門牆歐范在，春蘭秋菊卻同芳。〔註26〕

首句提點晏殊《珠玉詞》之體式、詞境踵繼南唐（「格度」有規格形制、品格氣度之義）。南唐代表詞人包括李璟、李煜父子與馮延巳（903～960，字正中，有《陽春集》），三人皆作小令，然詞境同中有異，精確言之，江昱此句當本北宋劉攽《中山詩話》所載：「晏元獻尤喜江南馮延巳歌詞，其所自作，亦不減延巳」，〔註27〕揭橥馮、晏二家之同調因緣。而此絕二、三、四句係就子息、門生之成就，闡明晏殊之「啓後」。晏幾道乃晏殊第八子，以詞著聞，有《小山詞》，與晏幾道同時之黃庭堅稱其「乃獨嬉弄於樂府之餘，而寓以詩人句法，清壯頓挫，能動搖人心，士大夫傳之，以爲有臨淄之風爾」，〔註28〕可見晏幾道之能克紹箕裘，北宋當時早有定評，而江昱曰：「風雅傳家小晏強」，則賞大晏能將倚聲家學傳承小晏，亦讚小晏繼父而起，強峙詞壇，足繫家聲於不墜。再者，晏殊好客、知人、稱善，拔擢賢材之功備受推崇，葉夢得《石林燕語》盛讚：「晏元獻公喜推引士類，前世諸公爲第一」，〔註29〕歐陽脩《歸田錄》謂其「性豪俊，所至延賓客，一時名士多出其門」。〔註30〕而歐陽脩、范仲淹皆爲晏殊

〔註26〕 〔清〕江昱：〈論詞十八首〉之二，《松泉詩集》（臺南：莊嚴文化事業有限公司，1997年，《四庫全書存目叢書》集部冊二八〇），卷一，頁176。

〔註27〕 〔宋〕劉攽：《中山詩話》，〔清〕何文煥輯：《歷代詩話》（臺北：漢京文化事業有限公司，1983年），冊一，頁292。

〔註28〕 〔宋〕黃庭堅：〈小山集序〉，《豫章黃先生文集》（臺北：臺灣商務印書館，1967年，《四部叢刊初編》），卷十六，頁163。

〔註29〕 〔宋〕葉夢得撰，穆公校點：《石林燕語》，卷九，上海古籍出版社編：《宋元筆記小說大觀》，冊三，頁2556。

〔註30〕 〔宋〕歐陽脩撰，李偉國點校：《歸田錄》（北京：中華書局，1981年），卷一，頁15。

門生，蓋晏殊曾知天聖八年（1030）禮部貢舉，舉歐陽脩第一，後又擢其為諫官，又晏殊於出知應天府時，延范仲淹以教生徒，後更薦任秘閣校理。歐陽脩有《歐陽文忠公近體樂府》、《醉翁琴趣外篇》，其詞與晏殊同出馮延巳，婉約深致；范仲淹有《范文正公詩餘》，其詞包括柔媚多情之〈蘇幕遮〉（碧雲天）、〈御街行〉（紛紛墜葉飄香砌）等作，更有豪壯激楚之〈漁家傲〉（塞下秋來風景異）、〈剔銀燈〉（昨夜因看蜀志），下開蘇、辛一派。同出晏殊門牆之歐、范二家，詞風有別，然俱為宋初詞壇大家，正如「春蘭」、「秋菊」品目迥異、芳香則一。

　　江昱詩句「臨淄格度本南唐」，標舉晏殊詞作源出南唐，前引譚瑩〈論詞絕句一百首〉之一八論晏殊：「歌詞許似馮延巳，語語原因類婦人」，更謂晏殊多作婦人語，以此雅近馮延巳。然以婦人語寫豔詞乃晚唐五代詞家之普遍作風，溫庭筠、韋莊等人皆然，非獨馮延巳一人而已，譚瑩所言不免流於皮相、浮泛。細究晏殊真有得於馮延巳者，可由二人填詞之場合敘起，陳世脩〈陽春集序〉曰：「公（案：指馮延巳）以金陵盛時，內外無事，朋僚親舊，或當燕集，多運藻思，為樂府新詞，俾歌者倚絲竹而歌之，所以娛賓而遣興也」，〔註31〕對照前引葉夢得《避暑錄話》有關晏殊席間創作之論述，何其類似。《陽春集》常見酒筵歌席之俊賞優遊，所謂「窈窕人家顏似玉。絃管泠泠，齊奏雲和曲」（〈鵲踏枝〉）、「與君同飲金杯。飲餘相取徘徊」（〈清平樂〉）、「重待燒紅燭，留取笙歌莫放回」（〈拋毬樂〉）〔註32〕，而《珠玉詞》亦如《陽春集》般頗多此類敘寫，如「美酒一盃新熟，高歌數闋堪聽」（〈破陣子〉）、「勸君綠酒金盃。莫嫌絲管聲催」（〈清平樂〉）、「蕭娘勸我盃中酒。翻紅袖」（〈秋蕊香〉）。〔註33〕惟馮延巳每於酒闌

〔註31〕〔宋〕陳世脩：〈陽春集序〉，見〔清〕王鵬運輯《四印齋所刻詞》（上海：上海古籍出版社，1989年）之馮延巳《陽春集》，頁332。

〔註32〕以上所引馮延巳詞作分見曾昭岷、曹濟平、王兆鵬、劉尊明編：《全唐五代詞》（北京：中華書局，1999年），冊上，頁654、671、691。

〔註33〕以上所引晏殊詞作分見唐圭璋編：《全宋詞》，冊一，頁88、92、

歌殘、曲終人散之際追懷省思，慨歎繁華易歇、好景不常，流露執著之深情、孤寂之哀感，鬱伊悽傷，〔註34〕晏殊則於感喟時光驟逝、生命苦短、世事無常之餘，進而擺脫傷感、正視人生，主張及時行樂、把握當下，維持瀟灑之逸興、曠達之高致。〔註35〕劉熙載曰：「馮延巳詞，晏同叔得其俊，歐陽永叔得其深」，〔註36〕辯明晏殊憲章馮延巳之俊逸詞境，誠為知言，實較譚瑩之說切中肯綮。

此外，一自劉攽《中山詩話》敘及晏殊受馮延巳沾溉，有關晏殊上承馮延巳、南唐之說多矣，至於啟導後進之論述則極罕見。如況周頤曰：「《陽春》一集，為臨川《珠玉》所宗」，〔註37〕只論晏殊之宗師馮延巳，又馮煦曰：

> 宋初諸家，靡不祖述二主，憲章正中，譬之歐、虞、褚、薛之書，皆出逸少。晏同叔去五代未遠，馨烈所扇，得之最先，故左宮右徵，和婉而明麗，為北宋倚聲家初祖。劉攽《中山詩話》謂：「元獻喜馮延巳歌詞，其所自作，亦不減延巳」，信然。〔註38〕

此段論述雖奉晏殊為「北宋倚聲家初祖」，然僅道及晏殊之接武馮延巳、南唐二主，並未言及繼起之影響，以致「初祖」之說曖昧難明。

105。

〔註34〕 如〈鵲踏枝〉：「梅落繁枝千萬片。猶自多情，學雪隨風轉。昨夜笙歌容易散。酒醒添得愁無限。　樓上春寒山四面。過盡征鴻，暮景煙深淺。一晌憑闌人不見。紅綃掩淚思量遍」，曾昭岷、曹濟平、王兆鵬、劉尊明編：《全唐五代詞》，冊上，頁649。他如〈採桑子〉（笙歌放散人歸去）、〈臨江仙〉（冷紅飄起桃花片）亦可參看。

〔註35〕 如〈拂霓裳〉下片：「人生百歲，離別易，會逢難。無事日，剩呼賓友啓芳筵。星霜催綠鬢，風露損朱顏。惜清歡。又何妨、沉醉玉尊前」，唐圭璋編：《全宋詞》，冊一，頁105。他如〈更漏子〉（塞鴻高）、〈清平樂〉（秋光向晚）亦可參看。

〔註36〕 〔清〕劉熙載：《藝概·詞概》，「晏歐學馮」條，唐圭璋編：《詞話叢編》（臺北：新文豐出版公司，1988年），冊四，頁3689。

〔註37〕 劉承幹：《歷代詞人考略》（北京：全國圖書館文獻縮微復製中心，2003年），冊上，卷四引況周頤語，頁204。

〔註38〕 〔清〕馮煦：《蒿庵論詞》，「論晏殊詞」條，唐圭璋編：《詞話叢編》，冊四，頁3585。

而江昱之論詞絕句不僅論晏殊之「承前」，更由人際網絡論其「啓後」之功，隱約鉤勒出以晏殊爲首而晏幾道、歐陽脩、范仲淹爲輔之詞人群體，彰顯晏殊於北宋詞壇之關鍵地位，誠難能可貴也。

三、清華逸韻，詞家正宗

晏殊體貌清瘦，生當北宋承平治世，一生大抵仕宦顯達，生活優遊，而其審美傾向一如其人，吳處厚《青箱雜記》曰：

> 公風骨清羸，不喜肉食，尤嫌肥羶。每讀韋應物詩，愛之曰：「全沒些脂膩氣。」故公於文章尤負賞識，集梁《文選》以後迄于唐，別爲《集選》五卷，而詩之選尤精，凡格調猥俗而脂膩者皆不載也。〔註39〕

可知晏殊愛賞韋應物閒澹簡遠之詩風，鄙棄穠豔沾滯、鄙俚穢褻之作品。張舜民《畫墁錄》亦載：

> 柳三變既以調忤仁廟，吏部不放改官，三變不能堪，詣政府。晏公曰：「賢俊作曲子嗎？」三變曰：「祇如相公亦作曲子。」公曰：「殊雖作曲子，不曾道『綵（案：當作「綵」）線慵拈伴伊坐』」。柳遂退。〔註40〕

晏殊所言柳永詞句出自〈定風波〉，〔註41〕該詞盡情鋪敘閨怨相思，一瀉無餘，流於纖佻直露、浮滑俚俗，此乃晏殊所不取也。

晏殊之創作風格與其審美傾向相符，《宋史》稱其「文章贍麗，應用不窮，尤工詩，閑雅有情思」。〔註42〕至若晏殊詞風，大抵雍容閒雅，清明和婉，如其詞集名稱《珠玉詞》般珠圓玉潤，李之儀謂其

〔註39〕〔宋〕吳處厚撰，李裕民點校：《青箱雜記》（北京：中華書局，1985年），卷五，頁47。

〔註40〕〔宋〕張舜民：《畫墁錄》，頁20。

〔註41〕〈定風波〉全詞如下：「自春來、慘綠愁紅，芳心是事可可。日上花梢，鶯穿柳帶，猶壓香衾臥。暖酥消、膩雲嚲。終日厭厭倦梳裏。無那。恨薄情一去，音書無箇。　早知恁麼。悔當初、不把雕鞍鎖。向雞窗、只與蠻牋象管，拘束教吟課。鎮相隨，莫拋躲。針線閒拈伴伊坐。和我。免使年少，光陰虛過」，唐圭璋編：《全宋詞》，冊一，頁29～30。

〔註42〕〔元〕脫脫等撰：《宋史》，卷三一一〈晏殊傳〉，頁10197。

「風流閒雅，超出意表」，〔註43〕王灼謂其「風流縕藉，一時莫及，而溫潤秀潔，亦無其比」，〔註44〕夏樹芳謂其「玄超」。〔註45〕而沈初則以「清華」概括晏殊詞風，其〈編舊詞存稿作論詞絕句十八首〉之四曰：

> 晏家父子擅清華，歐九風神更足誇；若準滄浪論詩例，須從開寶數名家。〔註46〕

沈氏稱賞晏殊、晏幾道父子之清新華美，誇讚歐陽脩之疏雋神韻，更援引嚴羽論詩之準則，推崇三人之成就。嚴羽《滄浪詩話》有言：

> 夫學詩者以識爲主：入門須正，立志須高；以漢、魏、晉、盛唐爲師，不作開元、天寶以下人物。若自退屈，即有下劣詩魔入其肺腑之間，由立志之不高也。行有未至，可加工力，路頭一差，愈騖愈遠，由入門之不正也。……工夫須從上做下，不可從下做上。先須熟讀《楚辭》，朝夕諷詠，以爲之本；及讀《古詩十九首》、樂府四篇，李陵、蘇武、漢、魏五言皆須熟讀；即以李、杜二集枕藉觀之，如今人之治經，然後博取盛唐名家，醞釀胸中，久之自然悟入。雖學之不至，亦不失正路。〔註47〕

嚴羽指出學詩首重識見，須以盛唐以前爲師，不可取徑盛唐以後，此乃入門之正道、立志之高格。沈初借詩論詞，揚舉二晏、歐陽之詞壇地位猶如開元、天寶之盛唐詩壇名家，堪爲學詞之典範。而沈道寬亦有詩作論及晏殊之詞風，其〈論詞絕句〉之九主論小晏、附論大晏，

〔註43〕〔宋〕李之儀：〈跋吳思道小詞〉，《姑溪居士全集・文集》（北京：中華書局，1985 年，《叢書集成初編》），卷四十，頁 310。

〔註44〕〔宋〕王灼：《碧雞漫志》，卷二「各家詞短長」條，唐圭璋編：《詞話叢編》，冊一，頁 83。

〔註45〕〔明〕夏樹芳：〈刻宋名家詞序〉，〔明〕毛晉輯：《宋六十名家詞》（上海：上海古籍出版社，1989 年），頁 2。

〔註46〕〔清〕沈初：〈編舊詞存稿作論詞絕句十八首〉之四，《蘭韻堂詩集》（北京：北京出版社，2000 年，《四庫未收書輯刊》十輯，冊二十三），卷一〈南窗集上〉，頁 7。

〔註47〕〔宋〕嚴羽：《滄浪詩話・詩辯》，〔清〕何文煥輯：《歷代詩話》，冊二，頁 687。

詩曰：

　　珠玉新編逸韻饒，仙郎仙筆更飄飄；世儒也愛玲瓏句，夢
　　躕楊花過謝橋。〔註48〕

首句讚譽晏殊一編《珠玉詞》絕去陳腐，清新脫俗，豁人心目，饒富
超凡飄逸之韻致。

　　沈初、沈道寬謂晏殊詞「擅清華」、「逸韻饒」，信然。晏殊遣詞
造句典雅而不俗穢，沖淡而不穠豔，含蓄而不直露。更能辨明去聲，
以其「清而遠」之調值特色，〔註49〕增添富貴閒雅、溫潤和婉之氣度。
〔註50〕如此蘊藉空靈之「逸韻」，遂令晏殊詞作超越字面意表，予人
無限感發聯想。如趙尊嶽、葉嘉瑩盛稱《珠玉詞》「智慧流露」、「情
中有思」，亦即晏殊能於相思別恨、傷春悲秋之情詞含蘊哲理思致。
〔註51〕又如晏殊抒發晚春閒愁之〈踏莎行〉（小徑紅稀）一詞，〔註52〕

〔註48〕〔清〕沈道寬：〈論詞絕句〉之九，《話山草堂詩鈔》（臺北：臺灣大
　　　　學圖書館藏，清光緒三年潤州椎廔刊本），卷一，頁 36 下。
〔註49〕釋神珙〈四聲五音九弄反紐圖序〉曰：「譜曰：『平聲者哀而安，上
　　　　聲者屬而舉，去聲者清而遠，入聲者直而促。』」見〔梁〕顧野王撰，
　　　　〔唐〕孫強加字，〔宋〕陳彭年等重修：《大廣益會玉篇》（臺北：
　　　　新興書局，1968 年），附《玉篇廣韻指南》中之〈四聲五音九弄反紐
　　　　圖序〉。
〔註50〕此處參引夏承燾、黃文吉之說，詳見夏承燾：《唐宋詞論叢》，〈唐宋
　　　　詞字聲之演變〉之「晏同叔辨去聲，嚴於結拍」,《夏承燾集》（杭
　　　　州：浙江古籍出版社、浙江教育出版社，出版年不詳），冊二，頁 54
　　　　～56；黃文吉：《北宋十大詞家研究》（臺北：文史哲出版社，1996
　　　　年），〈北宋倚聲家初祖——晏殊〉之「重視格律，嚴辨去聲」，頁 24
　　　　～25。
〔註51〕趙尊嶽曰：「晏詞智慧流露而重大有餘，實為渾金璞玉之音」,《填詞
　　　　叢話》卷四，《詞學》五輯（上海：華東師範大學出版社，1986
　　　　年），頁 215。而葉嘉瑩有關晏殊詞「情中有思」之解說，詳見〈大
　　　　晏詞的欣賞〉,《迦陵論詞叢稿》（臺北：明文書局，1987 年），頁 124
　　　　～127。
〔註52〕〈踏莎行〉全詞如下：「小徑紅稀，芳郊綠徧。高臺樹色陰陰見。春
　　　　風不解禁楊花，濛濛亂撲行人面。　　翠葉藏鶯，朱簾隔燕。爐香
　　　　靜逐遊絲轉。一場愁夢酒醒時，斜陽卻照深深院」，唐圭璋編：《全
　　　　宋詞》，冊一，頁 99。

張惠言曰:「此詞亦有所興,其歐公〈蝶戀花〉之流乎」,〔註53〕譚獻曰:「刺詞」,〔註54〕黃蘇曰:「臣心與閨意雙關,寫去細思,自得之耳」,〔註55〕俞陞雲曰:「此詞或有白氏諷諫之意」,〔註56〕四人均以比興寄託之說索解其中政治義涵。

　　而晏殊閒雅之審美傾向與創作風格亦體現於「富貴」之評賞與書寫,歐陽脩《歸田錄》曰:

> 晏元獻公喜評詩,嘗曰:「『老覺腰金重,慵便枕玉涼』,未是富貴語,不如『笙歌歸院落,燈火下樓臺』,此善言富貴者也。」人皆以為知言。〔註57〕

又吳處厚《青箱雜記》曰:

> 晏元獻公雖起田里,而文章富貴,出於天然。嘗覽李慶孫〈富貴曲〉云:「軸裝曲譜金書字,樹記花名玉篆牌」,公曰:「此乃乞兒相,未嘗諳富貴者。」故公每吟詠富貴,不言金玉錦繡,而唯說其氣象,若「樓臺側畔楊花過,簾幕中間燕子飛」、「梨花院落溶溶月,柳絮池塘淡淡風」之類是也。故公自以此句語人曰:「窮兒家有這景致也無?」
> 〔註58〕

綜觀上述二段記載,「老覺腰金重,慵便枕玉涼」與李慶孫詩句之情狀景象,極具誇炫意味,猶如暴發驟顯者之故作富貴妄語,市儈庸俗。再者,金玉錦繡使人直接聯想富貴,乃寫富貴所習見之字眼,以之入詩,流於直露、陳腐。而「笙歌歸院落,燈火下樓臺」與晏殊詩句不

〔註53〕 〔清〕張惠言錄,劉崇德、徐文武點校:《詞選》(保定:河北大學出版社,2006年),頁132。

〔註54〕 〔清〕譚獻:《復堂詞話》,「評晏殊詞」條,唐圭璋編:《詞話叢編》,冊四,頁3990。

〔註55〕 〔清〕黃蘇:《蓼園詞評》,「踏莎行」條,唐圭璋編:《詞話叢編》,冊四,頁3048~3049。

〔註56〕 俞陞雲:《唐五代兩宋詞選釋》(臺北:文史哲出版社,1988年),頁160。

〔註57〕 〔宋〕歐陽脩撰,李偉國點校:《歸田錄》,卷二,頁21。

〔註58〕 〔宋〕吳處厚撰,李裕民點校:《青箱雜記》,卷五,頁46~47。

落俗套，不作金玉錦繡之鋪排，而以高華博大之院落、樓臺、簾幕、池塘爲背景，描敘其間之物態人事，格局恢宏，氣度雍容；加以華而不綺、麗而不縟之描敘，富貴氣象自然流露。

　　晏殊稱賞雍容閒雅之富貴氣象，鄙棄脂膩猥俗之金玉堆砌。而華長卿亦由此評論《珠玉詞》之富貴，其〈論詞絕句〉之一○曰：

> 舞低楊柳樓心月，歌盡桃花扇底風；儻在三家村裡住，何
> 能珠玉串玲瓏。〔註59〕

此絕殆本晁補之「評本朝樂章」之說：「晏元獻不蹈襲人語，而風調閒雅，如『舞低楊柳樓心月，歌盡桃花扇底風』，知此人不住三家村也」。〔註60〕惟「舞低楊柳樓心月，歌盡桃花扇底風」出自晏幾道〈鷓鴣天〉（彩袖殷勤捧玉鍾），並非晏殊之作。晁補之不愼誤引小晏詞句以論大晏，《雪浪齋日記》早已辯明。〔註61〕雖然，晁補之論晏殊詞之富貴則無偏失，其義蓋謂：晏殊造語清新，絕去俗濫，一派閒雅而不迫促，自然流露富貴氣象（所謂「三家村」係指鄉間偏僻村落）。〔註62〕而華長卿此絕上聯未能洞察晁補之之謬誤，逕將小晏詞句入詩，不免貽笑大方，殊不足取。而下聯「儻在三家村裡住，何能珠玉

〔註59〕〔清〕華長卿：〈論詞絕句〉之一○，《梅莊詩鈔》（上海：上海古籍出版社，2002 年，《續修四庫全書》冊一五三三），卷五〈嗜痂集下〉，頁 607。

〔註60〕《能改齋漫錄》引晁補之「評本朝樂章」之語，〔宋〕吳曾：《能改齋漫錄》（臺北：木鐸出版社，1982 年），卷十六「黃魯直詞謂之著腔詩」條，頁 469。

〔註61〕《雪浪齋日記》曰：「晏叔原工於小詞，『舞低楊柳樓心月，歌盡桃花扇影風』，不愧六朝宮掖體。無咎評樂章乃以爲元獻詞，誤也。元獻詞謂之《珠玉集》，叔原詞謂之《樂府補亡集》，此兩句在《補亡集》中」，〔宋〕胡仔：《苕溪漁隱叢話》，後集，卷三十三「晁無咎」引《雪浪齋日記》，收於吳文治主編：《宋詩話全編》（南京：鳳凰出版社，1998 年），冊四《胡仔詩話》，頁 4203。

〔註62〕況且晁補之所誤引之晏幾道詞句「舞低楊柳樓心月，歌盡桃花扇底風」，未見金玉錦繡之堆砌鋪排，而雍容悠閒之歌舞場合自屬富貴人家，手法近於晏殊詩句「樓臺側畔楊花過，簾幕中間燕子飛」、「梨花院落溶溶月，柳絮池塘淡淡風」。

串玲瓏?」嵌入晏殊詞集名稱《珠玉詞》,且以設問語氣稱許晏殊詞
作雍容大方、閒雅富貴,猶如珠玉之清越聲響、明淨色澤,精巧可喜。
又前引譚瑩〈論詞絕句一百首〉之一八上聯:「楊柳桃花調亦陳,三
家村裏住無因」,亦蹈襲晁補之之舛誤與成說,意謂:晏殊亦擅填詞,
能為「舞低楊柳樓心月,歌盡桃花扇底風」之雋句(「陳」解作陳述、
述說),清新閒雅,自是富貴人家語。

　　晁補之、華長卿、譚瑩皆誤引晏幾道詞句,然評定晏殊詞之富貴,
則為不刊之論。《珠玉詞》確實屢見雍容閒雅之富貴氣象,如〈浣溪
沙〉:

　　　　小閣重簾有燕過。晚花紅片落庭莎。曲闌干影入涼波。　　一
　　　霎好風生翠幕,幾回疏雨滴圓荷。酒醒人散得愁多。〔註63〕

詞作末結點明主旨——抒發酒醒人散之清寂閒愁,而前此數句描敘靜
觀諦聽之所見所聞,優雅華貴、從容不迫,自非村野窮戶之寒酸窮相,
亦非暴發富兒之奢靡俗態,真富貴氣象也。他如〈訴衷情〉之「小庭
簾幕春晚,閒共柳絲垂」、〈踏莎行〉之「日高深院靜無人,時時海燕
雙飛去」、〈破陣子〉之「池上碧苔三四點,葉底黃鸝一兩聲。日長飛
絮輕」,〔註64〕皆可資印證。

　　晏殊「寫富貴而不鄙俗,寫豔情而不纖佻」,〔註65〕清新華美、
饒富逸韻之詞風深契傳統文人士夫「尚雅」之審美標準。前舉沈初〈編
舊詞存稿作論詞絕句十八首〉之四蓋以晏殊為學詞之楷模,而似此言
論不一而足。王世貞《藝苑卮言》曰:「之詩而詞,非詞也。之詞而
詩,非詩也。言其業,李氏、晏氏父子、耆卿、子野、美成、少游、
易安至矣,詞之正宗也」,〔註66〕嚴守詩詞界限,而奉晏殊為詞家正

〔註63〕〔宋〕晏殊:〈浣溪沙〉,唐圭璋編:《全宋詞》,冊一,頁89。
〔註64〕以上所引晏殊詞作分見唐圭璋編:《全宋詞》,冊一,頁 97、99、
　　　　108。
〔註65〕葉嘉瑩:〈大晏詞的欣賞〉,《迦陵論詞叢稿》,頁 131。
〔註66〕〔明〕王世貞:《藝苑卮言》,「詞之正宗與變體」條,唐圭璋編:《詞
　　　　話叢編》,冊一,頁 385。

宗之一；汪懋麟〈棠村詞序〉曰：「予嘗論宋詞有三派：歐、晏正其始；秦、黃、周、柳、姜、史、李清照之徒備其盛；東坡、稼軒，放乎其言之矣」，〔註67〕以晏殊爲宋詞正始立基之大家；趙尊嶽《塡詞叢話》曰：「不必言情而自足于情。一字一句，落落大方，能得天籟，斯即爲詞中之聖境。珠玉是矣」，〔註68〕推尊晏殊之雍容自然、優入聖域。

　　而王士禎（1634～1711，字子眞，一字貽上，號阮亭，別號漁洋山人）更舉晏殊〈浣溪沙〉之雋句爲例，以辨析詩詞分界，其《花草蒙拾》曰：

　　　　或問詩詞、詞曲分界，予曰：「『無可奈何花落去，似曾相
　　　　識燕歸來』，定非香籢詩。『良辰美景奈何天，賞心樂事誰
　　　　家院』，定非草堂詞也。」〔註69〕

而朱依眞讚譽王士禎即以此立論，其〈僕少有〈論詞絕句〉，迄今二十年，燈下讀諸家詞，有老此數家之意，復綴六章，於前論無所長人也〉之五曰：

　　　　欲起瑯琊仔細論，機鋒拈出付兒孫；禾中選體荊溪律，一
　　　　代能扶大雅輪。（阮亭云：「『無可奈何花落去，似曾相識燕
　　　　歸來』，必不是香籢詩。『良晨美景奈何天，賞心樂事誰家
　　　　院』，必不是草堂詞。」確論也。）〔註70〕

王士禎乃新城人，地近古瑯琊郡，〔註71〕故朱依眞以「瑯琊」稱之。

〔註67〕〔清〕汪懋麟：〈棠村詞序〉，見〔清〕梁清標：《棠村詞》（南京：
　　　　鳳凰出版社，2007年，張宏生編《清詞珍本叢刊》冊三），頁327。
〔註68〕趙尊嶽：《塡詞叢話》卷三，《詞學》四輯（上海：華東師範大學出
　　　　版社，1986年），頁81。
〔註69〕〔清〕王士禎：《花草蒙拾》，「詩詞曲分界」條，唐圭璋編：《詞話
　　　　叢編》，冊一，頁686。
〔註70〕〔清〕朱依眞：〈僕少有〈論詞絕句〉，迄今二十年，燈下讀諸家詞，
　　　　有老此數家之意，復綴六章，於前論無所長人也〉之五，見況周頤：
　　　　《粵西詞見》（臺北：新文豐出版公司，1989年，《叢書集成續編》
　　　　冊二○五），卷一，頁787。
〔註71〕《讀史方輿紀要》曰：「琅邪，今兗州府東境，沂州、青州府南境、
　　　　莒州、萊州府南境、膠州一帶，皆是其境」，〔清〕顧祖禹：《讀史

次句意謂王士禛之論詩詞、詞曲分際如禪宗「機鋒」語，不著跡象而
寓義深刻，足以啓發後學。「禾」乃黍、稷、稻、秫、苽、粱等穀類
之總稱，「禾中選體」喻指王士禛能明辨韻文中詩、詞、曲之差異，
而「荊溪」當指南宋吳子良（1197～1256，字明輔，號荊溪）所著《荊
溪林下偶談》，《四庫提要》有言：「此書皆其論詩評文之語，所見頗
多精確。……其識高于當時諸人遠矣」，〔註72〕故「荊溪律」意謂王
士禛之語如《荊溪林下偶談》般精確，眞知灼見堪爲詞學典律。所謂
「扶輪」即扶護車輪、在側推進，而「一代能扶大雅輪」則讚王士禛
之說乃清詞中興之功臣。

　　王士禛之論屬印象式批評，朱依眞雖尊其爲「荊溪律」之確論，
然亦不免感歎所言如「機鋒」般不落跡象、難以捉摸，而「欲起瑯琊
仔細論」。以下嘗試推闡王士禛之意旨。王士禛曰：「『生香眞色人難
學』，爲『丹青女易描，眞色人難學』所從出，千古詩文之訣，盡此
七字」，〔註73〕強調各類文體須具天然本色。而詞體之「生香眞色」
爲何？王士禛評卓人月（字珂月）曰：「卓珂月自負逸才，《詞統》一
書，蒐采鑒別，大有廓清之力。乃其自運，去宋人門廡尚遠，神韻興
象，都未夢見」，〔註74〕又評張孝祥（字安國）〈憶秦娥・雪〉（雲垂
幕）一詞曰：「張安國雪詞，前半刻畫不佳，結乃云：『楚溪山水，碧
湘樓閣』，則寫照象外，故知『頰上三毛』之妙也」，〔註75〕可見王士
禛論詞首重「神韻」，反對質實沾滯之刻畫描摹，要求作品空靈自然、

方輿紀要》（上海：上海古籍出版社，2002 年，《續修四庫全書》冊
五九八），卷一〈歷代州域形勢・秦〉，頁 178。而新城屬濟南府，約
當古瑯邪郡之北。
〔註72〕〔清〕永瑢等：《四庫全書總目提要》，卷一九五「《荊溪林下偶談》
　　　　提要」，頁 4375。
〔註73〕〔清〕王士禛：《花草蒙拾》，「詩文妙訣」條，唐圭璋編：《詞話叢
　　　　編》，冊一，頁 676。
〔註74〕〔清〕王士禛：《花草蒙拾》，「卓珂月輯詞統」條，唐圭璋編：《詞
　　　　話叢編》，冊一，頁 685。
〔註75〕〔清〕王士禛：《花草蒙拾》，「張安國雪詞」條，唐圭璋編：《詞話
　　　　叢編》，冊一，頁 677。

蘊藉含蓄，具備超越形跡之神采妙思，如顧愷之畫裴楷像於頰上增益
三毛以求得神。〔註76〕王士禛嘗曰：「歐、晏正流妙處俱在神韻，不
在字句」，〔註77〕推賞晏殊詞作富含凌駕文字之神韻。而晏殊〈浣溪
沙〉一詞：

> 一曲新詞酒一盃。去年天氣舊亭臺。夕陽西下幾時迴。　　無
> 可奈何花落去，似曾相識燕歸來。小園香徑獨徘徊。〔註78〕

抒發傷春歎逝之情，其中「無可奈何花落去，似曾相識燕歸來」二
句，傷悼花落，欣慰燕歸，而燕歸又映襯人猶未歸，寄寓懷人怨別之
情，深曲隱奧，令人回腸盪氣。而花落之無可奈何與燕歸之似曾相
識，又似象喻消逝無常與循環不已之宇宙現象，哀感之中隱含圓融之
觀照。〔註79〕要之，此二警句深具形跡外之神韻，超詣雋永，殊值玩
味。而「香奩詩」（「籢」、「籨」同「奩」）係以韓偓《香奩集》為代
表之詩體，多寫男女之情愛、婦女之容態，綺麗纖巧，又有「豔體」
之稱，韓偓〈香奩集序〉曰：「初得捧心之態，幸無折齒之慙。柳巷
青樓，未嘗糠粃；金閨繡戶，始預風流。咀五色之靈芝，香生九竅；
咽三危之瑞露，春動七情」，〔註80〕又嚴羽《滄浪詩話‧詩體》有「香
奩體」，釋曰：「韓偓之詩，皆裾裙脂粉之語，有《香奩集》」，〔註81〕
可見「香奩詩」表象之題材、風格近於詞體。然「香奩詩」酣暢盡致、

〔註76〕所謂「頰上三毛」，見《世說新語‧巧藝》：「顧長康畫裴叔則，頰上
　　　　益三毛。人問其故，顧曰：『裴楷儁朗有識具，正此是其識具。看畫
　　　　者尋之，定覺益三毛如有神明，殊勝未安時。』」〔南朝宋〕劉義慶
　　　　撰，徐震堮校箋：《世說新語校箋》（北京：中華書局，1984年），〈巧
　　　　藝第二十一〉，頁387。

〔註77〕〔清〕汪懋麟：《錦瑟詞》（上海：上海古籍出版社，2002年，《續修
　　　　四庫全書》冊一七二五），〈錦瑟詞話〉引王士禛語，頁255。

〔註78〕〔宋〕晏殊：〈浣溪沙〉，唐圭璋編：《全宋詞》，冊一，頁89。

〔註79〕參見葉嘉瑩〈論晏殊詞〉有關此二句之解說，詳見繆鉞、葉嘉瑩：《靈
　　　　谿詞說》（臺北：國文天地雜誌社，1989年），頁94～95。

〔註80〕〔唐〕韓偓：〈香奩集序〉，《玉山樵人集附香奩集》（臺北：臺灣商
　　　　務印書館，1967年，《四部叢刊初編》），頁26。

〔註81〕〔宋〕嚴羽：《滄浪詩話‧詩體》，〔清〕何文煥輯：《歷代詩話》，
　　　　冊二，頁690。

直露黏膩之書寫易流於淺薄輕靡，缺乏象外之「神韻」，甚至招致「麗而無骨」、「動不得也」、「誨淫之言」之評。〔註82〕然則「香奩詩」與詞體之別在神不在貌，「神韻」方爲辨析二者之關鍵。至於「良辰美景奈何天，賞心樂事誰家院」二句，擷自湯顯祖《牡丹亭》第十齣〈驚夢〉之〈皂羅袍〉曲，寫杜麗娘春遊之感傷，而「草堂詞」係指《草堂詩餘》，王士禛有言：「問《草堂》之妙，曰：『采采流水，蓬蓬遠春。』」而此二語實本司空圖《二十四詩品》有關「纖穠」一品之解說，〔註83〕可見王士禛認爲詞體仍應保有纖細穠麗之特質，而「良辰美景」二句稍嫌淺白尖透，故非詞也。

有關晏殊〈浣溪沙〉「無可奈何花落去，似曾相識燕歸來」之爲本色詞語，張宗橚《詞林紀事》曰：「細玩『無可奈何』一聯，情致纏綿，音調諧婉，的是倚聲家語。若作七律，未免軟弱矣。」〔註84〕對照張宗橚、王士禛二家之說，張氏率以「詩莊詞媚」之角度立論，王氏獨能細辨同屬軟媚之香奩詩與詞體之精微差異，洞幽燭微，更具慧眼。而由王士禛之舉引立說、朱依眞之附和推轂，更見晏殊清華逸韻、詞家正宗之地位。

　　清代論詞絕句作者品評晏殊，或論性格與詞情：王僧保稱晏殊性格剛方而詞篇多情，譚瑩亦謂晏殊多「婦人語」，程恩澤則賞晏殊仕宦顯達、才調卓絕且靈心善感；或論承傳：江昱謂晏殊祖述南唐，啓導晏幾道、歐陽脩、范仲淹，譚瑩則稱晏殊多作婦人語，以此近似馮

〔註82〕　「麗而無骨」、「動不得也」見《彥周詩話》記高秀實語，詳參〔宋〕許顗：《彥周詩話》，〔清〕何文煥輯：《歷代詩話》，冊一，頁389。而「誨淫之言」見《瀛奎律髓》評韓偓〈馬上見〉詩，詳見〔元〕方回：《瀛奎律髓》（臺北：臺灣商務印書館，1986年，《景印文淵閣四庫全書》冊一三六六），卷七〈風懷類〉，頁83。

〔註83〕　詳見〔唐〕司空圖：《二十四詩品》之「纖穠」，〔清〕何文煥輯：《歷代詩話》，冊一，頁38。

〔註84〕　〔清〕張宗橚編，楊寶霖補正：《詞林紀事、詞林紀事補正合編》（上海：上海古籍出版社，1998年），冊上，卷三，頁172。

延巳；或論風格：沈初稱晏殊詞清新華美，沈道寬亦謂晏殊詞清新脫俗、饒富逸韻，華長卿、譚瑩則喜晏殊詞具清新閒雅之富貴氣象，而朱依眞盛讚王士禎以晏殊雋句爲詞體本色之說。

江昱能就晏殊之繼往與開來立論，以確立其詞壇地位，發前人所未發，殊値肯定。王僧保洞察晏殊詞心，與夫沈初、沈道寬、華長卿、譚瑩等人評賞晏殊詞風，言簡意賅，俱爲得實之論，而朱依眞揚推王士禎之辨析詞體特質，更能金針度人。至於程恩澤讚賞周之琦如晏殊般多才銳感，亦非虛譽。然譚瑩謂晏殊多婦人語故近於馮延巳，只見表象，未能探驪得珠。而華長卿、譚瑩誤以晏幾道詞句評論晏殊，更見讕陋。

第二節 論歐陽脩

歐陽脩（1007～1072），字永叔，號醉翁，晚號六一居士，廬陵（今江西吉安）人，諡文忠，著有《歐陽文忠公近體樂府》（一名《六一詞》）、《醉翁琴趣外篇》。清代論詞絕句有關歐陽脩之評論，約可歸納爲風流多情之稱述、詞作眞僞之辨析二端，以下逐項析論。

一、風流多情之稱述

歐陽脩於道德、事功、儒學、文章各方面卓有建樹，世人奉爲楷模。歐陽脩曾曰：「我道，堯、舜也，我言，孔子、孟軻也，而天下不我從，將焉往？」〔註85〕又曰：「我所謂文，必與道俱」，〔註86〕直以弘揚聖人之教自居。觀其奏事箚子，論列是非，忠君憂民，儼然臺閣重臣。然歐陽脩亦有風流多情之面向，酣歌痛飲，親妓盡歡，浪漫放逸，其〈書懷感事寄梅聖俞〉回憶年少豪縱云：「每憶少年日，

〔註85〕〔宋〕錢藻、實卞：〈歐陽文忠諡議〉，〔宋〕歐陽脩：《歐陽修全集》（北京：中國書店，1986年），冊下，附錄卷一，頁1341。
〔註86〕蘇軾：〈祭歐陽文忠公夫人文〉，〔宋〕蘇軾著，孔凡禮點校：《蘇軾文集》（北京：中華書局，1986年），冊五，卷六十三，頁1956。

未知人事艱。顛狂無所閡，落魄去羈牽」。〔註87〕而〈浪淘沙〉下片直言：「好妓好歌喉。不醉難休。勸君滿滿酌金甌。縱使花時常病酒，也是風流」，〔註88〕主張及時行樂以盡風流；〈洞仙歌令〉更曰：「後約與新期，易失難尋，空腸斷、損風流心性」，〔註89〕自許心性風流而不堪相思縈擾。

　　清代王僧保、高旭所作論詞絕句，均由風流多情之視角審視歐陽脩，王僧保〈論詞絕句〉之九曰：

　　　　功業文章不朽傳，閒情偶爾到吟邊；平山楊柳今依舊，太
　　　　守風流五百年。〔註90〕

首句推崇歐陽脩之事功、文章，蓋歐陽脩為人骨鯁諒直，歷仕仁宗、英宗、神宗三朝，曾任諫官、樞密副使、參知政事等中央要職，見義敢為，排抑奸邪，不避眾怨，雖因此而屢遭讒毀、貶謫，始終不改其志，數度出典州郡，又能循理、鎮靜、寬簡以治，百姓安之。而其詩文創作，一洗晚唐五代以來聲病駢偶、搯擢刻鏤、論卑氣弱之失，兼善眾體，「論大道似韓愈，論事似陸贄，記事似司馬遷，詩賦似李白」，〔註91〕戛戛獨造。如此弘文偉業，自當傳世不朽。次句「閒情偶爾到吟邊」則謂歐陽脩亦具閒情，不廢吟詠。而與前句「功業文章不朽傳」合觀，王氏殆將歐公閒情小詞視為從政、為文餘暇之情性自然偶發，並無礙其功業文章，此與清初汪懋麟論歐陽脩「不汲汲於嗜欲，政事之暇，寄閒情於詞賦，性情使然也，夫何害松

〔註87〕〔宋〕歐陽脩：〈書懷感事寄梅聖俞〉，《歐陽修全集》，冊上，《居士外集》卷二，頁353。

〔註88〕〔宋〕歐陽脩：〈浪淘沙〉（今日北池遊），唐圭璋編：《全宋詞》（臺北：文光出版社，1983年），冊一，頁141。

〔註89〕〔宋〕歐陽脩：〈洞仙歌令〉（情知須病），唐圭璋編：《全宋詞》，冊一，頁151～152。

〔註90〕〔清〕王僧保：〈論詞絕句〉之九，見況周頤：《阮盦筆記五種‧選巷叢譚》（臺北：新文豐出版公司，1989年，《叢書集成續編》冊二十四），卷二，頁690。

〔註91〕蘇軾：〈六一居士集敘〉，〔宋〕蘇軾著，孔凡禮點校：《蘇軾文集》，冊一，卷十，頁316。

陵」〔註92〕相侔。

　　王僧保乃揚州儀徵人，故此絕三、四句進而以〈朝中措・送劉仲原甫出守維揚〉詞爲例，論歐陽脩之多情風流。歐陽脩於慶曆八年（1048）閏正月至十二月徙知揚州，於城西北蜀岡大明寺側建平山堂，堂前手種楊柳數株，〔註93〕至和三年（1056），劉敞（字原甫）出知揚州，歐陽脩時任翰林學士，作〈朝中措〉以餞之，全詞如下：

> 平山闌檻倚晴空。山色有無中。手種堂前垂柳，別來幾度春風。　　文章太守，揮毫萬字，一飲千鍾。行樂直須年少，尊前看取衰翁。〔註94〕

開端寫平山堂擅觀覽之勝，憑欄遠眺，晴空萬里，江南遠近諸山層巒疊嶂，漸次明隱，繼而憶念親手栽植之楊柳，抒發物換星移之感。過片懷思揚州任內文思便給、酒興酣暢之縱逸行徑，〔註95〕歇拍勸勉劉敞及時行樂，調侃自己年華漸老。其中「手種堂前垂柳，別來幾度春風」之殷殷垂詢，與物有情，而「文章太守，揮毫萬字，一飲千鍾」，

〔註92〕〔清〕汪懋麟：〈棠村詞序〉，《百尺梧桐閣集》（臺北：文海出版社，1988 年），卷二，頁 78。

〔註93〕《傅幹注坡詞》稱歐陽脩於平山堂「堂下手植柳數株」（〔宋〕傅幹注，劉尚榮校證：《傅幹注坡詞》，成都：巴蜀書社，1993 年，卷一，頁 26～27），然《墨莊漫錄》載：「揚州蜀岡上大明寺平山堂前，歐陽文忠公手植柳一株，謂之歐公柳」（〔宋〕張邦基撰，孔凡禮點校：《墨莊漫錄》，北京：中華書局，2002 年，卷二「歐公柳與薛公柳」條，頁 74），所記稍異耳。

〔註94〕〔宋〕歐陽脩：〈朝中措・送劉仲原甫出守維揚〉，唐圭璋編：《全宋詞》，冊一，頁 122。

〔註95〕詞中「文章太守」有二說，一謂歐陽脩自稱，如蔡茂雄《六一詞校注》（臺北：文津出版社，1978 年）頁 14、李栖《歐陽脩詞研究及其校注》（臺北：文史哲出版社，1982 年）頁 150、黃畬《歐陽修詞箋注》（臺北：文史哲出版社，1988 年）頁 12 俱作是解；一謂美稱劉敞，如徐培均有關〈朝中措〉之賞析（見唐圭璋等撰《唐宋詞鑑賞辭典》，上海：上海辭書出版社，1988 年，頁 465～466）、邱少華《歐陽修詞新釋輯評》（北京：中國書店，2001 年）頁 21、王士祥〈歐陽修〈朝中措〉之「文章太守」當指劉敞〉（《語文知識》，2007 年三期，頁 18～20）均持是說。而王僧保曰：「平山楊柳今依舊，太守風流五百年」，顯然以「文章太守」指歐陽脩。

盡顯風雅瀟灑。歐公此詞一出，世人傳唱稱頌不絕。蘇軾〈西江月・
平山堂〉曰：「欲弔文章太守，仍歌楊柳春風」，〔註96〕可見時人以歌
〈朝中措〉緬懷歐陽脩。秦觀〈望海潮〉（星分牛斗）末結：「最好揮
毫萬字，一飲拚千鍾」，〔註97〕追維〈朝中措〉之太守豪舉。逮乎清
初曹爾堪〈錦瑟詞序〉亦謂平山堂以〈朝中措〉詞傳，而讀該詞，如
見歐公之鬚眉生動，偕游千載之上。〔註98〕而王僧保詩句「平山楊柳
今依舊，太守風流五百年」，非但遙應〈朝中措〉詞句「手種堂前垂
柳，別來幾度春風」，更賞歐公風流多情，流風餘韻播敷，歷數百年
不衰（此處之「五百年」殆舉其成數，王僧保〔1792～1853〕上距歐
陽脩出知揚州、作〈朝中措〉，約歷八百年）。

　　而高旭〈論詞絕句三十首〉之一一一論歐陽脩曰：

　　　歐陽居士富風情，晚歲依然綺思橫；癡絕文章老宗伯，水
　　　精枕畔聽叙聲。〔註99〕

前聯稱歐陽脩饒富風雅情趣、風月情懷，晚年仍舊風情不減，柔情綺
思橫陳。而歐陽脩乃宋代古文運動之奠基人物，所作獨步當世，足繼
韓愈、司馬遷，歐陽發曰：「獨公古文既行，遂擅天下，四十年間，
天下以爲模範。一言之出，學者競相傳道，不日之間，流布遠近，外
至夷狄，莫不仰服。後進之士，爭爲門生，求受教誨」，〔註100〕可見

〔註96〕〔宋〕蘇軾：〈西江月・平山堂〉，唐圭璋編：《全宋詞》，冊一，頁
　　　　285。蘇軾另有〈水調歌頭・快哉亭作〉：「長記平山堂上，欹枕江南
　　　　煙雨，渺渺沒孤鴻。認得醉翁語，山色有無中」（《全宋詞》冊一，
　　　　頁279），稱述〈朝中措〉之規摹山景。
〔註97〕〔宋〕秦觀：〈望海潮〉（星分牛斗），唐圭璋編：《全宋詞》，冊一，
　　　　頁454。
〔註98〕詳見〔清〕曹爾堪：〈錦瑟詞序〉，〔清〕汪懋麟：《錦瑟詞》（上
　　　　海：上海古籍出版社，2002年，《續修四庫全書》冊一七二五），頁
　　　　253。
〔註99〕〔清〕高旭：〈論詞絕句三十首〉之一一一，見〔清〕高旭著，郭長海、
　　　　金菊貞編：《高旭集》（北京：社會科學文獻出版社，2003年），上編
　　　　《天梅遺集》，卷三〈未濟廬詩〉，頁79。
〔註100〕〔宋〕歐陽發：〈歐陽修事迹〉，〔宋〕歐陽脩：《歐陽修全集》，冊
　　　　下，附錄卷五，頁1370。

世人嚮慕仿效之盛，且三蘇、曾鞏、王安石皆蒙其獎掖提攜，繼起推轂鼓吹，有宋文體卒變而復古以還醇粹，故高旭此絕第三句尊其為「文章老宗伯」。然歐陽脩亦復風流多情，曾言：「人生自是有情癡，此恨不關風與月」（〈玉樓春〉），「倚闌無語傷離鳳。一片風情無處用」（〈玉樓春〉），「莫言多病為多情，此身甘向情中老」（〈踏莎行〉），〔註101〕深情纏綿、執著癡頑，故高旭又稱其「痴絕」。

　　至於此絕末句關涉〈臨江仙〉詞及其本事，該詞如下：

> 柳外輕雷池上雨，雨聲滴碎荷聲。小樓西角斷虹明。闌干倚處，待得月華生。　　燕子飛來窺畫棟，玉鈎垂下簾旌。涼波不動簟紋平。水精雙枕，傍有墮釵橫。〔註102〕

上片依序展現雷作雨降、雨霽虹現、天晚月出之夏日圖象，下片則由閨房景致之逐漸聚焦，側寫佳人之消夏熟睡。而錢世昭《錢氏私誌》載：

> 歐文忠任河南推官，親一妓。時先文僖罷政，為西京留守。梅聖俞、謝希深、尹師魯同在幕下，惜歐有才無行，共白于公，屢微諷而不之恤。一日，宴于後園，客集而歐與妓俱不至，移時方來，在坐相視以目。公責妓云：「末至，何也？」妓云：「中暑，往涼堂睡覺，覺失金釵，猶未見。」公曰：「若得歐推官一詞，當為償汝。」歐即席云：「柳外輕雷池上雨，……傍有墮釵橫。」坐皆稱善。遂命妓滿酌賞歐，而令公庫償釵，戒歐當少戢。〔註103〕

高旭詩句「水精枕畔聽釵聲」即檃括〈臨江仙〉詞句與本事，以印證歐陽脩之風流多情。

　　惟深究高旭此絕要旨與所舉例證之聯繫，實欠周延。綜觀高旭詩意，主要凸顯歐陽脩至老風情不衰，而檢視歐公詞作，確實可見相關

〔註101〕以上所引歐陽脩詞作分見唐圭璋編：《全宋詞》，冊一，頁132、135、154。

〔註102〕〔宋〕歐陽脩：〈臨江仙〉，唐圭璋編：《全宋詞》，冊一，頁140。

〔註103〕〔宋〕錢世昭：《錢氏私誌》（北京：中華書局，1991年，《叢書集成初編》），頁2～3。

表述，如〈玉樓春〉：

> 兩翁相遇逢佳節。正值柳綿飛似雪。便須豪飲敵青春，莫
> 對新花羞白髮。　　人生聚散如弦筈。老去風情尤惜別。
> 大家金盞倒垂蓮，一任西樓低曉月。〔註104〕

可見歐陽脩晚年傷離惜別之多情、把盞縱飲之風流，老當益壯，風
雅瀟灑。他如〈夜行船〉下片：「今日相逢情愈重。愁聞唱、畫樓鍾
動。白髮天涯逢此景，倒金尊、斝誰相送」，〔註105〕亦可參看。然
〈臨江仙〉卻非歐公晚年之作，考錢惟演（諡文僖）於天聖九年
（1031）正月二十三日判河南府，歐陽脩於同年三月抵洛陽，補留守
府推官，又錢惟演於明道二年（1033）九月四日罷西京留守，移鎮漢
東，而歐陽脩於景祐元年（1034）三月西京秩滿，歸襄陽。〔註106〕
故歐陽脩為妓作〈臨江仙〉之風流韻事，應在天聖九年至明道二年之
間，時二十五至二十七歲，而高旭以之說明歐公之晚歲風情顯然失實
不當。

二、詞作眞僞之辨析

（一）泛論歐詞之他作、僞作

有關歐陽脩詞集雜廁別家詞作、他人僞作之議題，有宋以來備受
關注，清代論詞絕句評論歐詞亦多聚焦於此。茲先略述宋至清初之相
關重要論述，以見清代論詞絕句作者觀點之承啓。宋代曾慥〈樂府雅
詞引〉曰：

> 歐公一代儒宗，風流自命，詞章幼眇，世所矜式，當時小
> 人或作艷曲，謬為公詞，今悉刪除。〔註107〕

〔註104〕　〔宋〕歐陽脩：〈玉樓春〉，唐圭璋編：《全宋詞》，冊一，頁133。

〔註105〕　〔宋〕歐陽脩：〈夜行船〉，唐圭璋編：《全宋詞》，冊一，頁144。

〔註106〕　參見劉德清：《歐陽修紀年錄》（上海：上海古籍出版社，2006年），
　　　　　頁37～61。

〔註107〕　〔宋〕曾慥：〈樂府雅詞引〉，〔宋〕曾慥選，曹元忠原校，葛渭君
　　　　　補校：《樂府雅詞》，上海古籍出版社編：《唐宋人選唐宋詞》（上海：
　　　　　上海古籍出版社，2004年），冊上，頁295。

曾氏謂歐陽脩係儒學、文學之宗師，而其詞中豔曲乃小人僞作。王灼
《碧雞漫志》曰：

> 歐陽永叔所集歌詞，自作者三之一耳。其間他人數章，群
> 小因指爲永叔，起曖昧之謗。〔註108〕

王氏謂歐陽脩嘗彙輯詞集，收錄己作與他作，而引發曖昧毀謗之豔曲
實爲他人之作。羅泌〈歐陽文忠公近體樂府跋〉曰：

> 公性至剛而與物有情，蓋嘗致意於《詩》，爲之本義，溫柔
> 寬厚，所得深矣。吟詠之餘，溢爲歌詞，有《平山集》盛
> 傳於世，曾慥《雅詞》不盡收也。今定爲三卷，且載「樂
> 語」于首。其甚淺近者，前輩多謂劉煇僞作，故削之。元
> 豐中，崔公度跋馮延巳《陽春錄》，謂皆延巳親筆，其間有
> 誤入六一詞者，近世《桐汭志》、《新安志》亦記其事。今
> 觀延巳之詞，往往自與唐《花間集》、《尊前集》相混，而
> 柳三變詞亦雜《平山集》中。則此三卷或甚浮豔者，殆非
> 公之少作，疑以傳疑可也。〔註109〕

羅氏謂歐陽脩賦性剛毅而多情，以其餘力塡詞，有詞集《平山集》傳
世，其中流於淺近者係劉煇僞作，故羅氏刪削此等詞作以成《歐陽文
忠公近體樂府》三卷，惟其間仍雜廁《花間集》、《尊前集》、《陽春集》、
《樂章集》之詞，〔註110〕至於傷於浮豔者，當非歐陽脩所作，「疑以
傳疑」而著錄之。陳振孫《直齋書錄解題》曰：

> 《六一詞》一卷。歐陽文忠公修撰。其間多有與《花間》、
> 《陽春》相混者，亦有鄙褻之語一二廁其中，當是仇人無

〔註108〕 〔宋〕王灼：《碧雞漫志》，卷二「歐詞集自作者三之一」條，唐圭
　　　　 璋編：《詞話叢編》（臺北：新文豐出版公司，1988 年），冊一，頁
　　　　 85。

〔註109〕 〔宋〕羅泌：〈歐陽文忠公近體樂府跋〉，〔宋〕歐陽脩：《歐陽修
　　　　 全集》，冊下，頁 1085。

〔註110〕 羅泌於《歐陽文忠公近體樂府》各卷卷末校語每言詞作互見情形，
　　　　 如卷一〈歸自謠三篇〉曰：「並載馮延巳《陽春錄》，名〈歸國遙〉」，
　　　　 卷一〈長相思第二篇〉曰：「《尊前集》作唐無名氏詞」，卷二〈蝶
　　　　 戀花第十四十五篇〉曰：「並載柳三變《樂章集》」，卷三〈應天長
　　　　 第三篇〉曰：「《花間集》作皇甫松詞」。

名子所爲也。〔註111〕

陳氏謂《六一詞》中多雜《花間集》、《陽春集》之作，至於少數鄙陋褻藝之詞當爲歐陽脩仇人無名子之僞作。元代吳師道《吳禮部詩話》曰：

> 歐公小詞，間見諸詞集。陳氏《書錄》云：「一卷。其間多有與《陽春》、《花間》相雜者，亦有鄙褻之語一二廁其中，當是仇人無名子所爲。」近有《醉翁琴趣外篇》，凡六卷，二百餘首，所謂鄙褻之語，往往而是，不止一二也。前題東坡居士序，近八九語，所云「散落尊酒間，盛爲人所愛尚，猶小技，其上有取焉者」，詞氣卑陋，不類坡作，益可以證詞之僞。〔註112〕

吳氏承襲陳振孫《直齋書錄解題》有關《六一詞》之說，並稱《醉翁琴趣外篇》多屬鄙陋褻藝之詞（言下之意，當是贗作），更謂書前之蘇軾序文氣格卑陋，應爲依託之語，可見詞作亦出他人僞造。明代毛晉剔除《歐陽文忠公近體樂府》三卷之「樂語」與部分他稿混入之作，匯成《六一詞》一卷，且曰：

> 然集中更有浮艷傷雅不似公筆者，先輩云：「疑以傳疑可也」。〔註113〕

毛氏之意蓋謂其間浮豔而不雅馴之詞應非歐陽脩所作也。清初沈雄《古今詞話・詞評》載：

> 《西清詩話》曰：「歐陽詞之淺近者，謂是劉煇僞作。」又云：「元豐中，崔公度跋馮正中《陽春錄》，其間有入六一詞者。今柳三變詞，亦有雜入《平山堂集》者。則浮艷者皆非公作也。」〔註114〕

〔註111〕〔宋〕陳振孫著，徐小蠻、顧美華點校：《直齋書錄解題》（上海：上海古籍出版社，1987年），卷二十一「歌詞類」之「《六一詞》一卷」，頁616。

〔註112〕〔元〕吳師道：《吳禮部詩話・詞附》，丁福保輯：《歷代詩話續編》（臺北：木鐸出版社，1988年），冊中，頁620～621。

〔註113〕〔明〕毛晉：〈六一詞跋〉，見所輯《宋六十名家詞》（上海：上海古籍出版社，1992年）之《六一詞》，頁25。

〔註114〕〔清〕沈雄：《古今詞話》，〈詞評〉卷上「歐陽修六一詞」條，唐

沈氏所引宋代蔡絛《西清詩話》亦謂歐詞之淺近者係劉煇僞作，而浮豔者皆出他人手筆。

綜觀上述諸家之論述，要點有二：其一，歐陽脩詞集混雜《陽春集》、《樂章集》、《花間集》、《尊前集》等別家詞作；其二，歐詞之俗豔者當爲他人僞造，或出自小人，或出自無名子，或出自劉煇。細究此二要點之論述基準，顯然有別，前者應屬比勘諸家詞集之客觀陳述，後者則多主觀臆斷之成分。論者率將傳世歐詞分爲典雅、俗豔二者，而歐陽脩係一代大儒、文宗，深諳「溫柔敦厚」之詩教，當不致有俗豔之作，此中「爲賢者諱」之衛道用心不言可喻。

清代沈道寬、華長卿、譚瑩三人均有論詞絕句辨析歐詞之眞僞，沈道寬〈論詞絕句〉之一一一論歐陽脩曰：

> 草堂遺選備唐風，古調高彈六一翁；誰把膚辭充法曲，盡教箏笛涵絲桐。（《六一集》最多贋作。）〔註115〕

首句之「《草堂》遺選」，感喟《草堂詩餘》未選歐陽脩詞。其實沈氏所言並不符實，《草堂詩餘》二卷原爲南宋書坊所編，宋刊本已不可見，今通行之明洪武二十五年（壬申，1392）遵正書堂刊《增修箋注妙選群英草堂詩餘》，係據南宋刊本《草堂詩餘》加以增補、箋注而成，該書共選十二闋歐詞，〔註116〕且未標注「新添」或「新增」，殆

主璋編：《詞話叢編》，冊一，頁 976。案：今本《西清詩話》無此引文，檢核該文顯係刪節羅泌〈歐陽文忠公近體樂府跋〉而成，疑沈雄所引乃羅泌跋文。

〔註115〕 〔清〕沈道寬：〈論詞絕句〉之一一一，《話山草堂詩鈔》（臺北：臺灣大學圖書館藏，清光緒三年潤州権廨刊本），卷一，頁 37 上。

〔註116〕 此據劉崇德、徐文武點校《明刊草堂詩餘二種》（保定：河北大學出版社，2006 年）之《增修箋注妙選群英草堂詩餘》統計，入選之歐詞爲：前集卷上之〈浣溪沙〉（湖上朱橋響畫輪）、〈浪淘沙〉（把酒祝東風）、〈蝶戀花〉（海燕雙來歸畫棟）、〈瑞鶴仙〉（臉霞紅印枕）、〈阮郎歸〉（南園春半踏青時）、〈蝶戀花〉（庭院深深深幾許）；前集卷下之〈臨江仙〉（池外輕雷池上雨）、〈漁家傲〉（十月小春梅蕊綻）；後集卷下之〈玉樓春〉（妖冶風情天與措）、〈踏莎行〉（候館梅殘）、〈浣溪沙〉（堤上遊人逐畫船）、〈生查子〉（含羞整翠鬟）。

屬《草堂詩餘》之原選。另一通行之明嘉靖十七年（戊戌，1538）閩
沙陳鍾秀校刊《精選名賢詞話草堂詩餘》，亦選十闋歐詞，可見歐詞
並未「遺選」。〔註117〕而「備唐風」則謂歐陽脩憲章晚唐五代之傳統
詞風，是故次句稱其「古調高彈」，所作古雅高華。關於歐詞之「備
唐風」、「古調高彈」，宋代徐度《卻掃編》曾稱歐陽脩「至爲歌詞，
體製高雅」，有別於柳永之「多雜以鄙語」，〔註118〕清初魏際瑞〈鈔
所作詩餘序〉更曰：

> 然宋人如柳永、周邦彥輩，填詞鄙濁，有市井之氣。惟歐
> 陽永叔、秦淮海、晏同叔可稱清麗，蘇子瞻猶其亞也。珠
> 圓玉潤，一歸大雅，則歐陽公之作爲不可及矣。吾故曰：
> 宋人之詞，農人之布粟也；唐人之詞，美人之珠玉也。宋
> 人之詞如其文，唐人之詞如其詩。宋詞如唐詩者，永叔一
> 人而已。〔註119〕

魏氏揚舉唐詞、貶抑宋詞，於宋代詞人獨尊歐陽脩，謂其清麗而不鄙
濁，圓潤醇雅，深具唐詞、唐詩之風調。而沈道寬紹述前人歐詞高古
之論述，實已表明俗豔之作非歐陽脩手筆之立場，故第三句續曰：「誰
把膚辭充法曲？」意謂歐詞直如清華雅正之「法曲」，〔註120〕其中膚
淺鄙陋之「膚辭」乃他人僞造，末句更以「箏笛」比俗豔之作、用「絲

〔註117〕 此據劉崇德、徐文武點校《明刊草堂詩餘二種》之《精選名賢詞話
　　　　 草堂詩餘》統計，入選之歐詞爲：卷上之〈浣溪沙〉（湖上朱橋響
　　　　 畫輪）、〈阮郎歸〉（南園春半踏青時）、〈青玉案〉（一年春事都來幾）、
　　　　 〈蝶戀花〉（庭院深深深幾許）、〈臨江仙〉（池外輕雷池上雨）、〈漁
　　　　 家傲〉（十月小春梅蕊綻）；卷下之〈玉樓春〉（妖冶風情天與措）、
　　　　 〈踏莎行〉（候館梅殘）、〈浪淘沙〉（把酒祝東風）、〈浣溪沙〉（堤
　　　　 上遊人逐畫船）。
〔註118〕 〔宋〕徐度：《卻掃編》（北京：中華書局，1985 年，《叢書集成初
　　　　 編》），卷下，頁 172～173。
〔註119〕 〔清〕魏際瑞：〈鈔所作詩餘序〉，見〔清〕林時益輯《寧都三魏全
　　　　 集》（北京：北京出版社，2000 年，《四庫禁燬書叢刊》集部冊四）
　　　　 之《魏伯子文集》，卷一，頁 37。
〔註120〕 《新唐書・禮樂志》曰：「初，隋有法曲，其音清而近雅。」，〔宋〕
　　　　 歐陽脩、宋祁：《新唐書》（臺北：鼎文書局，1985 年），卷二十二，
　　　　 頁 476。

桐」（即琴）擬高古之作，強調歐陽脩詞之多雜贗品。

　　沈道寬斥責「誰把膚辭充法曲？」而華長卿亦有類似之不平，其〈論詞絕句〉之一一一論歐陽脩曰：

> 文章六一有丰神，詞意纏綿更可親；頗恨行間多褻語，砆
> 珷混玉是何人。〔註121〕

此絕由歐陽脩之文論起，所謂「丰神」意同「風神」，茅坤〈歐陽文忠公文鈔引〉曰：

> 西京以來，獨稱太史公遷，以其馳驟跌宕，悲慨嗚咽，而
> 風神所注，往往於點綴指次外，獨得妙解，譬之覽仙姬於
> 瀟湘洞庭之上，可望而不可近者。……予所以獨愛其文，
> 妄謂世之文人學士得太史公之逸者，獨歐陽子一人而已。
>
> 〔註122〕

茅氏讚譽司馬遷爲文深具「風神」，亦即縱橫遒逸，超乎意表，情韻雋永，令人一唱三歎，而歐陽脩可謂獨得司馬遷縱橫遒逸之「風神」者也。自是論者每以「風神」評賞歐文，華長卿所謂「文章六一有丰神」，亦祖茅坤之說。而次句「詞意纏綿更可親」，推許歐詞情意深厚動人，蓋歐陽脩所作率多泥情憐景之什，或抒戀情相思、離愁別恨，如〈踏莎行〉（候館梅殘）摹寫行人之綿綿離恨、思婦之眷眷懷想，〔註123〕多情繾綣，感人至深；或詠景物節序、風土民情，如十闋〈採桑子〉描敘潁州西湖之清賞勝概，〔註124〕與物有情，引人入勝。至

〔註121〕〔清〕華長卿：〈論詞絕句〉之一一一，《梅莊詩鈔》（上海：上海古籍出版社，2002 年，《續修四庫全書》冊一五三三），卷五〈嗜痂集下〉，頁 607。

〔註122〕〔明〕茅坤：〈歐陽文忠公文鈔引〉，《茅鹿門先生文集》（上海：上海古籍出版社，2002 年，《續修四庫全書》冊一三四五），卷三十一，頁 129。

〔註123〕〈踏莎行〉全詞如下：「候館梅殘，溪橋柳細。草薰風暖搖征轡。離愁漸遠漸無窮，迢迢不斷如春水。　　寸寸柔腸，盈盈粉淚。樓高莫近危闌倚。平蕪盡處是春山，行人更在春山外」，唐圭璋編：《全宋詞》，冊一，頁 123。

〔註124〕〈採桑子〉（輕舟短棹西湖好）、（春深雨過西湖好）、（畫船載酒西湖好）、（群芳過後西湖好）、（何人解賞西湖好）、（清明上巳西湖

於此絕後聯涉及歐詞眞僞之辨析，華長卿愛賞歐詞之纏綿可親，不滿其中夾雜露骨、浮薄、媟瀆之作，將之擬爲「碔砆」(似玉之石)，斷定出自他人僞造，忿懟贗作以假亂眞。

　　沈道寬曰：「誰把膚辭充法曲？盡教箏笛濁絲桐。」華長卿曰：「頗恨行間多褻語，碔砆混玉是何人？」沈、華二氏究詰何人妄作膚辭褻語以冒充歐公之作，而譚瑩則直指「無名子」所爲，其〈論詞絕句一百首〉之二四論歐陽脩曰：

　　儒宗自命卻風流，人到無名又可仇；浮豔欲刪疑誤入，踏
　　莎行與少年游。〔註125〕

首句化自曾慥〈樂府雅詞引〉所言「歐公一代儒宗，風流自命」，蓋歐陽脩「其學推韓愈、孟軻，以達於孔氏，著禮樂仁義之實，以合於大道。……超然獨騖，眾莫能及，故天下翕然師尊之」，〔註126〕洵爲才不世出之一代儒宗，然亦自命風流，具有風雅瀟灑、豪縱放逸之面向。而次句「人到無名又可仇」，援引陳振孫《直齋書錄解題》謂《六一詞》「亦有鄙褻之語一二廁其中，當是仇人無名子所爲也」，撻伐無名子魚目混珠以厚誣賢者之劣行。譚瑩遂欲刪汰浮靡側豔之作，以還歐詞之本來面目。有關歐詞之刪汰，前此之曾慥選輯《樂府雅詞》不錄歐陽脩之豔詞，羅泌汰除《平山集》淺近之作而成《歐陽文忠公近體樂府》，毛晉刪去《歐陽文忠公近體樂府》九闋他作而爲《六一詞》，〔註127〕譚瑩接武前賢之作法，而欲刪削〈踏莎行〉與〈少年游〉。檢

好)、(荷花開後西湖好)、(天容水色西湖好)、(殘霞夕照西湖好)、(平生爲愛西湖好)，詳見唐圭璋編：《全宋詞》，冊一，頁121〜122。

〔註125〕〔清〕譚瑩：〈論詞絕句一百首〉之二四，《樂志堂詩集》(上海：上海古籍出版社，2002年，《續修四庫全書》冊一五二八)，卷六，頁477。

〔註126〕〈四朝國史歐陽修本傳〉，〔宋〕歐陽脩：《歐陽修全集》，冊下，附錄卷四，頁1368。

〔註127〕即〈長相思〉(深畫眉)、〈蝶戀花〉(遙夜亭皋閑信步)、同調(六曲欄干偎碧樹)、同調(簾幕風輕雙語鶯)、同調(獨倚危樓風細細)、同調(簾下清歌簾外宴)、〈漁家傲〉(幽鷺謾來窺品格)、同調(楚

視歐陽脩詞集共有四闋〈踏莎行〉，其中「候館梅殘」一詞向爲人所稱道；「雨霽風光」、「雲母屏低」二詞各賦春、秋之閨思，情深詞婉；而「碧蘚回廊」一詞寫男子夜間偷情未遂，〔註 128〕流於輕佻露骨。另有五闋〈少年遊〉，其中「去年秋晚此園中」一詞抒憶往傷今之秋思，蘊藉紆餘；「肉紅圓樣淺心黃」、「玉壺冰瑩獸爐灰」、「闌干十二獨凭春」三詞分詠花、雪、草，精微幽約，託物寄情；而「綠雲雙髻插金翹」一詞寫歌妓之容貌、體態、裝束，〔註 129〕相對豔冶儇薄。然則譚瑩所謂「浮豔欲刪疑誤入」之「〈踏莎行〉與〈少年游〉」，當爲「碧蘚回廊」與「綠雲雙髻插金翹」二作。〔註 130〕

　　經由上述析論，可見沈道寬、華長卿、譚瑩三人之辨析歐詞眞僞，大抵踵繼前人「爲賢者諱」之用心與評斷，只取典雅之什，迨將俗豔之作目爲贗品，並無多少新意。

　　時至今日，學界對於歐詞眞僞之議題仍有歧見。其中有關歐陽脩詞集混雜別家詞作，藉由詞集校勘當可釐清，爭議較少，如唐圭璋〈宋詞互見考〉爬羅剔抉歐陽脩詞作誤入、互見之情形，〔註 131〕除卻少

國細腰元自瘦）、〈應天長〉（綠槐陰裡黃鶯語）。
〔註 128〕該詞全文如下：「碧蘚回廊，綠楊深院。偷期夜入簾猶捲。照人無奈月華明，潛身卻恨花深淺。　　密約如沉，前歡未便。看看擲盡金壺箭。闌干敲遍不應人，分明簾下聞裁剪」，唐圭璋編：《全宋詞》，冊一，頁 154。
〔註 129〕該詞全文如下：「綠雲雙髻插金翹。年紀正妖饒。漢妃束素，小蠻垂柳，都占洛城腰。　　錦屏春過衣初減，香雪暖凝消。試問當筵眼波恨，滴滴爲誰嬌」，唐圭璋編：《全宋詞》，冊一，頁 155。
〔註 130〕有關譚瑩欲刪之〈踏莎行〉與〈少年遊〉究爲何者？本文係以《全宋詞》所錄歐陽脩詞加以評判，該書收錄《歐陽文忠公近體樂府》、《醉翁琴趣外篇》，並增入《東軒筆錄》、《能改齋漫錄》、《全芳備祖》、《花草粹編》中之歐詞。而王曉雯以《歐陽文忠公近體樂府》爲考量（該詞集僅有二闋〈踏莎行〉——「候館梅殘」、「雨霽風光」；三闋〈少年遊〉——「去年秋晚此園中」、「肉紅圓樣淺心黃」、「玉壺冰瑩獸爐灰」），並謂譚瑩疑其誤入而欲刪者，當爲「雨霽風光」與「肉紅圓樣淺心黃」二作，詳見王曉雯：《清代譚瑩「論詞絕句」研究》（臺北：東吳大學博士論文，2008 年），頁 75～76。
〔註 131〕該文考辨歐陽脩詞作誤入、互見白居易、李重元、李璟、李煜、李

數詞作尙見異議，其餘大致精確且被認可。至於俗豔詞作是否出自歐陽脩？論者各引一端，聚訟紛紜。持肯定說者：如胡適《詞選》由情性、時俗立論，而曰：「其實北宋不是一個道學的時代，作豔詞並不犯禁，正人君子並不以此爲諱」；〔註 132〕又如王水照〈《醉翁琴趣外篇》的眞僞與歐詞的歷史定位〉考辨相關文獻、版本，論證《醉翁琴趣外篇》之豔詞爲歐作。〔註 133〕持否定說者：如謝桃坊〈歐陽修詞集考〉一文，辨析《醉翁琴趣外篇》中七十餘闋豔詞多用北宋以來之民間流行曲調、多俚俗語句、多露骨之色情描寫、多輕佻浮滑語句，異於《近體樂府》，故非歐陽脩所作；〔註 134〕又如李栖《歐陽脩詞研究及其校注》就歐公之教養、小人之僞作以及詞作之押韻、詞牌、風格等面向，判定《醉翁琴趣外篇》中〈醉蓬萊〉（見羞容斂翠）等十三闋豔詞係僞作，且視〈于飛樂〉（寶奩開）等八闋「粗鄙」之詞爲「存疑」作品。〔註 135〕不難看出，持否定說者多將「風格」作爲重要考量依據，認定詞風典雅之歐陽脩不當有俗豔之作，此與論詞絕句作者沈道寬、華長卿、譚瑩等人之作法可謂同一機杼。

（二）專論〈望江南〉

歐陽脩〈望江南〉全詞如下：

清照、趙構、周邦彥、柳永、韋莊、晏殊、陸淞、張先、馮延巳、黃庭堅、杜安世、朱淑眞、秦觀、俞克成、潁上陶生、無名氏、梅堯臣詞者，詳見唐圭璋：〈宋詞互見考〉，《宋詞四考》（南京：江蘇古籍出版社，1985 年），頁 219～220、234～235、237～239、246、253、255～256、258～260、283、290～294、302～306、361、365。

〔註 132〕 胡適：《胡適選註的詞選》（臺北：遠流出版事業股份有限公司，1986年），頁 49。

〔註 133〕 詳見王水照：〈《醉翁琴趣外篇》的眞僞與歐詞的歷史定位〉，《詞學》十三輯（上海：華東師範大學出版社，2001 年），頁 44～49。

〔註 134〕 詳見謝桃坊：〈歐陽修詞集考〉，《詞學辨》（上海：上海古籍出版社，2007 年），頁 353～366。

〔註 135〕 詳見李栖：《歐陽脩詞研究及其校注》，上編〈歐陽脩詞研究〉之第五章「醉翁琴趣外篇眞僞考」，頁 63～68。

江南柳，葉小未成陰。人爲絲輕那忍折，鶯嫌枝嫩不勝吟。
留著待春深。　　十四五，閒抱琵琶尋。階上簸錢階下走，
恁時相見早留心。何況到如今。〔註136〕

此詞上片以輕嫩之江南新柳比喻柔弱少女，下片直賦少女之天眞樣態
與詞人之憐惜深情。而錢世昭《錢氏私誌》乃曰：

> 歐後爲人言其盜甥，表云：「喪厥夫而無託，攜孤女以來歸。
> 張氏此時，年方七歲。」内翰伯見而笑云：「七歲，正是學
> 簸錢時也。」歐詞云：「江南柳，葉小未成陰。……何況到
> 如今。」〔註137〕

文中所謂「盜甥」一案，係歐陽脩與范仲淹、杜衍、富弼、韓琦所主
導之慶曆新政挫敗，而賈昌朝等政敵藉以傾軋歐陽脩者。〈重修實錄
歐陽脩本傳（朱本）〉載：

> 初，脩妹適張龜正。龜正卒，無子而有女，女實前妻所生，
> 甫四歲，以無所歸，其母攜養於外氏。及笄，脩以嫁族兄
> 之子晟。會張氏在晟所與奴姦，事下開封獄。獄吏因附致
> 其言以及脩。詔以户部判官蘇安世、内侍王昭明雜治之，
> 卒無狀。乃坐用張氏匳中物置田立歐陽氏券，左遷知制誥、
> 知滁州。〔註138〕

此案之梗概可見。而歐陽脩〈滁州謝上表〉自言任職諫官「論議多及
於貴權，指目不勝於怨怒」，以致遭人構陷，且曰：

> 伏念臣生而孤苦，少則賤貧，同母之親，惟存一妹。喪厥
> 夫而無託，攜孤女以來歸，張氏此時，生纔七歲。……在
> 人情難棄於路隅，緣臣妹遂養於私室。方今公私嫁娶，皆

〔註136〕　〔宋〕歐陽脩：〈望江南〉，唐圭璋編：《全宋詞》，冊一，頁158。
〔註137〕　〔宋〕錢世昭：《錢氏私誌》，頁3。
〔註138〕　〈重修實錄歐陽脩本傳（朱本）〉，〔宋〕歐陽脩：《歐陽修全集》，
　　　　　冊下，附錄卷三，頁1359。又《默記》載張女係與陳諫通姦下獄，
　　　　　而「張懼罪，且圖自解免，其語皆引公未嫁時事，詞多醜異」，詳
　　　　　見〔宋〕王銍撰，朱杰人點校：《默記》（北京：中華書局，1981
　　　　　年），卷下，頁39～40。有關歐陽脩「盜甥案」，詳參劉子健：《歐
　　　　　陽修的治學與從政》（臺北：新文豐出版公司，1984年），頁210～
　　　　　213。

行姑舅婚姻，況晟於臣宗，已隔再從，而張非己出，因謂
無嫌。乃未及笄，遽令出適。然其既嫁五、六年後，相去
數千里間，不幸其人自爲醜穢，臣之耳目不能接，思慮不
能知。而言者及臣，誠爲非意。以至究窮於資產，固已吹
析於毫毛。〔註139〕

自辯橫遭小人誣詡之無奈。細繹歐陽脩〈望江南〉之「階上簸錢階下
走」句，當本王建〈宮詞〉：「春來睡困不梳頭，懶逐君王苑北遊；暫
向玉花階上坐，簸錢贏得兩三籌」，〔註140〕寫十四、五歲青春少女之
嬌憨可愛。而錢勰斷章取義，〔註141〕曲解爲小兒遊戲，且以〈滁州
謝上表〉「喪厥夫而無託，攜孤女以來歸，張氏此時，生纔七歲」之
語妄加比附，以譏諷歐陽脩盜甥。

　　錢世昭《錢氏私誌》於上述引文後續言：「歐知貢舉，時落第舉
人作〈醉蓬萊〉詞以譏之，詞極醜詆，今不錄」，蓋謂歐陽脩知嘉祐
二年（1057）貢舉，抵排當時士子險怪奇澀之「太學體」，力倡平淡
典要之風，而遭黜落之舉者作〈醉蓬萊〉詞妄肆詆毀。朱熹《三朝名
臣言行錄》更稱歐陽脩「後知貢舉，爲下第劉煇等所忌，以〈醉蓬萊〉、
〈望江南〉誣之」，〔註142〕指斥劉煇怨懟落第而作〈醉蓬萊〉、〈望江
南〉以污衊歐陽脩。

〔註139〕〔宋〕歐陽脩：〈滁州謝上表〉，《歐陽修全集》，冊下，《表奏書啓
　　　　四六集》卷一，頁680～681。
〔註140〕〔唐〕王建：〈宮詞一百首〉之九五，〔清〕彭定求等編：《全唐詩》
　　　　（北京：中華書局，2003年），卷三〇二，頁3445。
〔註141〕錢世昭《錢氏私誌》書末自序謂該書係纂集叔父錢愐所記見聞，故
　　　　引文中之「內翰伯」乃錢勰（字穆父），哲宗時任翰林學士，屬錢
　　　　愐之伯父。
〔註142〕〔清〕沈雄：《古今詞話》，〈詞評〉卷上「歐陽修六一詞」條引《名
　　　　臣錄》，唐圭璋編：《詞話叢編》，冊一，頁976。又《四庫全書總目
　　　　提要・六一詞》引《名臣錄》，內容大致相同，詳見〔清〕永瑢等：
　　　　《四庫全書總目提要》（臺北：臺灣商務印書館，1985年，《合印四
　　　　庫全書總目提要及四庫未收書目禁燬書目》），卷一九八，頁4421。
　　　　然考本朱熹《三朝名臣言行錄》卷二之二「參政歐陽文忠公」未見
　　　　此段引文。

　　《三朝名臣言行錄》謂〈望江南〉係劉煇之僞作，明代郎瑛《七
修類稿》則曰：

> 王銍《默記》記歐陽文忠公私通甥女事，爲此降官，事亦
> 詳矣。而《錢氏私誌》又述其自作之詞曰：「江南柳，葉小
> 未成陰。……何況到如今。」蓋甥女依公時，方七歲故也。
> 予意公因甥女無依，領回方七歲，公何便有此心？況此詞
> 後一拍全似他人之說公者。但事之有無未可與辯，詞非公
> 爲決然也。或者錢世昭因公《五代史》中多毀吳越，故抵
> 之，如落第士子作〈醉蓬萊〉以嘲公也，讀者理推。〔註143〕

郎瑛認爲〈望江南〉之下片純屬他人講述之口吻，絕非歐陽脩自作；
更揣度錢世昭或因歐陽脩於《新五代史・吳越世家》貶損吳越，故作
此詞以攻擊歐陽脩，正如落第舉者之作〈醉蓬萊〉也。清初徐釚《詞
苑叢談》亦曰：

> 愚按：歐公詞出《錢氏私誌》，蓋錢世昭因公《五代史》中
> 多毀吳越，故詆之。此詞不足信也。〔註144〕

徐氏亦謂錢世昭挾怨而僞作〈望江南〉，以之詆毀歐陽脩。

　　有關劉煇僞造詞作以污衊歐陽脩事，〔註145〕考劉煇雖遭黜落，
旋改文風，並於嘉祐四年（1059）蒙歐陽脩擢置狀元，〔註146〕且其

〔註143〕　〔明〕郎瑛：《七修類稿》（上海：上海書店，2001 年），卷三十一
　　　　　「詞非歐陽作」條，頁 335。

〔註144〕　〔清〕徐釚編著，王百里校箋：《詞苑叢談校箋》（臺北：文史哲出
　　　　　版社，1989 年），卷十〈辨證〉，頁 585。而《歷代詞話》引《詞
　　　　　苑》，末句作：「其詞之猥弱，必非公作，不足信也」，〔清〕王奕清等撰：
　　　　　《歷代詞話》，卷四「歐陽修望江南」條，唐圭璋編：《詞話叢編》，
　　　　　冊二，頁 1151。

〔註145〕　劉煇僞造歐詞之說，除卻《三朝名臣言行錄》謂其僞作〈醉蓬萊〉、
　　　　　〈望江南〉，羅泌〈歐陽文忠公近體樂府跋〉曰：「其甚淺近者，前
　　　　　輩多謂劉煇僞作」，而沈雄《古今詞話・詞評》引《西清詩話》亦
　　　　　曰：「歐陽詞之淺近者，謂是劉煇僞作」。

〔註146〕　《夢溪筆談》載：「是時試堯舜性之賦，有曰：『故得靜而延年，獨
　　　　　高五帝之壽；動而有勇，形爲四罪之誅。』公（案：指歐陽脩）大
　　　　　稱賞，擢爲第一人，及唱名，乃劉煇」，〔宋〕沈括：《夢溪筆談》
　　　　　（北京：中華書局，1985 年，《叢書集成初編》），卷九，頁 58。

爲人仁孝篤厚，〔註147〕故此說不可信。至於郎瑛、徐釚所謂錢世昭
僞造〈望江南〉之說，亦有可議之處。細按錢世昭之記載或有挾怨報
復之嫌，當屬合理之推論。蓋《錢氏私誌》於記〈望江南〉事前，載
其先祖錢惟演爲西京留守，時任推官之歐陽脩親一妓，且爲作〈臨江
仙〉（柳外輕雷池上雨）詞，錢惟演屢勸歐陽脩當收斂，而歐陽脩「不
惟不恤，翻以爲怨。後修《五代史》十國世家，痛毀吳越，又于《歸
田錄》中，說文僖數事，皆非美談」。〔註148〕然只可謂《錢氏私誌》
所載錢勰揑摭附會以曲解〈望江南〉一事，潛藏挾怨報復之居心。而
郎瑛論斷〈望江南〉下片「全似他人之說公者」，至謂錢世昭僞作此
詞，與夫徐釚遽斷「此詞不足信也」，均屬過度之臆測。

　　至於泛言〈望江南〉係僞作者亦不乏其人，如《古今詞統》曰：
「安知非讒夫捏爲此詞，如《周秦行紀》之出于贊皇客」；〔註149〕王
士禎《花草蒙拾》曰：「『堂上簸錢堂下走』，小人以巇歐陽」。〔註150〕
論者泛指讒夫、小人捏造〈望江南〉以厚誣歐陽脩，此中「爲賢者諱」

〔註147〕　《直齋書錄解題》曰：「世傳煇既黜於歐陽公，怨憤造謗，爲猥褻
　　　　　之詞。今觀楊傑志煇墓，稱其祖母死，雖有諸叔，援古誼以適孫解
　　　　　官承重服，又嘗買田數百畝，以聚其族而餇給之。蓋篤厚之士也。
　　　　　肯以一試之淹，而爲此憸薄之事哉？」，〔宋〕陳振孫著，徐小蠻、
　　　　　顧美華點校：《直齋書錄解題》，卷十七「別集類中」之「《劉狀元
　　　　　東歸集》十卷」，頁 500。

〔註148〕　《四庫提要》亦曰：「惟其以《五代史·吳越世家》及《歸田錄》
　　　　　貶斥錢氏之嫌，詆歐陽修甚力，似非公論。然其末自稱皆報東門之
　　　　　役，則亦不自諱其挾怨矣」，〔清〕永瑢等：《四庫全書總目提要》，
　　　　　卷一四○「《錢氏私志》提要」，頁 2906。梁紹壬亦曰：「又錢世召
　　　　　（案：當作昭）《錢氏私誌》于歐陽文忠多有微詞，而『簸錢』一
　　　　　事，尤嘵嘵不休。末乃自露口供，因《五代史》十國世家痛毀吳越，
　　　　　而《歸田錄》又未敍文僖美政之故。怨讟之于人，顧不甚哉」，〔清〕
　　　　　梁紹壬：《兩般秋雨盦隨筆》（臺北：臺灣商務印書館，1976 年），
　　　　　卷一，頁 27。

〔註149〕　〔明〕卓人月、徐士俊輯：《古今詞統》（上海：上海古籍出版社，
　　　　　2002 年，《續修四庫全書》冊一七二八），卷七，頁 595。

〔註150〕　〔清〕王士禎：《花草蒙拾》，「范趙詞」條，唐圭璋編：《詞話叢編》，
　　　　　冊一，頁 680。

之用心不言可喻。

　　經由上述析論，可見歐陽脩〈望江南〉一詞遭曲解詞義、誤判作者之情形。而鄭方坤則以不同觀點評論歐公此作，其〈論詞絕句三十六首〉之七曰：

> 范韓司馬漢三君，綺語翻題數幅裙；更唱望江南一曲，太清未遂滓微雲。（三公俱有豔詞傳世，而歐陽以〈江南柳〉一調，遂來讒慝之口。）〔註151〕

此絕並論范仲淹、韓琦、司馬光與歐陽脩其人其詞。首句所謂「漢三君」，《後漢書・黨錮列傳》載：「自是正直廢放，邪枉熾結，海內希風之流，遂共相摽搒，指天下名士，爲之稱號。……竇武、劉淑、陳蕃爲『三君』。君者，言一世之所宗也。」〔註152〕而鄭方坤將范、韓與司馬擬爲東漢三君，以三人典範足式，且曾身陷黨議也。蓋范仲淹「每感激論天下事，奮不顧身，一時士大夫矯厲尙風節，自仲淹倡之」。曾上〈百官圖〉、〈四論〉以針砭時政，而宰相呂夷簡不悅，造爲朋黨之論，由是罷知饒州。趙元昊反，久任邊帥，築砦守邊，將兵卻敵。後任參知政事，條陳興革十事，仁宗多所採納，銳意更張，而僥倖者不便，朋黨之論復起，出爲河東、陝西宣撫使，改知邠州。〔註153〕韓琦屢鎮沿邊州軍，治軍練卒，深爲朝廷倚重，威震遼、夏。先後任樞密使、同中書門下平章事，從容定策，積極任事。曾與范仲淹、富弼同主慶曆新政，群小切齒，指爲朋黨，乃以資政殿學士知揚州。而王安石變法，亟言青苗法施行之不當，與王安石不合，請解四路安撫使。〔註154〕司馬光爲人「孝友忠信，恭儉正直，居處有法，

〔註151〕〔清〕鄭方坤：〈論詞絕句三十六首〉之七，《蔗尾詩集》（濟南：齊魯書社，2001年，《四庫全書存目叢書補編》冊八），卷五〈木石居後草〉，頁314。

〔註152〕〔南朝宋〕范曄：《後漢書》（臺北：鼎文書局，1981年），卷六十七〈黨錮列傳〉，頁2187。

〔註153〕上述范仲淹行實參引〔元〕脫脫等撰：《宋史》（北京：中華書局，1990年），卷三一四〈范仲淹傳〉，頁10267～10276。

〔註154〕上述韓琦行實參引〔元〕脫脫等撰：《宋史》，卷三一二〈韓琦傳〉，

動作有禮」，居官慷慨獻策，抗顏進諫。力陳熙寧新政之弊，反對青苗法尤力，與王安石、呂惠卿政見相左，遂以端明殿學士知永興軍，後退居洛陽。哲宗立，召起主政，盡廢新法之擾民者，鞠躬盡瘁，憂勞病逝。其後蔡京擅政，誣爲姦黨。〔註155〕

　　次句運化王獻之書羊欣裙之故實，《南史・羊欣列傳》載：「欣少靖默，無競於人，美言笑，善容止。泛覽經籍，尤長隸書。父不疑爲烏程令，欣年十二。時王獻之爲吳興太守，甚知愛之。欣嘗夏月著新絹裙晝寢，獻之入縣見之，書裙數幅而去。」〔註156〕而「綺語翻題數幅裙」意謂范、韓、司馬非但剛正有爲，尚且風雅有情，能爲綺豔之詞。誠然，范仲淹有〈蘇幕遮・懷舊〉詞，上片描摹秋天之蒼茫暮色，悽傷哀婉，下片縷述黯然鄉愁，掩抑低徊，〔註157〕彭孫遹《金粟詞話》評曰：「前段多入麗語，後段純寫柔情，遂成絕唱」。〔註158〕韓琦〈點絳脣〉（病起懨懨）上片敘寫病起而見落花，更增憔悴，下片抒發憶往懷人之愁悶，〔註159〕全詞深情婉孌，楊慎《詞品》稱韓

頁 10221～10230。

〔註155〕 上述司馬光行實參引〔元〕脫脫等撰：《宋史》，卷三三六〈司馬光傳〉，頁 10757～10770。

〔註156〕 〔唐〕李延壽：《南史》（臺北：鼎文書局，1985 年），卷三十六〈羊欣列傳〉，頁 931。

〔註157〕 〈蘇幕遮・懷舊〉全詞如下：「碧雲天，黃葉地。秋色連波，波上寒煙翠。山映斜陽天接水。芳草無情，更在斜陽外。　　黯鄉魂，追旅思。夜夜除非，好夢留人睡。明月樓高休獨倚。酒入愁腸，化作相思淚」，唐圭璋編：《全宋詞》，冊一，頁 11。

〔註158〕 〔清〕彭孫遹：《金粟詞話》，「歐不如范」條，唐圭璋編：《詞話叢編》，冊一，頁 723。又范仲淹綺豔之詞另有〈御街行・秋日懷舊〉（紛紛墮葉飄香砌），俞文豹曾並舉〈御街行〉與〈蘇幕遮〉語句而曰：「文正詞云：『都來此事，眉間心上，無計相迴避。』又：『明月樓高休獨倚。酒入愁腸，化作相思淚。』……情之所鍾，雖賢者不能免，豈少年所作耶？惟荊公詩詞，未嘗作脂粉語」〔宋〕俞文豹：《吹劍錄全編・吹劍三錄》，見《宋人箚記八種》，臺北：世界書局，1963 年，頁 51），蓋以二詞爲脂粉情語。

〔註159〕 〈點絳脣〉全詞如下：「病起懨懨、畫堂花謝添憔悴。亂紅飄砌。滴盡胭脂淚。　　惆悵前春，誰向花前醉。愁無際。武陵回睇。人

琦「一時勳德重望，而詞亦情致如此」。〔註160〕司馬光〈西江月〉（寶
髻鬆鬆挽就）上片盛讚舞妓裝扮之淡雅、舞姿之輕盈，下片低訴詞人
之相思，〔註161〕趙令時《侯鯖錄》評曰：「風味極不淺」。〔註162〕

　　此絕後聯專論歐陽脩及其〈望江南〉，下句關涉「微雲滓太清」
之典故，《世說新語・言語》載：「司馬太傅齋中夜坐，于時天月明
淨，都無纖翳，太傅歎以爲佳。謝景重在坐，答曰：『意謂乃不如微
雲點綴。』太傅因戲謝曰：『卿居心不淨，乃復強欲滓穢太清邪！』」
〔註163〕而「太清未遽滓微雲」喻指錢勰居心邪枉，曲解〈望江南〉
詞義以譏諷歐陽脩盜甥，猶如雲翳強欲玷污天空，然歐陽脩自是坦蕩
清白，豈容肆意讒毀。此外，此絕前聯「范韓司馬漢三君，綺語翻題
數幅裙」，指出道德事功垂範世人之范、韓、司馬三公均有綺豔情詞
傳世，故後聯「更唱望江南一曲，太清未遽滓微雲」，亦謂似〈望江
南〉之綺語豔詞無礙歐公之高風亮節、豐功偉績，不必視爲太清微雲，
無須指爲他人僞作而強加辯說，以爲賢者諱。

　　　　遠波空翠」，唐圭璋編：《全宋詞》，冊一，頁 169。

〔註160〕〔明〕楊慎：《詞品》，卷三「韓范二公詞」條，唐圭璋編：《詞話
　　　　叢編》，冊一，頁 467。

〔註161〕〈西江月〉全詞如下：「寶髻鬆鬆挽就，鉛華淡淡妝成。青煙翠霧
　　　　罩輕盈。飛絮遊絲無定。　　相見爭如不見，有情何似無情。笙歌
　　　　散後酒初醒。深院月斜人靜」，唐圭璋編：《全宋詞》，冊一，頁 199
　　　　～200。

〔註162〕〔宋〕趙令時撰，孔凡禮點校：《侯鯖錄》（北京：中華書局，2002
　　　　年），卷八「司馬文正公詞風味不淺」條，頁 190。又司馬光綺豔之
　　　　詞當以〈西江月〉爲最，他如〈錦堂春〉（紅日遲遲）一詞，陳霆
　　　　評爲「嫵媚悽惋」（詳見〔明〕陳霆：《渚山堂詞話》，卷三「司馬
　　　　溫公錦堂春」條，唐圭璋編：《詞話叢編》，冊一，頁 375～376），
　　　　而吳處厚《青箱雜記》謂：「然余觀近世所謂正人端士者，亦皆有
　　　　艷麗之詞，如前世宋璟之比」，並舉司馬光〈西江月〉、〈錦堂春〉
　　　　與〈阮郎歸〉（漁舟容易入春山）三詞爲例（詳見〔宋〕吳處厚撰，
　　　　李裕民點校：《青箱雜記》，北京：中華書局，1985 年，卷八，頁
　　　　81～82）。

〔註163〕〔南朝宋〕劉義慶撰，徐震堮校箋：《世說新語校箋》（北京：中華
　　　　書局，1984 年），〈言語第二〉，頁 84。

　　鄭方坤之論詞絕句可謂還〈望江南〉綺豔情詞之本然面目，而宋翔鳳則爲歐公此作附加寄託色彩，其〈論詞絕句二十首〉之三曰：

　　　　廬陵餘力非遊戲，小令篇篇積遠思；都可誣成輕薄意，何
　　　　論堂上簸錢時。〔註164〕

首句意謂歐陽脩以其餘力填詞，然絕非等同遊戲，當屬有意爲之、認眞以對之舉，此蓋反駁李之儀、楊東山謂歐陽脩遊戲填詞之說。〔註165〕而歐陽脩所作以小令爲主，長調僅寥寥數闋而已，故次句標舉「小令」以概歐詞。又歐陽脩填詞既「非遊戲」，故篇篇皆有其遠思深意。至於此絕後聯可與宋翔鳳《樂府餘論》有關〈望江南〉之評說相互發明，該則詞話於引述《詞苑》謂〈望江南〉必非歐作後曰：

　　　　按此詞極佳，當別有寄託，蓋以嘗爲人口實，故編集去之。
　　　　然緣情綺靡之作，必欲附會穢事，則凡在詞人，皆無全行，
　　　　正不必爲歐公辯也。〔註166〕

綜觀論詞絕句與詞話之意，宋氏蓋謂諸多緣情綺靡之詞皆遭附會穢褻情事，以醜詆詞人之輕薄無行，〈望江南〉亦遭錢勰有心捃撦比附，成爲歐陽脩盜甥之口實；甚至判定絕非歐公自作而加以刪汰，實則此詞極佳，別有遠思寄寓其中。

　　宋翔鳳乃常州詞派之中堅，此首論歐陽脩及其〈望江南〉之絕句，

〔註164〕〔清〕宋翔鳳：〈論詞絕句二十首〉之三，《洞簫樓詩紀》（桃園：聖環圖書股份有限公司，1998年，宋翔鳳輯著《浮谿精舍叢書》十五），卷三，頁255。

〔註165〕〔宋〕李之儀〈跋吳思道小詞〉曰：「晏元憲、歐陽文忠、宋景文則以其餘力遊戲，而風流閒雅，超出意表，又非其類也」，《姑溪居士全集・文集》（北京：中華書局，1985年，《叢書集成初編》），卷四十，頁310。又《鶴林玉露》引楊東山語謂歐陽脩「雖游戲作小詞，亦無愧唐人《花間集》」，〔宋〕羅大經撰，王瑞來點校：《鶴林玉露》（北京：中華書局，1983年），丙編，卷二「文章有體」條，頁265。

〔註166〕〔清〕宋翔鳳：《樂府餘論》，「歐公望江南」條，唐圭璋編：《詞話叢編》，冊三，頁2497。

比興寄託之說詞印記至爲明顯，然有不少可議之處。宋氏稱歐陽脩餘力塡詞「非遊戲」，故詞作別有寄託，其實詞在北宋前期仍屬酒筵歌席之產物，主要用以侑觴遣情，歐陽脩〈西湖念語〉曰：「因翻舊闋之辭，寫以新聲之調，敢陳薄伎，聊佐清歡」，〔註167〕可見倚聲塡詞以佐歡助興之遊戲心態。於此場合所作之歌詞，間或流露其情志、投射其遭遇，引人感發聯想，然絕非篇篇皆然，「小令篇篇積遠思」之說過矣！而〈望江南〉一詞，視爲緣情綺靡之風月小詞可也，何須強言寄託？宋氏說詞重視讀者之詮釋、接受，曾言：「是詞之精者，可以仁者見仁、智者見智也」，〔註168〕雖然，論〈望江南〉只謂「當」別有寄託，含糊帶過，至於所寄託之情志或遭遇爲何？盡付闕如，實難令人信服。此中隱約可見兼爲經師之宋氏，欲爲前世名儒鉅公諱之用心。前人因〈望江南〉之柔靡側豔而認定他人僞作，固然旁生枝節，而宋氏強言寄託亦屬畫蛇添足，同入「爲賢者諱」之彀矣。

　　雖然，宋翔鳳謂〈望江南〉「當別有寄託」，後世不乏紹述發皇者，如丁紹儀《聽秋聲館詞話》曰：

　　　　司馬溫公〈西江月〉云：「寶髻鬆鬆綰就，……深院月明人靜。」極豔冶之致。或謂決非公作，此如歐陽文忠「堂上簸錢」詞，當時忌者託名以相浼耳。抑知靖節〈閒情〉，何傷盛德。同時范文正、韓忠獻均有麗詞，安知不別有寄託。

　　　　若謂綺語不宜犯，以訓子弟則可，不應以律前賢。〔註169〕

丁氏泛言「寄託」以尊顯前賢之綺語麗詞，謂歐陽脩〈望江南〉、司馬光〈西江月〉等豔詞不宜遽斷爲僞作，以其別有寄託，相較宋氏所論何其類似。〔註170〕

〔註167〕〔宋〕歐陽脩：〈西湖念語〉，唐圭璋編：《全宋詞》，冊一，頁121。

〔註168〕〔清〕宋翔鳳：〈論詞絕句二十首〉之一之自註，《洞簫樓詩紀》，卷三，頁255。

〔註169〕〔清〕丁紹儀：《聽秋聲館詞話》，卷十九「司馬光西江月」條，唐圭璋編：《詞話叢編》，冊三，頁2819。

〔註170〕有關〈望江南〉詞眞僞之辨析，另有：況周頤《蕙風詞話》引周淙《筆下紀事》載有宋高宗趙構（居德壽宮）賜小劉妃詞：「江南

（三）專論〈生查子〉

歐陽脩〈生查子〉全詞如下：

> 去年元夜時，花市燈如晝。月到柳梢頭，人約黃昏後。　　今
> 年元夜時，月與燈依舊。不見去年人，淚滿春衫袖。〔註171〕

上片寫去年元夕邂逅情人之欣喜，下片寫今年元夕不見情人之悲戚，
舊歡、新怨對比並陳，明白如話，語真而情切。

此詞見錄於《歐陽文忠公近體樂府》卷一，而楊慎《詞品》
曰：

> 朱淑真元夕〈生查子〉云：「去年元夜時，……淚濕春衫袖。」
> 詞則佳矣，豈良人家婦所宜邪。又其〈元夕〉詩云：「火樹
> 銀花觸目紅，極天歌吹暖春風。新懽入手愁忙裡，舊事經
> 心憶夢中。但願暫成人繾綣，不妨長任月朦朧。賞燈那得
> 工夫醉，未必明年此會同。」與其詞意相合，則其行可知
> 矣。〔註172〕

楊慎謂〈生查子〉乃朱淑真（生卒年不詳，號幽棲居士，有《斷腸詞》）
作，且詆詞作內容不符良家婦女之規範，並引朱氏詩作〈元夜三首〉
之三為佐證，指斥其人之淫佚。

明代毛晉刊汲古閣《詩詞雜俎》之《斷腸詞》，自稱據洪武三年

柳，嫩綠未成陰。攀折尚憐枝葉小，黃鸝飛上力難禁。留取待春
深」，而曰：「竊疑後人就德壽詞衍為雙調，以誣歐公，世昭遂錄入
《私志》，王銍因載之《默記》」（詳見況周頤：《蕙風詞話》，卷四
「望江南詞誣歐公」條，唐圭璋編：《詞話叢編》，冊五，頁 4499
～4500），而夏承燾駁曰：「然安知非高宗書歐詞戲贈宮人，時人不
省，乃以為高宗自作」（詳見夏承燾：〈四庫全書詞籍提要校議〉，
《夏承燾集》，杭州：浙江古籍出版社、浙江教育出版社，出版年
不詳，冊二《唐宋詞論叢》，頁 185～186）。此外，據田藝蘅《留青
日札》所載，〈望江南〉上片係元僧竺月華所作偈（詳見〔明〕田
藝蘅撰，朱碧蓮點校：《留青日札》，上海：上海古籍出版社，1992
年，卷二十一「柳含春」條，頁 396），惟《留青日札》晚出，此說
自不可信。
〔註171〕〔宋〕歐陽脩：〈生查子〉，唐圭璋編：《全宋詞》，冊一，頁 124。
〔註172〕〔明〕楊慎：《詞品》，卷二「朱淑真元夕詞」條，唐圭璋編：《詞
話叢編》，冊一，頁 451。

（1370）抄本校印，〔註 173〕計收十六調二十七闋，中有〈生查子‧元夕〉一詞，調下注曰：「見升菴《詞品》」，〔註 174〕而楊慎《詞品》成書於嘉靖三十年（1551），可見此詞當爲毛晉據《詞品》輯入者。毛晉〈斷腸詞跋〉且曰：「先輩拈出元夕詩詞，以爲白璧微瑕，惜哉」，〔註 175〕認同楊慎有關朱淑眞淫佚之訛議。

　　《歐陽文忠公近體樂府》三卷收於《歐陽文忠公集》卷一三一至一三三，係羅泌於南宋寧宗慶元二年（1196）校正編成，遠較楊慎《詞品》爲早，〈生查子〉係歐陽脩之作，殆無疑義。而楊慎指爲朱淑眞作且斥爲蕩思淫詞，毛晉陳陳相因，遂令朱氏蒙受不白之冤。

　　清初王士禛已爲朱淑眞辨誣，其《池北偶談》曰：
　　　今世所傳女郎朱淑眞「去年元夜時，花市燈如畫」〈生查子〉詞，見《歐陽文忠集》一百三十一卷，不知何以訛爲朱氏之作？世遂因此詞疑淑眞失婦德，紀載不可不愼也。〔註 176〕
王氏提點〈生查子〉見歐陽脩集，世人訛傳爲朱淑眞作而疑其有失婦道。而四庫館臣考辨尤詳，「《斷腸詞》一卷」之提要曰：
　　　宋朱淑眞撰。淑眞，海寧女子，自稱幽棲居士。是集前有〈紀略〉一篇，稱爲文公姪女。然朱子自爲新安人，流寓閩中，考年譜世系，亦別無兄弟著籍海寧，疑依附盛名之詞，未必確也。〈紀略〉又稱其匹偶非倫，弗遂素志，賦《斷腸集》十卷以自解。其詞則僅《書錄解題》載一卷，

〔註173〕毛晉〈漱玉詞跋〉曰：「庚午仲秋，余從選卿覓得宋詞二十餘種，乃洪武三年抄本，訂正已，閱數名家中有《漱玉》、《斷腸》二冊，雖卷帙無多，參諸《花庵》、《草堂》、《彤管》諸書，已浮其半，眞鴻寶也。急合梓之，以公同好」，〔明〕毛晉輯刊：《詩詞雜俎》（臺北：藝文印書館，1965 年，《百部叢書集成》之二十三）之《漱玉詞》，頁 11 下。

〔註174〕〔明〕毛晉輯刊：《詩詞雜俎》之《斷腸詞》，頁 2 上。

〔註175〕〔明〕毛晉：〈斷腸詞跋〉，毛晉輯刊：《詩詞雜俎》之《斷腸詞》，頁 8 下。

〔註176〕〔清〕王士禛撰，靳斯仁點校：《池北偶談》（北京：中華書局，1982 年），卷十四「談藝四」之「歐陽詞」條，頁 321～322。

世久無傳。此本爲毛晉汲古閣所刊，後有晉跋，稱詞僅見二闋於《草堂集》，又見一闋於十大曲中，落落如晨星，後乃得此一卷，爲洪武閒鈔本，乃與《漱玉詞》竝刊。然其詞止二十七闋，則亦必非原本矣。楊愼升菴《詞品》載其〈生查子〉一闋，有「月上柳梢頭，人約黃昏後」語，晉跋遂稱爲白璧微瑕。然此詞今載歐陽修《廬陵集》第一百三十一卷中，不知何以竄入淑眞集內，誣以桑濮之行。愼收入《詞品》，既爲不考，而晉刻《宋名家詞》六十一種，《六一詞》即在其內，乃於《六一詞》漏註互見《斷腸詞》，已自亂其例，於此集更不一置辨，且證實爲白璧微瑕，益鹵莽之甚。今刊此一篇，庶免於厚誣古人，貽九泉之憾焉。〔註 177〕

此文辨駁毛晉《詩詞雜俎》本《斷腸詞》諸多舛漏。其一，《斷腸詞》前之〈紀略〉曰：「淑眞，淛中海寧人，文公姪女也」，〔註 178〕而四庫館臣考據朱熹（諡文）之籍貫、行實、世系，認爲「文公姪女」之說或爲依附之詞。其二，毛晉〈斷腸詞跋〉曰：「其詩餘僅見二闋于《草堂集》，又見一闋于十大曲中，何落落如晨星也。既獲《斷腸詞》一卷，凡十有六調，幸覩全豹矣」，而四庫館臣認爲毛本僅收二十七闋詞作，必非全豹原本。其三，〈生查子〉一詞載於《廬陵集》（即《歐陽文忠公集》）卷一三一，楊愼《詞品》不察而誤作朱淑眞詞。毛晉所刊《宋六十名家詞》內含《六一詞》，而其〈六一詞跋〉曰：「廬陵舊刻三卷，且載樂語于首，今刪樂語，匯爲一卷。凡他稿誤入如〈清商怨〉類，一一削去；誤入他稿如〈歸自謠〉類，一一注明」，〔註 179〕是知毛本《六一詞》係據《歐陽文忠公近體樂府》編成，然其中〈生查子〉一詞，毛氏並未依其自訂體例註明互見《斷腸詞》，更於〈斷

〔註 177〕〔清〕永瑢等：《四庫全書總目提要》，卷一九九「《斷腸詞》提要」，頁 4453～4454。

〔註 178〕見〔明〕毛晉輯刊：《詩詞雜俎》本《斷腸詞》之卷首。

〔註 179〕〔明〕毛晉：〈六一詞跋〉，見所輯《宋六十名家詞》之《六一詞》，頁 25。

腸詞跋〉沿襲楊慎《詞品》之誤，認定〈生查子〉爲《斷腸詞》之「白璧微瑕」，何其鹵莽！四庫館臣既爲朱淑眞辨誣，乃就毛本《斷腸詞》刪削〈生查子〉而成四庫本《斷腸詞》。此外，四庫館臣亦於「《斷腸集》二卷」之提要語及〈生查子〉之辨誣：

> 至謂淑眞寄居尼庵，日勤再生之請，時亦牽情於才子，尤爲誕語，殆因世傳淑眞〈生查子〉詞附會之。其詞乃歐陽修作，今載在《六一詞》中，曷可誣也。〔註180〕

四庫館臣力陳〈生查子〉爲歐陽脩作，無關朱淑眞；並謂傳聞朱氏情繫才子而寄望於再生，蓋因〈生查子〉而杜撰，純屬無稽之談。要之，有關朱淑眞作〈生查子〉且有失婦德之廓清，四庫館臣可謂不遺餘力。

　　清代論詞絕句論歐陽脩、朱淑眞亦常關注〈生查子〉之作者歸屬，有踵繼楊慎、毛晉之說者，如汪芑〈題《林下詞》四首〉之二論朱淑眞曰：

> 柳梢月上約人時，豔思空教放誕疑；留得宛陵斷腸集，漫嗟彩鳳逐鴉嬉。〔註181〕

汪芑此絕係《林下詞選》之題辭，《林下詞選》爲清初周銘所輯，卷一至一三選錄宋至清之女性詞作，卷一四爲補遺，輯錄宋以前閨秀之傑作與傳疑失編者。該書共選朱淑眞詞十一闋（見卷一），而〈生查子〉非但未錄於卷一四所謂「傳疑失編」者，且爲首選之作，可見周銘認定〈生查子〉出自朱氏手筆。汪芑此絕前聯亦視〈生查子〉爲朱氏之作，詩句意謂「月上柳梢頭，人約黃昏後」描敘男女幽會，豔冶之思令人懷疑朱氏言行失檢。再者，《林下詞選》於朱淑眞名下繫有小傳，有言：「後眞因所嫁非偶，抑鬱而卒，宛陵魏端禮爲

〔註180〕〔清〕永瑢等：《四庫全書總目提要》，卷一七四「《斷腸集》提要」，頁3758。

〔註181〕〔清〕汪芑：〈題《林下詞》四首〉之二，《茶磨山人詩鈔》，卷四，見孫克強：《清代詞學批評史論》（上海：上海古籍出版社，2008年），附錄「清代論詞絕句組詩」，頁474～475。

輯其詩詞，名曰《斷腸集》」，〔註182〕汪芑此絕後聯本此，上句慶幸
魏仲恭（字端禮，宛陵人）輯錄朱氏詩詞，〔註183〕斯文得傳，下句
嗟悼朱氏才色俱佳而嫁與庸夫，猶如「彩鳳隨鴉」，〔註184〕命途多
舛。

　　而多數清代論詞絕句作者皆為朱淑真抱屈，申辨〈生查子〉係歐
陽脩作。潘際雲（字人龍）〈題朱淑真《斷腸詞》〉曰：

> 幽棲一卷斷腸詞，家世文公擅淑姿；誰把盧陵真本誤，柳
> 梢月上約人時。（朱淑真，海寧女子，自稱幽棲居士。著有
> 《斷腸詞》一卷，前有〈紀畧〉一篇，稱為文公姪女。今
> 按其詞止二十七闋。楊慎升庵《詞品》載其〈生查子〉一
> 闋，有「月上柳梢頭，人約黃昏後」之語，毛晉遂指為白
> 璧微瑕。然此詞今載歐陽公《盧陵集》第一百三十一卷
> 中，不知何以竄入淑真集內，誣以桑濮之行。慎收入《詞
> 品》既不為考，而晉刻《宋名家詞》六十一種，《六一詞》
> 即在其內，乃於《六一詞》漏註互見《斷腸詞》，已自亂其
> 例，而於淑真集更不一置辨，且實証為白璧微瑕，益為鹵
> 莽之甚。今其集已收入四庫書而刊去此篇，庶不致厚誣古

〔註182〕〔清〕周銘輯：《林下詞選》（上海：上海古籍出版社，2002年，《續
修四庫全書》冊一七二九），卷一，頁562。

〔註183〕《林下詞選》朱淑真小傳所謂「宛陵魏端禮為輯其詩詞，名曰《斷
腸集》」，未盡精確。蓋魏仲恭〈朱淑真詩集序〉曰：「其死也，不
能葬骨於地下，如青塚之可弔，并其詩為其父母一火焚之，今所傳
者，百不一存，是重不幸也。嗚呼冤哉！予是以歎息之不足，援筆
而書之，聊以慰其芳魂於九泉寂寞之濱，未為不遇也。……乃名其
詩為《斷腸集》」（見〔宋〕朱淑真撰，〔宋〕鄭元佐註：《新注朱
淑真斷腸詩集》，北京：線裝書局，2004年，《宋集珍本叢刊》冊四
十六，頁199），是知魏仲恭僅輯朱氏之詩而未及其詞。

〔註184〕所謂「彩鳳隨鴉」，《今是堂手錄》云：「杜大中自行伍為將，與物
無情，西人呼為杜大蟲。雖妻有過，亦公杖杖之。有愛妾才色俱美，
大中牋表，皆此妾所為。一日，大中方寢，妾至，見几間有紙筆頗
佳，因書一闋寄〈臨江仙〉，有『彩鳳隨鴉』之語。大中覺而視之，
云：『鴉且打鳳。』於是掌其面，至項折而斃」，〔宋〕胡仔：《苕
溪漁隱叢話》，前集，卷六十「麗人雜記」引《今是堂手錄》，收於
吳文治主編：《宋詩話全編》，冊四《胡仔詩話》，頁3942。

　　人矣。）〔註185〕

首句鎔鑄朱淑真之自號與詞集名稱，次句之「家世文公」謂朱氏乃朱熹姪女，家世貴顯，而「擅淑姿」則讚朱氏姿容美好出群。〔註186〕後聯意謂〈生查子〉見錄於《廬陵集》中，確為歐陽脩之作，無端嫁名朱淑真，致令世人因「月上柳梢頭，人約黃昏後」之句而誣其淫佚。尤值玩味者，對照前引「《斷腸詞》一卷」之四庫提要與潘際雲之此絕自註，可見後者顯係刪節前者而成，其中有關朱淑真當非朱熹姪女之辨析悉遭刪除。潘氏寧從〈紀略〉所謂朱淑真乃「文公姪女也」之說，〔註187〕詠讚朱氏「家世文公」，則其用心蓋謂朱氏出身理學門第，

〔註185〕〔清〕潘際雲：〈題朱淑真《斷腸詞》〉，《清芬堂集》（臺北：臺灣大學圖書館藏，清嘉慶二十年刊本），卷四，頁1下～2上。

〔註186〕《斷腸詞》卷首〈紀略〉稱朱淑真「文章幽豔，才色娟麗，實閨閣所罕見者」。又陳霆曰：「聞之前輩，朱淑真才色冠一時」，〔明〕陳霆：《渚山堂詞話》，卷二「朱淑真詞」條，唐圭璋編：《詞話叢編》，冊一，頁361。

〔註187〕有關朱淑真為朱熹姪女之說，丁國鈞《荷香館瑣言》引《玉臺名翰》、《池北偶談》而證其可信，曰：「宜興程璋刻《玉臺名翰》，中有淑真精楷數百，字極雋雅，自署『古歙朱淑真』。然則淑真本徽人，相傳為文公姪女者，當自可信。《斷腸詞》〈紀略〉指為『浙中海寧人，文公姪女』云云，當是隨夫或父宦浙，遂家浙中耳。《池北偶談》載淑真〈璇璣圖記〉有『家君遊宦浙西，好拾清玩』語，末署『錢唐幽棲居士朱淑真書』可證也」，見丁國鈞：《荷香館瑣言》（上海：上海書店，1994年，《叢書集成續編》冊九十一），卷下，頁1033。然多數論者皆否定此說，如況周頤《蕙風詞話》考證朱淑真為北宋人，乃曾布妻魏夫人之友，且曰：「朱淑真詞，自來選家列之南宋，謂是文公姪女，或且以為元人，其誤甚矣」，詳見況周頤：《蕙風詞話》，卷四「生查子誤入朱淑真集」、「朱淑真北宋人」條，唐圭璋編：《詞話叢編》，冊五，頁4494～4497。又如繆鉞〈朱淑真生活年代考辨〉考釋朱淑真當為南宋初期人，文中有言：「至於明人著述，如田藝衡〈紀略〉謂：『朱淑真，浙中海寧人，文公姪女也。』則是臆測虛妄之說」，詳見繆鉞：〈朱淑真生活年代考辨〉，繆鉞、葉嘉瑩：《詞學古今談》（臺北：萬卷樓圖書有限公司，1992年），頁69～79。他如鄧紅梅〈朱淑真事迹新考〉謂朱淑真係南宋中後期人，而依鄧氏之說，朱氏亦非朱熹姪女，「當為朱熹從孫女也」，詳見鄧紅梅：〈朱淑真事迹新考〉，《文學遺產》，1994年二期，頁66～74。

自是恪守禮教之閨秀，豈肯爲〈生查子〉之蕩思邪行乎？

　　陳文述（號雲伯）則由爲李清照洗冤而及朱淑眞，其〈題查伯葵撰〈李易安論〉後〉〔註188〕之一曰：「談孃善訴語何誣，卓女琴心事本無；賴有琵琶查八十，〔註189〕清商一曲慰羅敷」，力陳李清照晚年改嫁張汝舟之虛妄，首肯查揆（字伯葵，號梅史）〈李易安論〉之雪誣，〔註190〕而此組詩之二曰：

> 宛陵新序寫烏絲，微雨輕寒本事詩；一樣沉冤誰解雪，斷腸集裏上元詞。（「去年元夜」一詞，本歐公作，後人誤編入《斷腸集》，遂疑淑眞爲佚女，與此正同，亦不可不辨也。）

首句謂宛陵魏仲恭爲朱淑眞詩集作序，次句之「微雨輕寒」擷自朱淑眞〈春陰古律二首〉之二，〔註191〕該作抒發傷春惜花之悒悒柔情，而「本事詩」則謂魏仲恭〈朱淑眞詩集序〉稱朱淑眞「一生抑鬱不得

〔註188〕　〔清〕陳文述：〈題查伯葵撰〈李易安論〉後〉，《頤道堂詩外集》（上海：上海古籍出版社，2002 年，《續修四庫全書》冊一五〇五），卷七，頁 481。案：陳氏此組詩有序曰：「李清照再適之說，向竊疑之。宋人雖不諱再嫁，然攷敘《金石錄》時，年已五十有餘，《雲麓漫抄》所載〈投綦處厚啓〉，殆好事者爲之，蓋宋人小說往往污蔑賢者，如《四朝聞見錄》之于朱子、《東軒筆錄》之于歐公，比比皆是。嘗欲製一文以雪其誣，苦未得暇，今讀伯葵所作，可謂先得我心，因題二絕以當跋語。舊有題《漱玉集》四詩，因併載焉。」

〔註189〕　案：「查八十」應爲「查十八」之誤。

〔註190〕　經查揆《筼谷文鈔》（上海：上海古籍出版社，2002 年，《續修四庫全書》冊一四九四），未見〈李易安論〉一文，而葉廷琯曰：「但今所傳查梅史揆《筼谷集》，並無〈李易安論〉，詩中亦無一字辨及易安者，不知何故？考乾隆中盧雅雨都轉嘗作〈金石錄序〉，已爲易安辨冤，查君殆慮以蹈襲見譏，因此自刪所作」（〔清〕葉廷琯：《鷗陂漁話》，上海：上海古籍出版社，2002 年，《續修四庫全書》冊一一六三，卷一「李易安再嫁辨誣節略」條，頁 111），認爲查揆或因已作雷同盧見曾〈重刊金石錄序〉，故自刊去。

〔註191〕　〈春陰古律二首〉之二全詩如下：「陡覺相（案：當作湘）裙剩帶圍，情懷常是被春欺。半簷落日飛花後，一陣輕寒微雨時。幽谷想應鶯出晚，舊巢應怪燕歸遲。間關幾許傷懷處，悒悒柔情不自持」，〔宋〕朱淑眞撰，〔宋〕鄭元佐註：《新注朱淑眞斷腸詩集》，卷一，頁 201。

志，故詩中多有憂愁怨恨之語。每臨風對月，觸目傷懷，皆寓於詩，以寫其胸中不平之氣。竟無知音，悒悒抱恨而終」，〔註192〕真能道出朱氏之詩情原委。後聯慨歎朱淑真因〈生查子〉橫被淫佚之譏誚，正如李清照飽受改嫁之謗訕，實則〈生查子〉爲歐陽脩作，後人不察而竄入《斷腸詞》以致厚誣才媛。

方熊亦將朱淑真、李清照同蒙冤屈相提並論，其〈題李清照《漱玉集》、朱淑真《斷腸集》三首〉〔註193〕之序曰：

> 《雲麓漫抄》載清照〈投綦處厚啓〉，語甚不經，幾令後人疑清照晚節不終。後見陳雲伯《頤道堂集》有〈題查伯葵〈易安論〉後〉云：「談娘善訴語何誣，卓女琴心事本無；賴有琵琶查十八，清商一曲慰羅敷。」又楊升庵《詞品》載淑真〈生查子〉一闋有「月上柳梢頭，人約黃昏後」之句，遂令後人疑淑真爲佚女。不知此詞是歐公所作，見《盧陵集》。後見潘人龍《清芬堂集》有題句云：「幽棲一卷斷腸詞，家世文公擅淑姿；誰把盧陵真本誤，柳梢月上約人時。」前謗皆謂一雪。因閱二家詞爲并志之。

此序推揚陳文述〈題查伯葵撰〈李易安論〉後〉、潘際雲〈題朱淑真《斷腸詞》〉之爲李、朱二氏辨誣，而方熊此組詩作之三曰：

> 桑榆暮景投綦啓，人約黃昏元夜詞；似此沉冤難盡雪，生才不幸是蛾眉。

首句運化〈投翰林學士綦崈禮啓〉之「忍以桑榆之晚節，配茲駔儈之下才」，〔註194〕關涉李清照改嫁之謗；次句運化〈生查子・元夕〉之「月上柳梢頭，人約黃昏後」，關涉朱淑真淫佚之誣。有宋詞女自以李、朱爲首，二家靈心高才不讓鬚眉，然皆蒙受千古沉冤，女子懷才

〔註192〕〔宋〕魏仲恭：〈朱淑真詩集序〉，見〔宋〕朱淑真撰，〔宋〕鄭元佐註：《新注朱淑真斷腸詩集》，頁199。

〔註193〕〔清〕方熊：〈題李清照《漱玉集》、朱淑真《斷腸集》三首〉，《秀屏風館詩集》，卷六，見孫克強：《清代詞學批評史論》，附錄「清代論詞絕句組詩」，頁426～427。

〔註194〕李清照：〈投翰林學士綦崈禮啓〉，〔宋〕李清照著，徐培均箋注：《李清照集箋注》（上海：上海古籍出版社，2002年），頁282。

反遭忌恨讒毀，方熊不禁慨歎「生才不幸是蛾眉」。合觀此絕之詩序與詩意，方熊亦以〈生查子〉出自歐集，當爲歐作無疑。

宋翔鳳〈論詞絕句二十首〉之一六亦謂〈生查子〉爲歐陽脩詞，詩曰：

> 說盡無慚六一詞，黃昏月上是何時；斷腸集裏誰編入，也動人閒萬種疑。〔註195〕

一、二句明言〈生查子〉一詞出自《六一詞》，惟宋氏好以比興寄託說詞，其〈論詞絕句二十首〉之三有言：「廬陵餘力非遊戲，小令篇篇積遠思」，此絕又曰：「說盡無慚六一詞」，謂歐陽脩塡詞以寄慨託興，一抒閒散鬱悶之情致，未必實有其事，故〈生查子〉亦非單純遊賞憶往之什，所謂「黃昏月上是何時？」提點該詞寄託時局、遭遇之可能性。而下聯意謂〈生查子〉不知何以竄入《斷腸詞》中，世人復以此作而疑朱淑眞有違婦道，眾口嘵嘵不休。

上述潘際雲〈題朱淑眞《斷腸詞》〉、陳文述〈題查伯葵撰〈李易安論〉後〉之二、方熊〈題李清照《漱玉集》、朱淑眞《斷腸集》三首〉之三、宋翔鳳〈論詞絕句二十首〉之一六諸作，殆以「文獻」視角論證〈生查子〉本爲歐陽脩詞，後世訛爲朱淑眞作而誣其淫佚，諸家所論大抵不出《池北偶談》、《四庫提要》之見解。而陳文述另有〈題朱淑貞《斷腸集》〉之四，係由「情思」觀點爲朱淑眞雪冤，頗具新意，詩曰：

> 新詞歐九擅風流，花市春燈照月遊；卻有怨情無蕩思，莫教更唱柳梢頭。〔註196〕

一、二句直言〈生查子〉爲歐陽脩作，該詞抒敘元夕遊賞之景致、情懷，風流倜儻超出標格。三、四句則謂《斷腸詞》詞情哀婉怨抑，絕無放蕩淫冶之思，故〈生查子〉非朱淑眞之作明矣，世人勿復以訛傳

〔註195〕〔清〕宋翔鳳：〈論詞絕句二十首〉之一六，《洞簫樓詩紀》，卷三，頁256。
〔註196〕〔清〕陳文述：〈題朱淑貞《斷腸集》〉之四，《頤道堂詩外集》，卷七，頁481。

訛而誣以淫奔蕩行。

　　陳文述謂〈生查子〉與《斷腸詞》之情思不合，譚瑩〈論詞絕句
一百首〉之九七論朱淑真所見略同，詩曰：

　　　幽棲居士惜芳時，人約黃昏莫更疑；未必斷腸漱玉似，送
　　　春風雨總憐伊。〔註197〕

前聯意謂《斷腸詞》每多感時傷春之吟詠，自憐幽獨，是以勿再謬傳
「月上柳梢頭，人約黃昏後」出自朱氏手筆而疑其私會不檢。而第三
句較論《斷腸詞》之造詣未必並轡《漱玉詞》，〔註198〕末句評賞〈蝶
戀花・送春〉一詞淒婉愁苦，〔註199〕令人低回，呼應首句所言《斷
腸詞》惜時、幽獨之詞情。

　　而王文瑋亦有類似之說，其〈西江作論古五首〉之二並論朱淑真
與李清照，詩曰：

　　　歐陽集裏生查子，辯定幽閨朱淑真；更憶桑榆配駔儈，多
　　　應屈煞女才人。（德州盧氏力辯李易安改嫁之誣）〔註200〕

首句直指〈生查子〉見歐陽脩詞集，次句意謂朱淑真僻處深閨，然則
〈生查子〉與其幽閨情思不符，當非朱氏之作。下聯則由為朱淑真辨
誣論及李清照亦蒙改嫁之冤，幸有盧見曾（字抱孫，號澹園，又號雅
雨山人，德州人）著〈重刊金石錄序〉力雪其冤。

　　有關〈生查子〉之作者為歐陽脩而非朱淑真，近人有進一步之辨

〔註197〕〔清〕譚瑩：〈論詞絕句一百首〉之九七，《樂志堂詩集》，卷六，
　　　　頁481。

〔註198〕《四庫全書簡明目錄》「《斷腸詞》一卷」之提要曰：「舊與李清照
　　　　《漱玉詞》合刊，雖未能與清照齊驅，要亦無愧於作者」（〔清〕永
　　　　瑢等：《四庫全書簡明目錄》，臺北：臺灣商務印書館，1983年，《景
　　　　印文淵閣四庫全書》冊六，卷二十，頁390），譚瑩詩句本此。

〔註199〕〈蝶戀花・送春〉全詞如下：「樓外垂楊千萬縷。欲繫青春，少住
　　　　春還去。猶自風前飄柳絮。隨春且看歸何處。　　綠滿山川聞杜宇。
　　　　便做無情，莫也愁人苦。把酒送春春不語。黃昏卻下瀟瀟雨」，唐
　　　　圭璋編：《全宋詞》，冊二，頁1406。

〔註200〕〔清〕王文瑋：〈西江作論古五首〉之二，《志隱齋詩鈔》（臺北：
　　　　臺灣大學圖書館藏，清咸豐六年刊本），卷三，頁13下。

析。清末薛紹徽〈李清照、朱淑眞論〉曰：「〈生查子〉大曲所傳，遂致移花接木」，〔註201〕認爲世傳大曲之一爲朱淑眞之〈生查子〉（年年玉鏡臺），〔註202〕後人遂將同調〈生查子〉（去年元夜時）誤爲朱淑眞詞。而況周頤則就曾慥《樂府雅詞》所選歐詞立論，其〈斷腸詞跋〉曰：

> 淑眞〈生查子〉詞，《欽定四庫全書提要》辨之蓁詳，宋曾慥《樂府雅詞》、明陳耀文《花草粹編》竝作永叔。慥錄歐詞特愼，《雅詞》序云：「當時或作豔曲，謬爲公詞，今悉刪除。」此闋適在選中，其爲歐詞明甚。毛刻《斷腸詞》校讎不精，跋尾又襲升菴臆説。青蠅玷璧，不足以傳賢媛。〔註203〕

況氏《蕙風詞話》更由朱淑眞墨蹟殘石拓本推斷〈生查子〉非朱作，曰：「淑眞書銀鉤精楷，摘錄《世說》〈賢媛〉一門，涉筆成趣，無非懿行嘉言，而謂嫗婦能之耶？『柳梢』、『月上』之誣，尤不辯自明矣。」〔註204〕至於唐圭璋〈朱淑眞〈生查子・元夕〉詞辨訛〉一文，復以毛晉《詩詞雜俎》之《斷腸詞》多參雜誤入別家之作，旁證該書以〈生查子〉爲朱淑眞詞不足憑信。〔註205〕

〔註201〕〔清〕薛紹徽：〈李清照、朱淑眞論〉，《薛紹徽集》（北京：方志出版社，2003年），《黛韻樓文集》卷下，頁147。

〔註202〕朱淑眞〈生查子〉（年年玉鏡臺）調下注曰：「世傳大曲十首，朱淑眞〈生查子〉居第八，調入大石，此曲是也」，唐圭璋編：《全宋詞》，冊二，頁1405。

〔註203〕況周頤：〈斷腸詞跋〉，見〔清〕王鵬運輯《四印齋所刻詞》（上海：上海古籍出版社，1989年）之《斷腸詞》，頁401。

〔註204〕況周頤：《蕙風詞話》，卷四「朱淑眞書有拓本」條，唐圭璋編：《詞話叢編》，冊五，頁4498。

〔註205〕唐圭璋〈朱淑眞〈生查子・元夕〉詞辨訛〉曰：「毛刻《斷腸詞》謂據洪武三年鈔本，亦不知何人雜輯而成，其間錯誤不一而足。如〈柳梢青〉『玉骨冰肌』一首、『凍合疎籬』一首、『雪舞霜飛』一首俱見揚无咎《逃禪詞》。〈浣溪沙〉『玉體金釵』一首乃韓偓詞，見宋人所編《尊前集》。又如〈菩薩蠻〉『秋聲乍起』一首，據《南唐書》所載，乃南唐耿玉眞詞，亦不知何人羼改錄入。由此看來，歐陽修〈生查子〉誤入《斷腸詞》，正和上面詞誤入《斷腸詞》一

　　要之，〈生查子〉之爲歐陽脩詞而非朱淑眞作，殆無疑義。而許
玉琢〈校補斷腸詞序〉盛讚況周頤〈斷腸詞跋〉旁搜他書，以證楊愼
《詞品》所論之誣，且曰：

> 淑眞一弱女子耳，數百年後，猶爲之顧惜名節，訂譌匡謬，
> 足使孤花之秀，墜蒂而餘芳；么絃之激，繞梁而猶響，抑
> 何幸哉！……《四庫提要》論定以後，迄無繼者，譬之姬
> 姜，依然憔悴，雖有膏沐，尚淪風塵。〔註206〕

許氏所言未盡情實，蓋未見清代論詞絕句有以致之。況氏之辨證固値
推許，惟《四庫提要》之後，潘際雲、陳文述、方熊、宋翔鳳、譚瑩、
王文瑋諸家均以論詞絕句之形式，繼起辨誣，堪稱朱淑眞之知音；而
陳文述、譚瑩、王文瑋由「情思」觀點論證〈生查子〉當非朱作，更
屬前人所未發者，可備一說，殊値肯定。

（四）專論〈蝶戀花〉

　　歐陽脩塡詞深受馮延巳之沾漑，二人詞風相近，詞作每多相混，
陳振孫《直齋書錄解題》「《六一詞》一卷」曰：「其間多有與《花間》、
《陽春》相混者」，〔註207〕敘及歐、馮二家詞作相混之現象，而同書
「《陽春錄》一卷」曰：「高郵崔公度伯易題其後，稱其家所藏最爲詳
確，而《尊前》、《花間》諸集，往往謬其姓氏，近傳歐陽永叔詞亦多
有之，皆失其眞也」，〔註208〕援引崔公度《陽春錄》跋語，直指馮延
巳詞多誤作歐陽脩詞。

　　最爲爭議之馮、歐互見詞作允推〈蝶戀花〉（〈鵲踏枝〉）（庭院深
深深幾許），該詞全文如下：

　　　樣」，《詞學論叢》（上海：上海古籍出版社，1986年），頁703。

〔註206〕〔清〕許玉琢：〈校補斷腸詞序〉，見〔清〕王鵬運輯《四印齋所刻
　　　　詞》之《斷腸詞》，頁396。

〔註207〕〔宋〕陳振孫著，徐小蠻、顧美華點校：《直齋書錄解題》，卷二十
　　　　一「歌詞類」之「《六一詞》一卷」，頁616。

〔註208〕〔宋〕陳振孫著，徐小蠻、顧美華點校：《直齋書錄解題》，卷二十
　　　　一「歌詞類」之「《陽春錄》一卷」，頁615。

庭院深深深幾許。楊柳堆煙，簾幕無重數。玉勒彫鞍遊冶
處。樓高不見章臺路。　　雨橫風狂三月暮。門掩黃昏，
無計留春住。淚眼問花花不語。亂紅飛入秋千去。〔註209〕

詞寫思婦獨處幽深宅院，牽繫在外冶遊之行人，時值暮春，疾風暴雨
時作，留春無由，只能無奈坐視春光消逝。

此詞見馮延巳《陽春集》，調下注曰：「別作歐陽修」。《陽春集》
係陳世脩採獲其外舍祖馮延巳所存詞作而於嘉祐三年（1058）編
成者，且「元豐中，崔公度跋馮延巳《陽春錄》，謂皆延巳親筆」，
〔註210〕則此詞為馮延巳之作相當可信。

而李清照〈臨江仙〉（庭院深深深幾許）有序曰：「歐陽公作〈蝶
戀花〉，有『深深深幾許』之句，予酷愛之。用其語作『庭院深深』
數闋，其聲即舊〈臨江仙〉也」，〔註211〕謂〈蝶戀花〉為歐陽脩作。
羅泌於慶元二年（1196）編成《歐陽文忠公近體樂府》三卷，亦收此
詞（見卷二），且於卷末校曰：「亦載《陽春錄》，易安李氏稱是六一
詞」。

宋、元、明詞選、詞譜多作歐詞，曾慥《樂府雅詞》卷上、《草
堂詩餘》前集卷上、黃昇《唐宋諸賢絕妙詞選》卷二、程敏政《天機
餘錦》卷一、陳耀文《花草粹編》卷七、張綖《詩餘圖譜》卷三、茅
暎《詞的》卷三、卓人月、徐士俊《古今詞統》卷九、潘游龍《精選
古今詩餘醉》卷二，皆是其例，似董逢元《唐詞紀》卷一之作馮詞者
則極罕見。

清初朱彝尊（1629～1709）復倡〈蝶戀花〉為馮延巳作，有言：

〔註209〕　〈蝶戀花〉（〈鵲踏枝〉），見〔五代〕馮延巳：《陽春集》，〔清〕王
　　　　鵬運輯：《四印齋所刻詞》，頁 333～334，又見〔宋〕歐陽脩：《歐
　　　　陽文忠公近體樂府》，卷二，《歐陽修全集》，冊下，頁 1063。兩本
　　　　文字大致相同，惟末句《陽春集》作「亂紅飛入秋千去」，而《歐
　　　　陽文忠公近體樂府》作「亂紅飛過鞦韆去」。
〔註210〕　〔宋〕羅泌：〈歐陽文忠公近體樂府跋〉，〔宋〕歐陽脩：《歐陽修
　　　　全集》，冊下，頁 1085。
〔註211〕　〔宋〕李清照：〈臨江仙〉，唐圭璋編：《全宋詞》，冊二，頁 929。

「『庭院深深』一闋，載馮延巳《陽春錄》，刻作歐九，誤也」，〔註212〕
其《詞綜》將〈蝶戀花〉選作馮詞（見卷三），而沈時棟選、朱彝尊、
尤侗參訂之《古今詞選》亦作馮詞（見卷四）。惟朱氏之說並未引起
廣泛迴響，與其同時之毛先舒（1620～1688）（見王又華《古今詞論》、
沈雄《古今詞話》〈詞品〉卷下引毛先舒語）、先著與程洪合編《詞潔》
（成書於 1692）卷二、徐釚（1636～1708）《詞苑叢談》卷一〈體製〉、
沈辰垣、王奕清《御選歷代詩餘》（成書於 1707）卷三九均作歐陽脩
詞。

　　朱氏歿後百餘年間之詞壇仍多以〈蝶戀花〉爲歐詞，如夏秉衡
（1726～？）《歷朝名人詞選》（又名《清綺軒詞選》）卷七、張宗橚
《詞林紀事》（成書於 1778）卷四、黃蘇（與張惠言同時）《蓼園詞
選》等。而張惠言（1761～1802）《詞選》曰：

　　「庭院深深」，閨中既已邃遠也；「樓高不見」，哲王又不寤
　　也；「章臺」、「遊冶」，小人之徑；「雨橫風狂」，政令暴急
　　也；「亂紅」飛去，斥逐者非一人而已。殆爲韓、范作乎？
　　此詞亦見馮延巳集中，李易安詞序云：「歐陽公作〈蝶戀
　　花〉，有『庭院深深深幾許』之句，余酷愛之。用其語作『庭
　　院深深』數闋，其聲即舊〈臨江仙〉也。」易安去歐公未
　　遠，其言必非無據。〔註213〕

張氏雖知〈蝶戀花〉亦見《陽春集》，然仍據李清照詞序定爲歐詞，
並謂此詞係歐陽脩有感於韓琦、范仲淹相繼罷去而作。張惠言比附歐
公仕歷、慶曆時局以說解〈蝶戀花〉，周濟（1781～1839）《宋四家詞
選眉批》更曰：

　　數詞纏綿忠篤，其文甚明，非歐公不能作。延巳小人，縱
　　欲僞爲君子，以惑其主，豈能有此至性語乎？〔註214〕

〔註212〕〔清〕徐釚編著，王百里校箋：《詞苑叢談校箋》，卷十〈辨證〉引
　　　　　朱彝尊語，頁 608。
〔註213〕〔清〕張惠言錄，劉崇德、徐文武點校：《詞選》（保定：河北大學
　　　　　出版社，2006 年），卷一，頁 134。
〔註214〕〔清〕周濟：《宋四家詞選眉批》，唐圭璋編：《詞話叢編》，冊二，

周氏論定四闋〈蝶戀花〉（即「六曲欄干偎碧樹」、「誰道閑情拋棄久」、「幾日行雲何處去」、「庭院深深深幾許」）爲「纏綿忠篤」之作，盱衡歐陽脩、馮延巳之情志、作爲，斷定當爲歐陽脩所作。

泊乎華長卿（1804〜1881）方上繼朱彝尊之說，其〈論詞絕句〉之八論馮延巳特別論及〈蝶戀花〉之作者歸屬，詩曰：

五鬼才華數大馮，陽春歌罷曲彌工；劇憐庭院深深句，竄入盧陵別調中。〔註215〕

首句謂馮延巳有才而無德，蓋其爲人饒富文才、技藝，然戀棧權位，好爲大言，趨炎附勢，爭功徇私，孫晟曾面數馮延巳曰：「晟文筆不如君也，技藝不如君也，談諧不如君也，諛佞不如君也」，〔註216〕而馮延巳「復與其弟延魯交結魏岑、陳覺、查文徽，侵損時政，時人謂之『五鬼』」。〔註217〕次句嵌入馮延巳詞集名稱《陽春集》，稱揚其歌詞造詣，三、四句則感喟「庭院深深深幾許」一詞混入歐陽脩詞集。華氏此絕謂〈蝶戀花〉係由《陽春集》竄入歐集，殆由詞集版本立論，相較周濟以馮延巳爲小人不當有如〈蝶戀花〉「纏綿忠篤」之作，更見客觀的當。

此後，以〈蝶戀花〉爲馮延巳詞之論者漸多，如譚獻（1832〜1901）《復堂詞話》、張德瀛（1861〜？）《詞徵》卷一。而陳廷焯（1853〜1892）《白雨齋詞話》曰：

〈蝶戀花〉四章，古今絕搆。《詞選》本李易安詞序，指「庭院深深」一章爲歐陽公作，他本亦多作永叔詞。惟《詞綜》獨云馮延巳作。竹垞博極群書，必有所據。且細味此闋，與上三章筆墨，的是一色，歐公無此手筆。〔註218〕

頁 1650〜1651。

〔註215〕〔清〕華長卿：〈論詞絕句〉之八，《梅莊詩鈔》，卷五〈嗜痂集下〉，頁 606。案：《梅莊詩鈔》編年著錄詩作，此詩作於道光十九年（1839）。

〔註216〕〔宋〕馬令：《南唐書》（北京：中華書局，1985 年，《叢書集成初編》），卷二十一〈馮延巳傳〉，頁 139。

〔註217〕〔宋〕馬令：《南唐書》，卷二十一〈馮延巳傳〉，頁 139。

〔註218〕〔清〕陳廷焯：《白雨齋詞話》，卷一「馮正中與溫韋相伯仲」條，

陳氏從朱彝尊之說而以〈蝶戀花〉（庭院深深深幾許）爲馮詞，並就連章結構、詞人風格論定四闋〈蝶戀花〉確乎出自馮延巳。張伯駒《叢碧詞話》更曰：

> 此本（案：指《陽春集》）編於嘉祐，既去南唐不遠，且與
> 正中爲戚屬，其所編錄，自可依據。……易安去嘉祐時尚
> 遠，或係當時已傳鈔失眞，而雜入《六一集》中耳。〔註219〕

張氏論證《陽春集》之可信性，懷疑李清照所見係雜入他作之歐公詞集，故〈蝶戀花〉當爲馮延巳詞。而唐圭璋〈宋詞互見考〉所論大抵同於張伯駒之說，且曰：「元豐中，崔公度跋《陽春錄》，謂皆延巳親筆，愈可信矣」。〔註220〕

　　當代有關〈蝶戀花〉究爲馮詞抑或歐作？仍無定論。唐圭璋編《全宋詞》與曾昭岷、曹濟平、王兆鵬、劉尊明編《全唐五代詞》皆定爲馮詞，龍榆生《唐宋名家詞選》亦題馮詞，然多數重要詞選如梁令嫻《藝蘅館詞選》、朱祖謀《宋詞三百首》、俞陛雲《唐五代兩宋詞選釋》、胡雲翼《詞選》、鄭騫先生《詞選》、俞平伯《唐宋詞選釋》、盧元駿《詞選註》、唐圭璋《唐宋詞簡釋》、中國社會科學院文學研究所《唐宋詞選》等，俱作歐陽脩詞。雖然，華長卿〈論詞絕句〉之八於〈蝶戀花〉作者之辨析史上，應占一席之地，以其繼響朱彝尊而有助於馮詞說之證成也。

　　綜觀清代論詞絕句作者論贊歐陽脩，或稱述其風流多情，王僧保謂歐陽脩於功業、文章之餘不廢填詞，與物有情，風雅瀟灑；高旭則稱歐陽脩富風情綺思，至老不衰。或辨析其詞作眞僞，此爲論者之關注焦點，其中有泛論歐詞之他作、僞作者，沈道寬稱揚歐陽脩詞風高古，不滿歐集雜廁膚淺之贗品；華長卿愛賞歐詞纏綿可親，恚恨其間

　　　　唐圭璋編：《詞話叢編》，冊四，頁3780。

〔註219〕詳見張伯駒：《叢碧詞話》，張璋、職承讓、張驊、張伯寧編：《歷代詞話續編》（鄭州：大象出版社，2005年），冊下，頁793～794。

〔註220〕詳見唐圭璋：〈宋詞互見考〉，《宋詞四考》，頁294。

混入穢褻淫冶之作；譚瑩苛責無名子僞造鄙褻詞作以嫁名歐公，並欲刪汰浮靡側豔之〈踏莎行〉與〈少年遊〉。亦有專論〈望江南〉者，鄭方坤謂因〈望江南〉而起之盜甥讒慝自難詆毀歐公清譽，如此豔詞無礙歐公風節；宋翔鳳則稱歐陽脩之〈望江南〉極佳，以其別有寄託。尚有專論〈生查子〉者，汪芑謂〈生查子〉爲朱淑眞詞，詞中豔思令人疑其放誕；潘際雲、陳文述、方熊、宋翔鳳皆以〈生查子〉出自歐集，確爲歐陽脩詞，後人訛作朱淑眞詞而詆其淫佚；陳文述、譚瑩、王文瑋則謂〈生查子〉與朱淑眞哀怨、幽獨之情思不符，故非朱氏之作。更有專論〈蝶戀花〉者，即華長卿謂〈蝶戀花〉係馮延巳詞，後竄入歐陽脩詞集。

清代論詞絕句於歐詞眞僞之辨析，甚具承傳意義，如沈道寬、華長卿、譚瑩三人均由詞風論證歐詞之眞僞，逕以俗豔者爲僞作，隱然可見「爲賢者諱」之用心，而此作法自宋迄今代不乏人。又如潘際雲、陳文述、方熊、宋翔鳳、譚瑩、王文瑋諸家繼王士禎、四庫館臣之後，力辯朱淑眞作〈生查子〉之非是，實有功於歐詞說之確立；而華長卿遠承朱彝尊之說，亦有助於〈蝶戀花〉爲馮詞說之證成。

不少論者頗具巧思新意，如王僧保以鄉邦相關詞作〈朝中措〉闡述歐陽脩之風流多情，倍覺親切有味；鄭方坤還〈望江南〉綺語豔詞之原貌，難能可貴；而陳文述、譚瑩、王文瑋於文獻考辨之外，另以「情思」論證〈生查子〉非朱淑眞作，可謂發前賢所未發。然亦偶見未臻嚴謹之論點，如高旭誤以歐陽脩少作〈臨江仙〉驗證其晚歲風情，不免舛陋；沈道寬稱歐陽脩詞「《草堂》遺選」，顯然失察；而宋翔鳳臆斷〈望江南〉別有寄託，亦失之牽強附會。